탐정 콜린 피셔

SEOUL, 2018

탐정 콜린 피셔

초판 제1쇄 인쇄일 2018년 4월 15일
초판 제1쇄 발행일 2018년 4월 25일
지은이 애슐리 에드워드 밀러, 잭 스텐츠 옮긴이 이주희
발행인 이원주 본부장 김문정
편집 박진희, 장혜란, 고한빈, 김민정 디자인 남희정, 김나영
마케팅 이흥균, 김동명, 박병국, 양윤석, 명인수, 이예주
저작권 이경화 제작 정수호
발행처 (주)시공사 주소 서울시 서초구 사임당로 82
전화 영업 2046-2800 편집 2046-2821~4
인터넷 홈페이지 www.sigongsa.com

ISBN 978-89-527-8674-6 43840 ISBN 978-89-527-5572-8 (세트)

*홈페이지 회원으로 가입하시면 다양한 혜택이 주어집니다.
*잘못 만들어진 책은 구입하신 서점에서 바꾸어 드립니다.

탐정
콜린 피셔

애슐리 에드워드 밀러, 잭 스텐츠 지음
이주희 옮김

시공사

차례

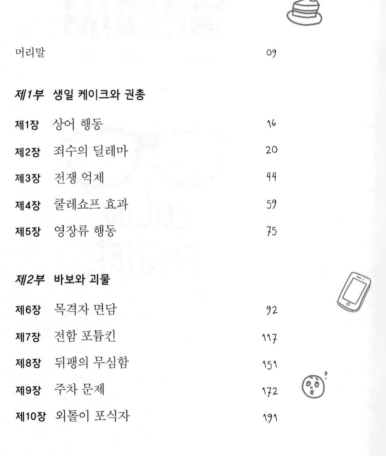

잭으로부터

소피아와 대시, 그들이 성취한 모든 것을 위하여.

언제나 그 자리에서 그들을 돕고 이끌어 주는 이언을 위하여.

어떠한 변명도 받아 주지 않았던 진짜 투렌티니 선생님을 위하여.

스스로 생각하는 것보다 용한 치료사인 우리 엄마를 위하여.

그리고 공감은 이해를 넘어선 곳에서 온다는 사실을 내게 보여 준 리어를 위하여.

애슐리로부터

책을 먹고 이야기를 뱉어 내는 괴물의 창조자이자 교육자인 우리 어머니를 위하여.

내 수습 괴물, 케이던을 위하여.

그리고 괴물을 믿는 제니퍼를 위하여.

머리말

베스트셀러 〈마법사들 *The Magicians*〉의 작가,
레브 그로스먼

대부분의 사람에게 범죄 현장은 피하고 싶은 장소다. 경찰의 노란색 접근 금지 테이프를 보면 '나는 저 테이프 밖에 있어서 다행이다.'라는 생각밖에 들지 않는다. 물론 구경은 할 것이다. 누구라도 그럴 것이다. 심각한 얼굴을 한 파란 제복의 남녀 한둘이나 '나도 이 테이프 밖에 있었으면.' 하는 표정의 평상복 입은 사람보다 재미있는 구경거리는 흔치 않을 테니까. 하지만 흘끔 보고 나면 구경꾼은 가던 길을 간다. 한바탕의 악몽처럼 범죄 현장을 두고 가는 것이다.

범죄 현장은 다른 세계다. 나니아와 조금 비슷하다. 노란 테이프를 넘어가면 우리는 다른 사람이 된다. 피해자, 용의자, 목격자, 탐정으로 배역이 바뀐다. 물건도 그냥 물건이 아니라 증거가 되어, 과학 수사와 논리적 추리의 원칙에 따라 하나의 이야기로 짜 맞춰진다. 그 증거들은 모든 사람의 마음속에 있는 의문, 즉 '대체 지금 여기에서 무슨 일이 일어난

거야?'라는 의문의 단서들이다.

여러분이라면 그럴 것이다. 나도 그럴 것이다. 그러나 콜린 피셔는 과학 수사와 논리적 추리를, 일상생활을 헤쳐 나가는 원칙으로 사용한다. 콜린에게는 날마다 살아가는 장소가 곧 범죄 현장이다. 집, 학교, 이웃, 온 세상이 미스터리다. 그리고 그 속에서 콜린은 탐정이다.

물론 진짜 탐정은 아니다. 콜린은 만 열네 살이다. 샌페르난도밸리에 있는 웨스트밸리 고등학교에서 이제 1학년을 시작했다. 보통은 범죄 수사 기법이 적용될 상황이 아니다. 하지만 콜린은 보통 아이가 아니다. 아스퍼거 증후군을 앓고 있다. 콜린은 체육 선생님에게 "자폐증과 관계가 있는 신경 질환이에요."라고 설명하며, 특유의 정확성을 기하여 "저는 고기능으로 진단받았지만, 그래도 사회성 기술이 부족하고 감각 통합 문제가 있어서 신체 협응 영역에 심각한 장애가 생겼어요."라고 덧붙인다.

과장한 것이 아니다. 콜린은 언제나 정확히 뜻하는 바만을 말하기 때문이다. 하지만 문제를 살짝 축소했을 수는 있다. 콜린은 여느 아이들과 다르다. 건드리는 것을 싫어한다. 부모라 해도 마찬가지다. 시끄러운 소음을 견디지 못한다. 얼굴 표정을 잘 읽지 못해서, 어떤 얼굴이 어떤 감정에 해당하는지 적어 두었다가 실제 얼굴과 맞춰 봐야만 주위 사람들이 느끼는 감정을 알 수 있다. 콜린은 놀라운 기억력과 굉장한 추리력을 가졌고 예를 들어 게임 이론이나 미국 우주 프로그램의 역사와 같은 특정 분야에는 유난히 박식하지만, 다섯 살배기라도 힘들이지 않고 곧바로 알 만한 것들은 잘 파악하지 못한다. 셜록 홈스에 대해 왓슨은 "홈스의 무지는 그 지식만큼이나 놀랍다."라고 말한 적이 있다. 콜린에 대해서도 같은 말을 할 수 있을 것이다. 콜린이 침대 위에 셜록 홈스의 사진 액자를 걸어 놓은 것도 놀랄 일이 아니다.

콜린이 고등학교에서 겪는 일은 전형적인 사건이 아니다. 이 책은 주디 블룸의 청소년 소설이 아니다. 〈탐정 콜린 피셔〉를 읽고 '그래, 나도 수학 시간에 휴대 전화가 울려서 질겁을 하는 바람에 그 소리가 그칠 때까지 개처럼 짖어 댄 일이 있었지.'라고 생각하지는 않을 것이다. 콜린은 지구에 발이 묶인 외계인 인류학자에 가깝다. 죽지 않으려면 지구 현지의 사회적 규범을 완전히 익혀 인간 행세를 하려고 노력해야 하는 것이다.

그러나 바로 그 점으로 인해 콜린의 이야기가 아주 중요하고 재미있어진다. 아마 우리도 스스로 생각하는 만큼 인간적이지 않기 때문일 것이다. 아마 우리가 가장하는 모습보다 조금 더 이상할 것이다. 우리 삶의 모든 것이 깔끔하고 분명하고 확실하다고 믿고 싶지만, 사실은 그렇지 않다. 주위 사람들의 얼굴을 보라. 무엇을 생각하고 느끼는지 실제로 알 수 있을 때가 얼마나 되나? 설명할 수 없는 일은 얼마나 자주 일어나나? 놓아둔 곳에 책이 없고, 알아야 할 문제의 답을 알 수 없고, 친구가 인사도 없이 지나친다. 우리는 우리 삶이 이상하지 않다고, 늘 무슨 일을 하고 무슨 말을 할지 안다고, 무슨 일이 일어나고 있는지 언제나 안다고 믿고 싶어 한다. 우리 삶은 전혀 미스터리 같지 않다고 말이다.

그러나 물론 무슨 일이 벌어지고 있는지 언제나 아는 것은 아니다. 삶은 혼란스럽다. 우리는 주위의 단서들을 가지고 하나의 일관성 있는 이야기를 짜 맞추려고 끊임없이 애쓰고 있으나, 증거가 언제나 맞아 들어가는 것은 아니다. 그런 의미에서 미스터리는 특이한 것이 아니다. 미스터리는 예외가 아니라 예삿일이다. 우리 모두가 셜록 홈스나 콜린 피셔는 아니지만, 그 차이는 종류가 아니라 정도의 문제일 뿐이다. 우리는 모두 같은 척도 안에 있다. 그들은 우리보다 고작 두세 눈금 벗어나 있을 뿐이다.

그렇게 모든 것이 미스터리인 소년에게, 평범한 교실이 곧 범죄 현장인 소년에게 진짜 미스터리가 닥치면 무슨 일이 일어날까? 고등학교 학생 식당 한복판에서 진짜 용의자와 진짜 증거, 진짜 권총이 있는 진짜 범죄가 일어난다면?

갑자기 판이 뒤집힌다. 갑자기 콜린 주위의 모든 사람이 어쩔 줄을 모른다. 다들 물 밖에 나온 물고기 같다. 하지만 콜린은 그렇지 않다. 여기가 콜린의 물이다. 콜린은 평생 이 역할, 탐정 역할을 준비해 왔다. 우리는 이제 콜린의 세계,

노란 테이프 안쪽의 세계에 있고, 콜린은 난생처음으로 물 만난 고기가 된다. 여기는 콜린이 사는 곳이며 콜린의 고향 별이고, 여기에서 외계인은 콜린이 아닌 우리다. 셜록 홈스는 "인생이란 인간의 정신이 만들어 낼 수 있는 그 무엇보다도 훨씬 기묘하다."라고 말한 적이 있다. 우리는 그 사실을 잊고 싶어 한다. 여기, 콜린이 우리에게 그 사실을 일깨운다.

제1부

____

생일 케이크와 권총

제1장

상어 행동

난바다에서 물고기는 대개 떼를 지어 헤엄친다. 먹이를 찾고 포식자를 피하는 전형적인 전략이다. 그런데 갈라파고스 제도 앞바다의 어느 물고기 떼는 세계에서 유례를 찾아볼 수 없는 행동을 보인다.

귀상어 수천 마리가 모여 복잡한 무늬를 그리며 헤엄치는데, 무리 짓는 행동을 보이는 상어는 이들 종뿐이다. 과학자들은 아직 이런 행동의 이유를 모른다.

위험한 바다를 피해 먹이를 구하러 온 걸까? 잠재적인 짝을 고르는 걸까? 아니면 외부 관찰자는 결코 이해할 수 없는 불가사의한 사회적 행동을 하는 걸까?

내 이름은 콜린 피셔다. 만 열네 살이고, 몸무게는 54.9킬로그램이다. 오늘은 고등학교 등교 첫날이다.

졸업까지 1365일 남았다.

콜린은 모서리가 잔뜩 접힌 소중한 공책을 가슴에 꼭 끌어안았다. 결벽스럽게 관리했지만 낡은 공책이었다. 붉은 표지는 색이 바래고, 한쪽을 철한 금속 용수철은 서서히 불가피하게 흐트러졌고, 끊임없이 여닫은 탓에 두꺼운 종이에 뚫린 용수철 구멍들도 닳았다.

콜린 나름대로 아주 아끼는 공책이라는 게 말하지 않아도 티가 났다.

콜린은 주위의 인파를 뚫고 지나갔다. 때로는 파도를 타며, 때로는 헤엄을 치며, 복도로 사냥 나온 포식자의 눈길이나 관심을 피해 눈을 내리뜬 채. 아무리 애를 써도 어쩌다 한 번은 다른 학생과 부딪혔다. 누가 팔을 스치면 쳐다보지도 않고 "실례."라고 말했다. 팔꿈치끼리 닿으면 "건드리지 말아 줘. 미안."이라고 했다.

콜린은 자기 사물함에서 남자 화장실까지 정확히 스물일곱 걸음이라는 것을 알고 있었고, 걸음 수를 일일이 세어 마지막 걸음까지 센 뒤에 재빨리 눈을 들었다. 묵직한 나무 문 앞에 서니 자신이 조그맣게 느껴졌다. 잠시 문 바로 옆 파란 삼각형 표시를 바라보았다. 콜린은 파란색을 싫어했다. 파란색을 보면 추워졌다.

그래도 문을 밀었다. 공책이 아무 데도 닿지 않도록, 특히 파란 삼각형 표시에 닿지 않도록 조심하면서.

남자 화장실은 어둑어둑하고 더러웠다. 콜린은 공책을 좁은 검은색 선반에 조심스럽게 올려놓고 하얀 도기 세면대 앞에 섰다. 세면대 역시 별로 깨끗하지도, 잘 관리되지도 않았다는 사실을 알아차리고 움찔했지만, 잠깐 망설이다 수도 꼭지를 틀었다. (한 번, 투웅, 두 번, 투웅, 세 번, 쏴아, 그제야 물이 나왔다.) 물비누 통을 두 번 눌러 비누를 받았다. 콜린이 싫어하는 파란색이었지만 어쩔 수 없었다.

손을 다 씻고 나서 안경 쓴 눈으로 부식되어 가는 거울 속의 자기 눈을 보았을 때, 비로소 다른 사람이 있음을 알아차렸다. 등 뒤에 웨인 코널리가 서 있었다.

웨인은 야수였고, 모든 면에서 콜린과 반대였다. 어깨가 넓고 덩치가 크며, 피와 살을 가진 여자가 낳았다기보다 단단한 바위를 깎아 만든 사람 같았다. 콜린이 웨인에게 돌아서자, 웨인은 웃음을 띠었다.

콜린은 그 웃음을 찬찬히 살펴보았다. 분석했다. 저 웃음은 무슨 뜻일까? 머릿속으로 그림 카드들을 떠올렸다. 각기 다른 웃음이 그려져 있고, 하나하나 적절한 이름을 손 글씨로 정성껏 적어 놓은 카드들이었다.

다정함. 초조함. 행복. 놀람. 수줍음.

잔인함.

"안녕, 웨인. 별일 없지?"

콜린이 말했다. 대본을 읽는 듯한 말투였다.

웨인의 웃음이 더욱 커지는가 싶더니, 덩치답지 않게 재빠른 동작으로 웨인이 콜린을 움켜잡았다. 우악스러운 손가락이 콜린의 줄무늬 폴로셔츠를 비틀어 올린 다음, 콜린을 대롱대롱 매단 채 변기 칸 쪽으로 갔다.

콜린이 말했다.

"내 셔츠. 옷 버리겠어."

"청구서 보내, 피셔."

웨인이 대꾸했다. 변기 칸 문을 발로 차서 닫는 요란한 딸깍 소리에 콜린은 몸서리를 쳤다.

"상어들한테 인사부터 한 다음에."

잔인함. 몸부림친 보람도 없이 머리가 변기 속으로 처박히는 순간, 콜린은 결론을 내렸다. 그 웃음은 틀림없이 잔인한 웃음이었다.

제2장

죄수의 딜레마

어떤 문제에 관해 이야기를 하고 싶다.

'죄수의 딜레마'라는 문제인데, 진실을 말하는 것에 대한

수학 문제라 아주 재미있다. 진짜 죄수가 아니라 가상의

죄수를 다루는 것뿐이다. '가상'이란 이 문제가 하나의 논리

구조라는 뜻이다. 문제 해결 과정을 쉽게 보여 주기 위한

하나의 시나리오다.

문제는 다음과 같다. 두 범죄자가 강도질을 공모한다.

이들이 체포되어 당국의 심문을 받는다. 어떻게 대답하느냐와

이들이 내놓는 정보가 어떤 결과로 이어지느냐가 문제의

핵심이다. 죄수들이 경찰을 상대로 쓸 수 있는 전략은 두

가지다. 죄수들끼리 '협력'하거나, '배신'할 수 있다.

'협력'이란 거짓말을 한다는 뜻이고, '배신'이란 사실대로

> 말한다는 뜻이다.
>
> 나는 '거짓말을 한다'와 '사실대로 말한다'라고 하는 편이 더 간단하다고 생각하지만, 이 문제를 만든 사람은 내가 아니다.
>
> 두 죄수 모두 거짓말을 하면, 둘 다 가벼운 형을 받는다. 한 사람은 거짓말을 하고 한 사람은 사실대로 말하면, 거짓말을 한 사람은 가장 무거운 형을 받고 사실대로 말한 사람은 풀려난다. 둘 다 사실대로 말하면, 둘 다 가벼운 형을 받고 조기 가석방으로 풀려난다.
>
> 이것은 사실대로 말하는 편이 낫다는 뜻이다. 거짓말은 절대로 성공할 수 없으며 많은 대가를 치를 수도 있다.

피셔 가족의 집은 모든 면에서 평범했다.

샌페르난도밸리 북서쪽 구석에 자리 잡은 집으로, 샌페르난도밸리 북서쪽 구석에 자리 잡은 다른 모든 집들과 비슷했다. 이층집, 베이지색 외벽, 스페인 식민지 시대 건축 양식을 (성의 없이) 따라 한 건물이었다.

뒷마당에는 독특한 것이 하나 있었다. 콜린의 트램펄린이었다. 트램펄린 뛰기가 긴장을 풀고 생각을 집중하는 데 도움이 된다는 사실을 알았을 때 산 물건으로, 잘 쓰고 있었다. 트램펄린에서 뛸 때면 되풀이되는 무중력 상태에 의지하여 지상의 걱정들로부터 풀려났다고 상상할 수 있었다. 오르락내리락, 오르락내리락, 오르락내리락…… 보통 몇 시간씩, 늘 혼자서.

콜린은 대문 앞에 서서 트램펄린을 물끄러미 바라보았다. 머리카락은 헝클어지고 옷은 흠뻑 젖은 채였다. 한 손에는 소중한 공책을 움켜쥐고 있었다. 다행히도 그 공책은 뜻하지도 원하지도 않은 변기와의 만남을 면했다. 잠시 동안 트램펄린의 탄력 있는 포옹에 파묻힐까 생각했으나, 곧 생각을 바꿨다. 젖은 옷 때문에 결국 트램펄린도 젖을 테고, 그런 일은 그야말로 있어서는 안 될 일이었다.

그러는 대신 보행로로 달려가서 부엌으로 뛰어들어 갔다.

콜린은 아침 식탁에 둘러앉은 부모님과 남동생의 존재를 거의 알아차리지 못했다. 그래서 식구들의 놀라고 걱정하는 표정, 대니의 경우 지치고 짜증 나고 막연히 겁에 질린 표정을 보지 못했다. 설령 봤다 해도, 그 표정들을 처리하거나 이해할 생각도 시간도 없었을 것이다. 콜린은 자기만의 시간표에 따라, 아주 개인적인 볼일이 있었다.

피셔 부인이 손목시계를 보았다. 오전 8시였다.

"첫날이 아주 일찍 끝났구나. 말 그대로 집에서 '홈룸'을 하는 거니?"

엄마가 비꼬는 투로 말했지만, 늘 그렇듯 콜린에게는 효과가 없었다.

피셔 씨가 고개를 끄덕이며 식탁에서 일어났다. 길 잃은 양을 몰아가는 보더 콜리처럼 콜린을 쫓아왔다.

"어이, 잠깐. 빅 C."

콜린은 발을 멈췄다. 다정하지만 위엄 있는 아빠의 목소리에 학습된 반응이었다. 아빠를 향해 돌아섰지만 고개를 기울여 눈길을 피했다. 부끄러워서가 아니라, 반드시 필요한 경우가 아니면 누구의 눈길이든 피하는 것뿐이다. 이 습관 때문에 언제나 슬퍼 보였으나, 콜린이 실제로 슬퍼하는 일은 거의 없었다.

"소방 호스로 물싸움하다 진 거냐?"

피셔 씨는 콜린의 푹 젖은 폴로셔츠에서 타일 바닥으로 뚝뚝 떨어지는 물을 지켜보았다.

엄마는 대답을 기다리지 않았다. 벌써 계단을 반은 올라가고 있었다. 14년 동안 뜻밖의 상황들에 단련되어, 완전한 정보나 설명 없이도 즉시 행동에 돌입할 수 있게 된 것이다.

"수건 가져올게."

대니는 콜린이 어쩌다 그런 꼬락서니가 되었는지 대충 알아차리고 고개를 저으며 "젠장."이라고 했다. 그러다 아빠의 나무라는 표정을 보고 다시 팬케이크를 내려다보았다.

"네, 네. '대니, 아침이나 먹어라.' 알아요."

잠시 후 엄마가 다시 나타났다. 콜린은 엄마에게 닿지 않으려고 조심하며 수건을 받아 들고 그것으로 머리카락을 훑어 내리기 시작했다.

아빠가 말했다.

"자, 어떻게 된 일인지 말해 봐라."

그러고는 부엌 벽에 기대 팔짱을 끼고 특유의 참을성 있는 **영려**의 표정을 띤 채, 그 말이 효력을 잃지 않도록 콜린을 뚫어지게 바라보았다. 콜린에게 무슨 일이나 무슨 말을 시킬 수는 없지만, 바라는 바를 분명히 하면 언제나 콜린이 어떤 기분인지 필요한 만큼 들을 수 있었다. 요구한 그대로는 아니지만.

"젖었어요."

콜린은 그 말로 모든 것이 설명된다는 듯이 말했다. 콜린의 머릿속에서는 사실 그랬다. 그다음에 돌아서서 자기 방을 향해 계단을 올라갔다.

"또 시작이네."

대니가 한마디 하고 아침을 마저 먹었다.

피셔네 집에 온 손님이 콜린의 방에 들어서면 가장 먼저 침대 위에 걸린 인물 사진이 눈에 들어올 것이다. 액자에 넣은 배질 래스본의 흑백 사진으로, 사냥 모자를 쓰고 하운드 투스 체크무늬 망토를 두르고 아랫입술 꼬리에 구부러진 긴

파이프를 물고 있다. 사진사의 존재를 알지만 더 큰 관심사에 사로잡혀 생각이 딴 데가 있는, 싶이 생각에 찜긴 모습이다. 이 사진 속의 인물은 배질 래스본이 아니었다. 셜록 홈스였다.[1]

손님 눈에 두 번째로 들어오는 것은 셜록 홈스와 함께 걸린 인물 사진들이다. 〈스타 트렉〉의 스팍, 데이타 소령, 〈CSI 과학수사대〉의 그리섬 반장까지, 모두 가장 잘 보이는 벽에 걸려 있다. 한번은 아빠가 스팍의 사진에 배우 레너드 리모이의 사인을 받아 왔는데, 콜린이 사진을 "망쳤다"고 잘라 말하는 바람에 바꿔 걸 수밖에 없었다. 이 일을 통해 피셔 씨는 콜린의 방이 좋아하는 배우들이 아니라 냉철하고 명석한 논리에 바친 신전이라는 사실을 깨달았다.

손님 눈에 세 번째로 들어오는 것은 온갖 무더기로 어질러진 방바닥일 것이다. 책 무더기. 잡지 무더기. 장난감과 분해하다 만 가전제품 무더기. 사방에 무더기가 널려 있었다.

단련되지 않은 눈에는 아무 남자아이나 아무 집 아무 방에 만들어 놓을 법한 아수라장과 별로 다를 바 없는, 그냥 아

---

[1] 배질 래스본은 홈스를 연기한 최초의 배우도 유일한 배우도 아니다. 사실 최초로 홈스 역을 맡은 배우는 찰스 브룩필드로, 1893년 〈언더 더 클락〉이라는 연극에서 이 유명한 탐정을 연기했다. 하지만 래스본이 홈스 역으로 가장 널리 알려져 있었고, 콜린의 머릿속에서는 세계 최고의 명탐정에 거의 완벽하게 들어맞는 배역이었다.

수라장으로 보였다. 하지만 그 실체는 세부에 있으니, 보이는 대로가 아니라 본질대로라고 콜린은 알려 줄 것이다. 비슷한 것끼리 깔끔하게 정리되어 있다고. 무더기마다 원칙이 숨어 있었다. 콜린만 이해하는 원칙이지만. 예를 들어 〈뉴잉글랜드 의학ᵐᵉᵈⁱᶜⁱⁿᵉ 저널〉 과월호 여러 권과 유대류ᵐᵃʳˢᵘᵖⁱᵃˡ에 관한 책 위에 고물 전자레인지에서 나온 전자관ᵐᵃᵍⁿᵉᵗʳᵒⁿ이 올라앉았는데, 그 정리 기술은 콜린의 부모가 연관 관계를 짐작하려고 애써도 소용없었다.

콜린은 어깨에 수건을 걸치고 물을 뚝뚝 떨어뜨리며 책상 앞 무더기들 속에 서 있었다. 눈길이 꽂힌 종이에는 손으로 대충 그린 듯한 얼굴들이 줄줄이 가득하고, 얼굴마다 감정을 나타내는 말이 적혀 있었다. 그와 같은 종이가 한두 장이 아니라 한 무더기였다. 인간이라는 동물의 사회적 의도를 이해하기 위한 개략적인 안내서였다. 지금 콜린은 상상할 수 있는 모든 종류의 웃음을 살펴보고 있었다.

단단한 나무 바닥에서 나는 운동화 소리에 눈을 들었다. 특유의 끼익끼익 소리와 발걸음의 무게로 누가 들어왔는지 알았다. 콜린이 말했다.

"안녕, 대니. 잘 잤니?"

대니가 태어났을 때 콜린은 고작 세 살이었다. 대부분의 아이들이 그렇듯, 콜린도 동생이 태어난다는 소식에 마음을 빼앗겼다. 대부분의 아이들과 달리, 콜린은 그 기대의 표시로 아빠에게 〈임신한 당신이 알아야 할 모든 것〉을 한 쪽도 빠짐없이 읽어 달라고 졸랐다. 엄마에게는 식습관과 전반적인 건강에 대해 예리한 질문을 퍼부었다. 아기의 성별이 정해졌을 때에는 초음파 검사를 참관했다. 임신의 모든 국면에 유별나게 몰두했고, 분만실에 들어갈 수 없다는 말을 듣자 울음을 터뜨렸다. 콜린은 아기 동생에게서 눈을 떼지 않았다. 관찰한 것을 그림으로 기록했고, 대니의 첫돌 전날 밤, 부모님 앞에서 〈대니에 대해 우리가 아는 것들〉이라는 제목의 완벽한 조서를 발표했다. 사실 콜린의 첫 공책 첫 항목은 대니에 관한 것이었다.

나는 동생이 있다. 이름은 대니다. 대니는 잘 웃는다. 엄마는 대니가 자기를 사랑해 주는 형이 있어서 행복한 거라고 한다. 조사해 볼 것.

대니는 콜린의 질문에 대답하지 않았다. 그 말이 그냥 콜린의 사교 대본이라는 걸 알고 있었고, 콜린이 자신에게 하는, 부자연스럽고 로봇 같은 소통을 대놓고 증오했다. 대니가 "그러니까." 하고 입을 열었다.

"누가 형 머리에 화장실 관광을 시켜 준 거네. '깨끗한 변기' 처치까지 풀코스로 말이야. 맞지?"

"내 행동심리학자 마리 선생님이 그랬어. '아이들은 종종 남다른 사람을 두려워한단다. 남다른 아이들을 괴롭혀서 안정감을 느끼려는 거지.'"

그 말은 마리가 콜린에게 해 준 이야기를 정확히 글자 그대로 되풀이한 것이었다.

대니가 코웃음을 쳤다.

"형은 남다른 게 아니야. 축제의 구경거리 같은 거지."

밖에서 디젤 엔진 소리가 느려지다가 멈추고, 조그맣게 유압식 브레이크의 치익 소리가 들렸다. 계단 아래에서 피셔 부인의 목소리가 울려 왔다.

"대니, 버스 왔다! 콤파드레친구(비격식 스페인어), 엄만 학교에 태워다 주지 않을 거야. 얼른 준비해!"

콜린은 열한 살짜리 동생의 표정이 확 변하는 것을 주의 깊게 지켜보았다. 대니가 조용히 사정했다.

"형, 작작 좀 해. 그만 좀 할 수 없어?"

그 말만 남기고 쿵쿵거리며 계단을 내려갔다. 콜린은 무표정하게 다시 표정 안내서로 주의를 돌렸다. 종이를 넘기며 대니의 얼굴에 맞는 그림을 찾았다.

마침내 손가락을 멈추고 찌푸린 얼굴 그림을 짚었다.

"두려움."

28

콜린과 아빠는 차를 달리며 아무 말도 하지 않았다.

콜린은 새 청바지에 검붉은색 단순한 티셔츠를 입었다. 피셔 씨는 출근용 복장이었다. 푸른색 버튼다운 옥스퍼드셔츠에 20달러짜리 면 소재 넥타이를 매고 카키색 바지를 모두 깔끔하게 다림질해 입었다. 셔츠 호주머니에 꽂은 제트추진 연구소(미국항공우주국 NASA 산하 기관이다 : 옮긴이) 보안 명찰에는 '선임 연구원 마이클 피셔'라고 신분이 표시되어 있었다. 사진 속 아빠는 행복하게 웃고 있다. 콜린은 그 명찰을 보길 좋아했다. 아빠의 웃음을 보면 편안해졌다.

지금 피셔 씨는 웃지 않았다. 입술은 진지하게 꾹 다물고 손가락으로는 살짝 엇박자로 운전대를 두드렸다. 콜린은 눈길을 돌렸다. 창밖을 내다보며 118번 진입 차로에 대기한 자동차들을 유심히 바라보았다. 자동차들은 깔끔하게 왼쪽, 오른쪽, 왼쪽 순서로 차례차례 합쳐지고 있었다. 자발적인 조직화의 예였다. 그러다 SUV를 모는 여자 하나가 귀에 전화를 대고 있다가 질서를 무너뜨리면서, 모조리 이기적인 혼돈으로 몰아넣었다. 콜린은 사회 질서의 작은 위반 하나가 이렇게 시스템 전체의 균형을 깨뜨리는 것이 아주 흥미롭다고 생각했다.

"그래서."

마침내 아빠가 입을 열었다. 침묵에 진절머리가 났고, 콜린이 털어놓을 때까지 기다릴 수 없다는 확신이 선 것이다.

"무슨 일이 있었는지 말해 줄 거니? 아니면 아빠가 추측해야 하니?"

침묵이 흘렀다. 그러다 콜린이 말했다.

"아빠는 중요한 회의가 있어요."

그 말은 대답이 아니었다.

"오늘은 등교 첫날이야."

아빠가 몰아붙였다. 화제를 바꿀 기회를 주지 않을 셈이었다. 아들은 화제를 바꾸는 데 선수였던 것이다.

"넌 교실까지 가지도 못했어. 글쎄, 너희 반 교실이 수영장이면 몰라도."

"셔츠를 다렸잖아요. 아빠는 회의가 있을 때 아니면 셔츠를 다리지 않아요. 그것도 중요한 회의일 때만 다리지요."

그 말은 사실이었다. 상관없는 말이기도 했다.

"겁이 난다는 것 안다. 나도 겁이 났지만, 나는 운동부였지. 난 알아서 앞가림을 할 수 있었어."

"아빠는 손가락으로 운전대를 두들기고 있어요. 그건 아빠가 평소에 말을 나눌 필요가 없는 사람을 만나야 한다는 뜻이에요. 그리고 그 사람들 질문에 답해야 한다는 거죠."

피셔 씨는 손가락을 멈추고 자기 손을 흘끗 보았다. 콜린이 옳을 때는 옳았고…… 사실은 거의 언제나 그랬다.

"지금 학교에서 너 혼자 버텨야 하는 게 안타깝구나. 정말 안타까워. 하지만 시스템은 그런 식으로 돌아가는 법이지."

콜린이 마침내 아빠를 바라보았다. 이제 모든 것을 알았다.

"연구소장님이군요. 사업 심사가 있어요. 또 예산 문제인가요?"

"화제를 바꾸는 게 사업이 아니라서 안됐구나. 넌 아주 떼돈을 벌었을 텐데."

아빠는 차를 돌려 웨스트밸리 고등학교 주차장에 들어서며 덧붙였다.

"억지로 말하게 만들지는 않겠다. 그냥 아빠한테 말해도 된다는 걸 알아줬으면 좋겠다."

"지금 아빠한테 말하고 있는데요."

아빠는 졌다는 듯이 한숨을 쉬었다. 한 손을 들고 손가락을 벌렸다.

"착륙 준비."

콜린에게 지금 널 건드릴 거라고 알려 주는 경고 표시였다. 콜린은 부모님이라 해도 자기를 건드리는 것을 좋아하지 않았지만, 미리 제대로 알리면 참아 주었다. 사람들이 접촉하고자 하는 필요성을 어느 정도 이해했다. 책에서 그런 내용을 읽었다.

31

콜린이 마음을 다잡자, 아빠가 손을 뻗어 어깨를 건드렸다. 살짝 잡았다 놓았다.

"학교에서 좋은 하루 보내라."

콜린은 말없이 고개를 끄덕이고 차에서 내렸다. 피셔 씨는 콜린이 고개를 숙이고 몸을 움츠린 채 보행로를 터덜터덜 걸어가는 모습을 지켜보았다. 걱정으로, 그다음에는 무력감으로 가슴이 아팠다.[2] 무슨 일이 있어도 앞으로 4년 동안 하루에 여덟 시간씩은 콜린 혼자 보내야 한다는 사실을 아빠도 인정해야 했다.

복도는 학생들, 교사들, 직원들로 꽉 차 있었다. 모두들 서로 밀치며 지나가고 있을 때 첫 종이 울렸다.

콜린은 종소리에 살짝 얼굴을 찌푸렸다. 너무 높고, 너무 새되고, 너무 뚝뚝 끊어지는 소리였다. 처음 학교 종소리를 들은 것은 3년 전이었다. 그때는 뜻밖의 불협화음에 질겁해

---

2 그 개념의 기원은 아주 오래된 듯하지만, '공감 empathy'이라는 영어 단어는 1909년에야 만들어졌다. 영국 작가가 독일 용어 'Einfühlung 감정을 이입하다'을 설명하기 위해 정확한 고대 그리스어 단어를 찾아 만든 말이다. 훗날 심리학 연구자들은 이 용어를 여러 가지 하위 범주로 나누었다. 피셔 씨가 다른 사람의 고통에 대해 신체적 반응으로 보여 준 공감은 '정서적 공감'이라 하는데, 그 아들인 콜린은 전혀 알 수 없는 공감이다. 하지만 콜린도 '인지적 공감'은 경험했다. 감정 대신 지성을 통해 다른 사람의 고통을 이해하기에 이르는 것을 뜻한다.

서 비명을 질렀고, 마침내 종소리가 그칠 때까지 계속 비명을 질렀다. 시간이 흘러 엄청난 노력 끝에 그 소음에 대한 반응을 통제하는 법을 익혔다. 이제는 종소리를 예상할 수 있었고, 속으로 천천히 수를 세서 그 영향을 떨쳐 버렸다.

머릿속으로 '셋'까지 셌을 때 종이 그쳤다. 콜린은 깊이 숨을 들이마셨고…… 숨을 멈췄다. 모퉁이 뒤에서 귀에 익은 소리가, 거의 학교 종소리만큼이나 걱정스러운 소리가 들렸다. 웨인 코널리의 목소리였다.

"에디의 머리통, 벽을 만나다."

뭔가 무거운 것이 콘크리트와 충돌했다. 멜론이 보도에 떨어졌을 때 나는 소리와 비슷하면서도 조금 더 난폭한 픽 소리가 조그맣게 났다. 콜린은 살금살금 모퉁이를 돌았다. 호기심을 못 이긴 것이다. 공책을 휙휙 넘겨 펼치고 초록색 볼펜을 꺼내 보이는 대로 기록했다.

> 웨인 코널리, 에디 마틴과 싸움. 밀침. 에디는 흰 티셔츠 위에 미식축구복 셔츠를 겹쳐 입고 청바지에 하이탑 운동화를 신었다. 싸움을 구경하는 아이들 중에 미식축구복을 입은 애들이 더 있다. 스탠과 쿠퍼다. 스탠은 눈에 띄게 앞니가 벌어져 있다. 쿠퍼는 키가 크고 마른 확연한 외배엽형 체형이다. 둘 다

> 키가 크다. (미식축구팀은 다 그런가? 쿠퍼의 체격에서는 일반적으로 그 운동과 결부되는 근육 덩어리를 찾아볼 수 없다. 바닥에 놓인 공을 차기만 하는 키커 포지션일까? 조사해 볼 것.)
> 그 둘은 싸움에 끼지 않고 있다.

에디는 벽에 등을 기대고 있었다. 웨인을 밀쳐 내려 애썼지만 소용없었다. 그러자 적잖이 겁을 먹고 침을 삼켰다. 에디의 친구들인 (앞니가 눈에 띄게 벌어진) 스탠과 (확연한 외배엽형 체형인) 쿠퍼가 마주 보고 고개를 끄덕이더니 도와주려고 한 발 앞으로 나섰다.

웨인이 그 둘을 돌아보며 으르렁거렸다.

"물러서. 한 발에 하나씩 엉덩이를 차 주기 전에."

콜린은 놀라서 눈썹을 추켜올리며 세어 보았다. 상대는 셋. 발은 둘. 이상하다.

> 웨인 코널리는 수학이 약점일 수도 있다. 조사해 볼 것.

스탠과 쿠퍼는 웨인이 수를 셀 줄 아는지 신경 쓰지 않는 것 같았다. 웨인의 말뜻을 충분히 이해하고, 그 자리에 굳은 채 웨인이 노려보는 눈길을 피했다. 마침내 웨인은 한 번 더 재빨리 에디를 벽에 밀어붙인 다음 풀어 주었다. 그러고는 쿵쿵거리며 가 버렸다.

에디는 복도를 둘러보았다. 복도에 있는 모든 사람의 눈길이 집중되어 있었다. 에디는 정신을 차렸다.

"그래, 쫄았지! 부지런히 달아나라!"

그렇게 소리치며 파란색과 황금색이 섞인 노트르담 농구팀 점퍼를 벗어 자기 사물함에 던져 넣었다. 웨인은 돌아보지 않았다.

여자아이 하나가, 샌디 라이언이 사람들 속에서 빠져나와 스탠과 쿠퍼를 밀치고 에디를 껴안았다. 에디의 두 친구는 샌디에게 길을 내 주었다. 쿠퍼는 **짜증**을 굳이 숨기지 않고 한숨을 쉬었지만, 스탠은 눈으로 샌디의 뒤태를 훑어 내리며 콜린이 정체를 알기 어려운 희미한 웃음을 띠었다. 에디는 콜린 같은 어려움이 없는 듯했다. 스탠을 향해 눈살을 찌푸렸다. **텃세**를 부리는 찌푸린 얼굴이었다. 콜린이 유치원생이라도 이해했을 원초적인 표정이었다. 유치원생은 그 표정의 이름을 모르겠지만.

> 샌디 라이언은 에디와 사귀는 사이다. 젖가슴 발육과 이차
> 성징의 부각에 따른 결과인 듯하다. 조사해 볼 것.

샌디는 금발이고 비쩍 마른 새 다리였지만 (콜린이 유치

원 때부터 샌디와 연관시킨 신체적 특징이다.) 신입생 치어
리더 유니폼을 입은 모습은 보기 좋고 매력적이었다.

"에디."

샌디의 낮은 목소리는 에디의 호흡에 눈에 띄는 영향을
미치는 것 같았다. 숨결이 느려지고 고르게 진정되었다.

"그럴 것 없어. 웨인 코널리는 패배자야."

콜린은 이 순간을 기록할 태세로 볼펜을 공책 위로 든 채
멍하니 생각했다. 그 말이 암시를 통해 에디를 '승리자'로 만
드는 것인지, 그렇다면 에디가 무엇에서 이긴 것인지. 콜린
이 자기 할 일에 골몰해서 완전히 무방비 상태일 때, 스탠이
달려들어 온몸으로 콜린을 사물함에 밀어붙였다. 콜린은 갑
자기 이가 딱 소리를 내며 맞부딪치고, 온몸이 움츠러들고,
자기 몸에 부딪쳐 금속 문이 살짝 들어가는 것을 예민하게
느꼈다. 무엇보다 스탠의 땀에 전 옷 냄새가 괴로웠다. 적어
도 며칠은 세탁기와 만나지 못한 퀴퀴한 냄새였다.

사물함에 부딪쳤을 때, 콜린의 소중한 공책과 초록색 볼펜
이 손가락 사이로 굴러떨어졌다. 안경도 흘러내려 한쪽 귀와
조그마한 코끝에 아슬아슬하게 걸렸다.

스탠이 벌어진 앞니 틈으로 바람 새는 소리를 내면서 말
했다.

"귀여운 남자 친구가 그렇게 걱정되면 따라가 보지그러냐.

변태야."

콜린은 안경을 바로 썼다. 배 속에 불덩이가 느껴졌다. 가슴 속에. 목구멍 속에. 온몸에 힘을 주고 그 불꽃을 누르려 애썼다. 계속 타오르면 걷잡을 수 없다는 것을 알고 있었다. 불덩이가 튀어나오려 했다. 콜린이 속을 식히려고 깊이 숨을 들이마셨을 때…….

"야, 스탠."

여자아이 목소리가 들렸다. 조용하고 또렷했다. 듣기 좋았다. 콜린은 이 목소리를 좋아했다. 들으면 편안해졌다. 멜리사 그리어의 목소리였다.

콜린의 머릿속에서 멜리사는 헝클어진 대걸레 같은 칙칙한 갈색 머리에 깡마른 여자아이였다. 얼굴에는 울긋불긋 여드름이 성나 있고, 웃음은 금속 치아 교정기에 갇혀 부자연스러웠다. 콜린은 여러 해에 걸쳐 다른 아이들이 어떻게 멜리사를 따돌리고 집단적인 잔인성의 표적으로 삼는지 알아차렸다. 쉬는 시간이나 점심시간이면 운동장 구석에 혼자 앉은 멜리사가 보이곤 했다. 붉은 얼굴에 젖은 눈을 하고 있었다. 콜린은 멜리사에게 말을 걸지 않았다. 왜 슬픈 얼굴인지 묻지도 않았다. 그냥 멜리사 옆에, 땅바닥에 앉았다. 무릎을 가슴에 당겨 안고, 엉덩이 밑에 느껴지는 잔디가 참 시원하다고 생각했다.

멜리사에 대해 공책에 이렇게 쓴 적이 있다.

> 멜리사 그리어: 책을 많이 읽었다. 수학을 잘한다. 아주
> 재미있다.

멜리사는 여름 사이에 변했다. 콜린은 멜리사의 치아 교정기가 사라졌다는 것을 알아차렸다. 여드름도 없어졌다. 머리카락은 길든 것 같았다. 매우 흥미로워 보이는 다른 변화들도 있었다. 스탠, 쿠퍼, 에디도 그와 같은 많은 변화를 알아차리고 멜리사를 뚫어지게 바라보았다. 다들 이 변신을 어떻게 받아들여야 할지 몰랐다.

"제기랄."

스탠이 눈을 끔벅거렸다. 멜리사를 위아래로 훑어보았다.

멜리사는 아무한테도 양해를 구하지 않았다. 운동장에서 울던 시절은 옛날에 지나갔다. 콜린을 향해 고개를 끄덕인 다음, 겁도 없이 스탠의 개인 공간(개인을 에워싼 일정 거리 이내의 공간으로, 이 공간을 침입하면 불안과 위협을 느끼게 된다 : 옮긴이)에 발을 들여놓으며 웃음을 띠었다. 희귀한 사건이라 주목할 가치가 있었다. 콜린은 멍하니 자신의 표정 일람표나 카메라가 있으면 좋겠다고 생각했다. 이 특별한 종류의 웃음은 신속히 분류할 수 없었기 때문이다.

멜리사가 말했다.

"네 동성애적 환상은 다른 데 가서 해소하도록 해."

스탠은 멀거니 멜리사를 바라보았다.

"내…… 내 뭐?"

콜린이 안경을 바로 쓰고 옆에서 거들었다.

"멜리사 말은 네가 성 정체성에 혼란을 겪고 있다는 뜻이야. 그리고 네가 사람들을 패고 다니는 건 숨은 동성애자라서 그렇다는 거지."

스탠은 콜린을 노려보았다. 스탠이 무슨 말을 하려는 순간, 에디가 스탠의 어깨를 움켜쥐었다. 에디는 지쳐 보였고 싸움 때문에 늙어 버린 것 같았다.

"스탠, 5분 안에 체력 단련실로 가야 돼."

스탠은 천천히 고개를 끄덕이고 조금 물러섰다. 멜리사를 음흉하게 훑어보았다.

"너 흥분했지. 전화해."

그 말을 남기고 에디, 스탠, 쿠퍼는 복도 끝으로 사라졌고 샌디도 그 뒤를 따랐다.

"이번 여름에 네가 보고 싶었어."

멜리사가 말하는 사이, 콜린은 몸을 숙이고 공책과 볼펜을 집었다. 조심스럽게 먼지를 턴 다음, 주머니에서 너덜너덜한 표정 일람표를 꺼냈다. 잉크가 흐려져서 얼룩덜룩한 진회색이 되었고, 종이는 7년 동안 끊임없이 들여다보며 접었다 폈다 다시 접기를 거듭한 탓에 접힌 곳마다 얇아졌다. 콜린은 종이를 넘기며 얼굴 그림들과 멜리사를 번갈아 살펴보고 비교했다. 마침내 맞는 짝을 찾았다. 콜린은 머릿속으로 멜리사의 머리 위에 **반가움**이라고 썼다.

"네가 그림자도 없이 복도에 나와 있어서 정말 놀랐어."

멜리사의 말에 콜린이 대꾸했다.

"여기서는 마리 선생님이 방해만 되었을 거야. 난 그림자가 필요 없어."

'그림자'란 콜린을 따라다니며 뜻밖의 사건이나 위험한 사건, 혼란을 일으킬 수 있는 사건을 처리하도록 도와주는 사람이었다. 콜린의 그림자는 마리라는 여자였다. 콜린은 마리를 아주 좋아했다. 마리는 콜린이 자기 가슴을 쳐다본다고 자주 야단을 쳐야 했지만 말이다. 이제 콜린이 고등학교에 왔으니, 마리는 다른 곳으로 옮겨 갔다.

멜리사는 콜린 말이 맞는지 잘 알 수 없었지만, 그 말이 맞다는 듯이 고개를 끄덕였다.

"너 가슴이 커졌어."

콜린이 진지하게 말했다. 멜리사의 뺨이 빨갛게 달아올랐다. 멜리사가 가볍게 콜록거리며 웃음을 터뜨렸다. 멜리사는 콜린에게 익숙했지만 도무지 콜린의 행동을 예측할 수 없었다. 콜린은 다시 표정 일람표를 보았다.

"창피함."

콜린은 큰 소리로 말하고, 멜리사의 머리 위에서 **반가움**을 지우고 **창피함**이라고 썼다.

"그럴 것 없어. 가슴 발육은 사춘기에 호르몬 수치가 높아지는 데 대한 반응으로 완벽하게 정상이야. 흥미롭게도 균일한 비율로 진행되지는 않는데……."

"콜린."

"몇 가지 환경 요인으로 인해 가속화될 수 있어. 그러니까 유전적인 것만은 아니야. 예를 들어 너희 엄마가……."

"콜린."

멜리사가 말을 막았다.

"제발. 그 얘긴 그만해."

콜린은 그 말대로 했다. 다음 말을 참을성 있게 기다리며 마리가 종종 하던 조언을 떠올렸다. 때때로 사람들은 콜린과 토론하고 싶어 하고, 흥미로운 의견이나 감탄의 말을 나누고 싶어 한다는 것이다.

멜리사가 말했다.

"난…… 나도 그런 건 다 알아."

"아."

"그러니까."

멜리사가 말을 이었다. '그러니까'는 땜질 용어다. 사람들이 당면한 상황에 더 적절하거나 밀접한 관계가 있는 말을 생각해 내는 동안, 시간을 벌기 위해 잠시 중단된 대화에 끼워 넣는 용어다. 콜린은 땜질 용어를 거의 쓰지 않았다.

"그래."

콜린이 대답했다.

멜리사는 콜린의 손에서 공책을 잡아 뺐다. 볼펜을 휙 꺼내더니 공책에서 처음 나온 빈 면에 뭔가 적기 시작했다. 콜린은 공포에 질려 지켜보면서도, 몸을 움직여 막지는 않았다.

멜리사가 설명했다.

"필요한 일이 있으면…… 무슨 일이든…… 내 휴대폰으로 전화하면 돼. 알았지?"

콜린에게 공책을 돌려주었다. 콜린은 믿을 수가 없어서 멜리사가 공책에 갈겨쓴 열 자리 숫자를 빤히 바라보았다. 콜린이 입을 열었다.

"너 내 공책에 썼어."

멜리사는 웃음을 지었다. 다시 종이 울렸다. 콜린은 셋까지 세었다.

"또 봐."

멜리사가 말했다. 멜리사는 총총히 수업을 들으러 갔고 복도가 텅 비었다. 콜린 혼자 남아 멜리사의 전화번호가 적힌 공책을 펼쳐 들고 있었다. 그것을 뚫어지게 바라보았다.

콜린이 한숨을 쉬었다.

"공책을 버려 놓았어."

제3장

전쟁 억제

죄수의 딜레마에 대해서 말하지 않은 것이 하나 있다. 이것이 게임 이론 문제라는 사실이다. 게임 이론은 경쟁적인 의사 결정에 관한 연구다.

죄수의 딜레마는 '비 제로섬' 게임이다. 이 말은 모든 참가자가 옳은 전략을 선택하면 동등한 이익을 얻는다는 뜻이다. 1950년대 미국 정부의 정책 연구소인 랜드 연구소에서 두 명의 수학자가 이 이론을 만들었다. 하지만 이 수학자들의 관심사는 죄수들의 행동이 아니었다. 전쟁이었다. 구체적으로 말하면 핵전쟁을 피하는 법이었다.

흥미로운 건 죄수의 딜레마가 역설이라는 점이다. 두 참가자 모두 협력해야만 각 참가자 개인에게 이득이 된다. 그러지 않으면 협력은 처벌을 받는다. 이 역설은

> 두 참가자 모두 다른 참가자가 어떤 선택을 할지 알고 있다면 해결하기 쉽다. 사람들은 대개 큰 손해보다 작은 이익을 취할 것이기 때문이다.
>
> 그러나 게임은 그렇게 굴러가지 않는다. 다른 참가자가 어떤 선택을 할지 결코 알 수 없으므로, 현명한 선택을 하려면 다른 참가자를 신뢰해야 한다. 이것을 '억제'라고 한다. 이 말은 상대방도 양립 가능한 목표가 있음을 알기 때문에, 크게 부정적인 결과가 돌아올 수 있는 위험한 전략은 선택할 가능성이 적다는 뜻이다. 그 양립 가능한 목표는 생존이다.
>
> 다른 선택에도 이름이 있다. '상호 확증 파괴'라고 한다.

콜린은 학교에서 배우는 모든 과목 중에 수학을 가장 좋아했다.

또래들 대부분과 달리, 콜린은 수학이 무슨 쓸모가 있는지도 알았다. 기차 한 대가 오후 3시에 시카고에서 출발하여 동쪽으로 가고 또 한 대는 오후 4시에 뉴욕에서 출발하여 서쪽으로 갈 때, 두 기차가 서로 엇갈리는 시간을 계산하는 것이 왜 쓸모가 있는지 이해했다. 이 서술형 문제의 답은 중요하지 않지만, 그 '계산'은 대단히 중요했다. 덕분에 기차에 대해 알 수 있기 때문이다. 기차는 콜린에게 대단히 흥미롭고 배울 가치가 있는 대상이었다.[3]

콜린에게 이러한 사고방식은 모든 과목에 해당했다. 무엇을 배우는 것은 아는 것이고, 아는 것은 이해하는 것이고, 이해하는 것은 두려움 없이 받아들이는 것이다.

그래서 콜린은 굉장한 관심을 가지고 반백의 나이 든 수학 교사 게이츠 선생님이 하는 말이나 칠판에 갈겨쓰는 내용을 하나도 빠짐없이 받아썼다. 예를 들면 '단위행렬' 같은 용어 말이다. 게이츠 선생님이 분필 가루 묻은 구부러진 집게손가락으로 교실 안을 손가락질했다.

"단위행렬의 성질을 열거할 수 있는 사람?"

콜린은 할 수 있었다. 지명되기를 기대하며 손을 번쩍 들었다. 지명되지 않았다. 게이츠 선생님은 콜린의 분명한 열의를 보고도 묵묵히 지나쳤다.

"피셔 군, 고맙네. 답을 아는 다른 학생이 있나 보고 싶군."

나지막한 웃음이 교실 안에 번졌다. 가장 큰 웃음소리는 교실 뒤쪽, 루디 무어라는 남학생의 것이었다. 게이츠 선생

---

3 이 문제는 수학의 기본 원칙을 보여 주는 예다. 시간 X를 밝히려면 거리와 속도 값을 가져와서 등식 양변에 넣어야 한다. 중요한 것은 각 기차가 언제 역을 출발했느냐가 아니라 문제의 시작과 끝 시점에 두 기차 사이의 거리다. 답을 구하려면 두 기차가 각각 제 속도에 따라 달려온 거리가 정확히 같아지는 순간을 계산하면 되는 간단한 문제다. 콜린은 이것을 부모님에게 보여 주기 위해 전기 기관차 두 대를 하나의 트랙 위에 놓고 그 둘이 서로 충돌하는 순간을 정확히 예측한 적이 있다. 아빠는 콜린의 수학 실력에 감동했지만 아빠가 아끼는 기관차가 망가진 데 대해서는 그리 감동하지 않았다.

님의 출석부에는 '루돌프 텔벗 무어'라는 이름으로 올라 있다.

콜린은 루디가 불편했다. 루디의 표정은 손으로 그린 커닝 페이퍼의 얼굴들과 절대로 맞아떨어지지 않았다. 언제나 루디의 눈과 입이 서로 맞지 않는 것 같았다. 실제로 루디의 눈은 거의 변하는 법이 없었다. 사실은 아무것도 느끼지 못하면서 얼굴 근육만 움직여 인간의 감정을 흉내 내는 것 같았다. 콜린은 루디를 보면, 특히 루디가 웃을 때면 상어가 떠올랐다.

콜린은 공책에 루디에 대한 개인적인 평을 딱 하나 적어 놓았다.

> 루디 무어: 똑똑하다. 위험하다. 피할 것.

게이츠 선생님이 나지막하게 으르렁거리는 듯한 소리를 냈다.

"아무도 없나?"

콜린은 그 질문을 초대로 해석하고, 다시 손을 공중으로 번쩍 쳐들었다.

"자, 아무나 해 봐라."

콜린은 선생님이 못 봤을지도 모른다는 생각에 주의를 끌려고 손을 마구 흔들었다.

게이츠 선생님은 답을 내놓기 전에 시간을 두고 어떤 불가사의한 알고리즘을 처리하듯 잠시 굳어 있었다.

"좋다, 피셔."

콜린은 일어서서 답을 말하려고 입을 열었다. 첫마디가 나오기 전, 교실 뒤쪽 어디선가 날카롭게 울리는 휴대 전화 소리에 말이 막혔다. 콜린은 입을 꾹 다물고 셋까지 셌다.

게이츠 선생님이 눈을 부라렸다.

"누구든 간에, 전화기 꺼라. 안 그러면 압수하겠다."

전화 소리가 그쳤다. 게이츠 선생님은 잠시 뜸을 들여 전화가 정말로 끊어졌는지 확인한 다음, 콜린에게 고개를 끄덕였다.

"말해라."

다시 한 번, 콜린이 입을 열었다. 이번에는 휴대 전화 음악 소리가 말을 막았다. 〈1812년 서곡〉이었다. 다시 한 번, 콜린은 깊이 숨을 들이마시며 셋까지 셌다.

게이츠 선생님이 쏘아붙였다.

"전화 끊어라. 마지막 경고다."

음악이 멎었다. 콜린은 사방에서 들리는 웃음소리와 소곤소곤 이야기하는 소리에 정신이 산란해졌다. 초조했다. 가슴 속에서 심장이 쿵쿵 뛰고 이마에 식은땀이 맺혔다. 다시 안쪽에 불이 붙어 타오르고 있었다.

콜린은 숨을 고르며 억지로 말을 끄집어냈다.

"단위행렬은……."

불협화음이 남은 말을 삼켜 버렸다. 또 휴대 전화였다. 요란하고 날카로웠다. 그치지 않았다. 음악도, 벨소리도, 듣기 좋은 그 무엇도 아니었다. 그냥 소음이었다.

콜린은 그 소음을 막으려고 양손을 귀에 갖다 대며 게이츠 선생님이 통로로 달려오는 것을 희미하게 알아차렸다. 두 귀를 꽉 막고 숨을 들이켤 때, 반 아이들은 웃음을 터뜨리며 손가락질을 했고 선생님은 어디에서 소리가 나는지 찾았지만 허사였다. 콜린이 견디기에는 너무 심한 일이었다. 그래서 그 소음을 막기 위해 자신이 아는 유일한 일을 했다.

콜린은 개처럼 짖었다. 점점 더 크게. 짖는 데 몰두해서 게이츠 선생님이 그 거슬리는 전화를 찾아내 꺼 버렸다는 사실도 알아차리지 못했다. 사방에서 자신을 향해 쏟아지는 눈길들도 알아차리지 못했다. 루디 무어가 특유의 죽은 눈을 한 채 상어 같은 이를 드러내며 입을 쩍 벌리고 낮게 웃음을 터뜨린 것도 알아차리지 못했다.

무엇보다 자신이 교실 바닥으로 무너지는 것도, 두 손을 귀에 대고 공처럼 몸을 움츠리는 것도, 계속 짖어 대는 사이 게이츠 선생님이 교무실에 전화해 도움을 청하는 것도 알아차리지 못했다.

콜린이 교장인 도런 박사님 방에 간 것은 이번이 두 번째였다.

처음 왔을 때는 학교가 시작되기 3주 전이었다. 부모님과 함께 와서 콜린의 특수한 필요조건에 대해, 특히 콜린이 마리 없이 지내는 것에 대해 의논했다. 도런 박사님도 학교를 운영하는 방식에 대한 새로운 아이디어들을 가지고 웨스트 밸리 고등학교에 교장으로 갓 부임한 참이었다. 도런 박사님은 콜린의 상황에 관심을 갖는 것 같았고, 자신의 '통합 교육' 접근법은 콜린의 필요를 우선하고 교직원의 편의는 뒤에 둘 거라며 단단히 안심을 시켰다.

면담하는 동안 콜린의 엄마가 주로 이야기했고 아빠가 주로 질문했으며 콜린은 아무 말도 하지 않았다. 대신 콜린은 도런 박사님의 교장실을 살펴보며 시간을 보냈다. 눈에 들어오는 모든 것을 주의 깊게 검토했다.

콜린은 공책에 이렇게 적었다.

> 도런 박사님의 교장실: 깨끗하고 잘 정리되어 있다. 교육과 아동 심리에 관한 책들. 책갈피 여기저기에 포스트잇 메모가 튀어나와 있다. 경영과 조직 정치에 관한 책들도 눈에 띈다.

책상 모서리들이 정힌 문고본이다. 도런 박사님은 책 읽기를 좋아한다. 책상 위에는 가족과 함께 찍은 박사님의 사진들이 있다. 한 사진에서는 박사님이 어떤 남자와 세 살쯤 된 남자아이와 함께 웃고 있다. 남편과 아들일까? 십 년은 되어 보이는 사진인데, 그것 말고는 아이 사진이 없다. 더 최근 사진들에는 박사님과 남자만 나와 있다. 그 사진들 속의 박사님은 웃지 않는다.

그날 콜린은 교장 선생님에게 딱 다섯 마디만 했다. 그 말을 면담 마지막 순간까지 아껴 두었다.

"선생님, 삼가 고인의 명복을 빕니다."

다시 한 번, 콜린은 교장 선생님 앞에서 거의 입을 열지 않고 있음을 깨달았다. 선생님은 의자에 깊숙이 등을 기대고 앉아 양손 손가락 끝을 맞대어 세우고 콜린을 빤히 바라보고 있었다. 게이츠 선생님이 찾아낸 휴대 전화는 교장 선생님 앞, 책상 위에 놓여 있었다. 콜린은 발끝을 내려다보았다.

교장 선생님이 차분하게 말했다.

"네 잘못이 아니었다는 거 알아. 하지만 네가 당황했다고 해서 그런 식으로 반응한 데 대해선 책임을 물어야겠구나. 이해하겠니?"

콜린은 고개를 끄덕였다. 아무 변명도 하지 않았다. 변명할 것이 없었기 때문이다.

"앞으로 또 이런 일이 생기면 선생님께 양해를 구하고 교실 밖으로 나와. 그러고 싶으면, 기분이 나아질 때까지 여기와 있어도 돼."

콜린은 고개를 들고 교장 선생님을 바라보았다.

"선생님이 안 된다고 하면요?"

"선생님은 안 된다고 하지 않을 거야."

진심이었다. 콜린은 알 수 있었다. 교장 선생님을 믿었다.

교장 선생님이 말을 이었다.

"확실히 짚고 넘어가자. 이런 일이 또 생기면 너를 이 학교의 다른 학생들과 똑같은 방식으로 처리할 거다. 이해하지?"

콜린은 다시 고개를 끄덕였다.

"가도 돼."

콜린은 일어서서 가방을 어깨에 메고는 나가려고 돌아섰다. 문까지 갔을 때 발을 멈추고 교장 선생님을 돌아보았다.

"왜?"

콜린은 휴대 전화를 가리켰다.

"누구 건지 아세요?"

"아직 몰라. 하지만 곧 찾아낼 거야."

콜린은 고개를 저었다.

"아뇨. 못 찾아내실 거예요. 좀 봐도 될까요?"

선생님은 코를 찡그리고는, 전화기를 집어 콜린에게 건네 주었다. 콜린은 걸려 온 전화 목록을 손가락으로 훑었다. 그러고는 전화기를 내밀었다.

"이것 보세요. 이 전화기에는 걸려 온 전화가 두 통밖에 없는데, 둘 다 발신 번호 표시 제한이 걸려 있어요."

선생님은 자세히 보려고 몸을 일으켰다. 콜린은 전화기의 메뉴들을 죽 넘겼다.

"부재중 전화도 없고, 발신 전화도 없어요. 저장된 연락처도 없고, 할당된 국번하고 번호 말고는 명의자 정보도 없어요. 이상하다고 생각하지 않으세요?"

"새 전화기겠지."

교장 선생님의 말에 콜린도 동의했다.

"네."

콜린은 액정 화면에서 비닐 시트를 떼어 냈다.

"아주 새 거라서 주인이 포장을 다 뜯지도 않았어요. 하지만 이 전화기의 이상한 점은 그게 아니에요."

전화기를 뒤집어 뒷면을 손가락으로 쓰윽 훑었다.

"이 긁힌 자국 좀 보세요. 이런 건 누가 유심 카드를 갈아 끼워야 생겨요."

배낭을 뒤져 (호기심 많은 수사관의 단짝 친구) 휴대용 연장 세트에서 조그만 스크루드라이버를 꺼냈다. 그것으로 휴대 전화 뒤판을 비집어 열었다. 교장 선생님은 콜린의 즉석 과학 수사를 더 잘 보려고 몸을 앞으로 기울였다. 본의 아니게 이 작업에 대단히 흥미가 당겼다.

좁은 커버가 튀어나오자, 콜린이 유심 카드를 뽑았다.

"이 유심 카드는 선불폰에서 나온 거예요. 이러면 절대로 주인을 추적할 수 없어요."

"그럼 원래 유심 카드는 어디 있지?"

"이 전화기를 가져온 사람이 가지고 있겠지요."

"그 말은 그게 누구인지 알아낼 수 없다는 얘기구나."

"아뇨. 이 전화기만 봐서는 누가 주인이었는지 알아낼 수 없다는 얘기예요."

교장 선생님은 손가락으로 책상을 두들기며 살짝 고개를 옆으로 기울였다. 콜린은 진전을 보이는 중이었다. 그것은 콜린이 하는 게임이었지만 선생님도 거기 동참하는 것이 즐거웠다. 적어도 지금은.

콜린이 말을 이었다.

"이건 300달러짜리예요. 전 알아요. 엄마가 저한테 사 주고 싶어 했는데, 아빠는 잃어버릴 것이 확실한 물건에 그런 큰돈을 쓸 수는 없다고 했거든요. 이 전화기를 산 사람이 누구든 300달러를 버려도 되는 사람이에요. 또 유심 카드를 갈아 끼울 기술 지식도 있고, 게이츠 선생님이 빨리 찾지 못할 곳에 전화기를 숨겨 둘 사전 계획도 세웠지요. 우리의 적은 머리도 좋고 지략도 있고 교활해요."

교장 선생님은 조금 미심쩍은 듯이 그 말을 따라 했다.

"우리 '적'이라고."

콜린은 물러서지 않았다.

"네. 이건 저를 겨냥한 거예요. 휴대 전화가 울리면 어느 수업이든 방해가 되겠지만 그것만으로 300달러를 들일 가치는 없어요. 이 일을 벌인 사람은 저를 알고 제가 어떻게 반응할지 알고 있었어요. 그러니까 그게 누구든 저와 같은 중학교에 다녔고 예전에 같이 수업을 들은 사람이에요. 이것으로 용의자 명단이 상당히 줄어들지요."

콜린은 유심 카드를 다시 제자리에 끼우고 전화기를 교장 선생님에게 돌려주었다.

선생님이 재촉했다.

"좋아, 본론으로 들어가자. 누구지? 얼른 정학을 시켜서 여름 방학이 안 끝난 거나 다름없게 만들겠다."

콜린은 얼굴을 찌푸렸다.

"선생님은 절대로 증거를 내놓지 못할 거예요. 우리 적은 너무 똑똑하거든요."

"콜린, 그냥 이름을 대."

콜린은 간단히 대답했다.

"루돌프 밸벗 무어요."

"그럼 루디 무어가 왜 그 큰돈에 그 많은 수고를 들여 고작 너를 개처럼 짖게 했는지 아니? 그냥 장난으로?"

콜린은 고개를 저었다. 안경을 고쳐 썼다.

"벨소리 선택이 저한테 보내는 메시지예요. 〈1812년 서곡〉이오. 그건 선전 포고예요."

"좋아. 그런데 왜?"

"말하는 인형 사건과 관계가 있다는 생각이 들어요."

"말하는 인형이 뭐가 어땠는데?"

"짖었거든요. 개처럼."

"알겠다."

"나가 봐도 될까요?"

교장 선생님이 고개를 끄덕였고, 콜린은 방을 나갔다. 더는 아무 말도 오가지 않았다.

교장실에서 교실을 향해 서른아홉 걸음을 갔을 때, 콜린은 에디 마틴의 사물함 앞에서 샌디 라이언을 보았다. 샌디는 펑 소리를 내며 사물함 문을 연 참이었고, 사물함에 손을 넣어 에디의 노트르담 점퍼를 꺼내더니 어깨에 걸쳤다. 콜린은 눈살을 찌푸리며 손을 뻗어 공책을 꺼냈다. 지금 범죄가 벌어지는 장면을 목격한 것일까? 샌디가 저것을 훔쳐 달아날 수 있다고 믿을 만큼 멍청하단 말인가?

> 10:15 A.M. 에디 마틴의 사물함 앞. 샌디 라이언. 샌디는 도둑일까? 아니면 에디와의 관계가 동거 초기 단계로 들어가 사실상 공동 재산 약정으로 발전한 것일까?

샌디는 콜린이 있는 줄 아는지 모르는지 아무 기색도 보이지 않았다. 그냥 에디의 사물함 앞에 꼼짝 않고 서 있기만 했다. 분명 생각에 잠긴 모습이었다. 콜린은 살금살금 다가갔다. 들새 관찰을 하듯. 샌디가 유난히 겁 많은 참새라도 되는 듯. 콜린이 10대들의 관계 역학에 대해 더 많은 생각과 의견을 적으려던 찰나, 학교 건물 문들이 열리는 소리와 함께 쿵쿵, 귀에 익은 묵직한 발소리가 들렸다. 웨인 코널리였다.

웨인이 다가왔다. 넓은 현관문으로 들어오는 한낮의 햇빛에 그림자가 진 모습이었다. 콜린은 복도로 서늘한 바람이 불어오는 것을 알아차리고 웨인 뒤의 문이 제대로 닫히지 않았음을 깨달았다. 웨인은 바깥에서 들어오고 있었다. 콜린은 다시 공책을 보았다. 샌디 일은 잊었다. 에디의 사물함이 세게 닫히는 금속성의 철컥 소리도, 샌디가 서둘러 가 버릴 때 테니스화가 타일 바닥에 부딪치며 나는 스타카토의 탁탁 소리도 거의 알아듣지 못했다. 콜린은 웨인을 살펴보다 그 순간의 이상한 점을 알아차리고 얼굴을 찡그렸다.

웨인, 셋째 시간. 바깥에서 들어온다. 매우 흥미롭다.
조사해 볼 것.

웨인이 발을 멈추고 콜린을 뚫어지게 바라보았다. 콜린의 눈이 웨인과 마주쳤다. 콜린은 평소 자기를 괴롭히던 고문자의 얼굴에서 **악의** 대신 **망설임**만을 보고 깜짝 놀랐다.

콜린은 공책을 덮고 볼펜을 넣었다. 마흔세 걸음까지 갔을 때 웨인의 목소리가 들렸다.

"어디 가?"

콜린은 걸음 수를 잊지 않도록 몇 번째 걸음인지 되새기며, 웨인을 마주 보았다.

"안녕, 웨인. 난 수학 시간에 들어가는 중이야. 지금 단위 행렬에 대한 수업 중인데, 아주 재미있거든."

웨인 뒤쪽의 햇빛 쏟아지는 야외 주차장을 마지막으로 흘끔 본 뒤, 콜린은 계속 갈 길을 갔다. 콜린은 재미있는 것을 놓치기 싫었다. 특히 수학을.

제4장

쿨레쇼프 효과

부모님은 내가 무슨 생각을 하는지 알기 힘들다고 말한다. 대개 아주 멍한 표정만 하고 있기 때문이란다. 내가 일부러 그러는 건 아니다. 그냥 원래 그렇다. 아빠는 내가 "손에 쥔 카드를 가슴에 대고 보여 주지 않는다."라고 농담하지만 사실이 아니다. 카드 게임을 하든, 승부를 가리는 무슨 다른 게임을 하든, 그냥 내 얼굴이 그런 것이다.

하지만 밝혀진 바와 같이 가장 읽기 힘든 인간의 표정은 완전히 무표정한 얼굴이다. 거의 100년 전에 러시아 영화감독에 의해 입증된 사실이다. 1917년 러시아 혁명 이후 모스크바에서는 새 영화 필름을 구하기 어려웠고, 그래서 영화 제작자들은 짧은 자투리 필름 조각들로 실험을 했다. 한 감독이 이런저런 필름 조각들을 가지고 편집을 통해 어떻게 인간 감정을 조작할 수 있는지 입증했다.

먼저 배우에게 완전한 무표정을 유지하라고 지시한 다음, 그 배우를 찍었다. 감독이 배우의 얼굴 뒤에 구운 닭고기 장면을 내보내자, 관객들은 "저 사람 참 배고파 보이네."라고 했다.

관 사진으로 바꾸었을 때, 관객들은 그 사람이 슬퍼한다고 생각했다. 아름다운 여자 모습이 나오면, 배우가 사랑하는 사람을 그리워한다고 말했다.

실험을 지휘한 감독의 이름을 따서 이 현상을 '쿨레쇼프 효과'라고 한다. 맥락을 알 때까지는 무표정한 얼굴이 무엇을 뜻하는지 절대로 알 수 없다는 사실이 이것으로 입증되었다.

콜린은 체육관 안을 보기 전에 냄새부터 맡았다. 퀴퀴한 사람 땀 냄새, 곰팡이 냄새, 남자 탈의실의 새는 화장실에서 나는 희미한 소변 냄새, 그 모든 것을 덮으려다 실패한 소나무 향 바탕의 독한 세제 냄새. 콜린은 체육관에 들어설 때 콧구멍 대신 입으로 숨을 쉬려고 애썼지만, 혀로도 세제의 맛을 느낄 수 있음을 깨달았다. 미각과 후각의 밀접한 관계에 따른 불운한 결과였다.

콜린은 대신 청각에 집중하며 빈 체육관을 조용히 가로질러 걸었다. 찌익. 찌익. 키 크고 마른 선생님이 농구공이 가득 든 커다란 그물을 끌고 단단한 나무 바닥을 가로질렀다.

"투렌티니 선생님?"

콜린의 목소리가 체육관의 단단한 내벽에 부딪혀 메아리 치자, 선생님이 고개를 들고 잿빛 눈으로 콜린의 파란 눈을 보았다. 콜린은 투렌티니 선생님의 인상적인 뻣뻣한 콧수염을 살펴보았다. 무성 영화에 나오는 카우보이 악당이나 소련 독재자 이오시프 스탈린을 연상시키는 콧수염이었다.

"일찍 왔구나."

투렌티니 선생님이 말했다.

"그리고 넌 지금 그 신발로 내 체육관 바닥에 흠집을 내고 있다."

선생님은 끈이 풀리지 않도록 이중으로 매듭을 지은 콜린의 검은색 구두를 가리켰다.

"우리 사이는 시작이 좋지 않구나."

콜린은 선생님에게 정성껏 접은 종이를 건넸다. 부모님이 보내는 쪽지였다. 콜린은 그 쪽지로 체육 수업을 빠질 수 있을 거라고 믿었다. 투렌티니 선생님은 그 쪽지를 한 번 훑어본 다음, 두 번째로 훑어보았다. 선생님의 얼굴은 완전히 무표정했다.

"아스퍼거 증후군."

투렌티니 선생님은 그 말을 천천히, 그러나 정확히 발음했다. 대부분의 사람들이 '애스버거Ass-burger' 비슷한 소리를 냈지만 (콜린의 동생 대니에게는 끝없는 재미의 원천이었고, 엄마가 못하게 할 때까지는 대니가 가장 좋아하는 콜린의 별명이었다.) 투렌티니 선생님은 주의 깊게 '퍼' 소리를 살짝 굴러가는 '페르' 소리에 가깝게 냈다. 그 명칭의 오스트리아 어원에 가까운 소리였다.

"대체 이게 뭐냐?"

"자폐증과 관계가 있는 신경 질환이에요."

콜린은 참을성 있게 설명했다.

"1943년에 비엔나에서 한스 아스페르거라는 오스트리아 소아과 의사가 발견했는데, 널리 진단이 내려지지는 않다 가……."

"자폐증."

투렌티니 선생님이 끼어들었다.

"그러니까 〈레인맨〉[4] 같은 거냐? 내가 보기에 넌 레인맨 같지 않은데. 피셔, 너 레인맨이냐?"

"저는 고기능으로 진단받았지만, 그래도 사회성 기술이 부

---

4 〈레인맨〉은 1988년에 나온 유명한 영화다. 더스틴 호프먼이 자활 능력 없는 자폐증 환자로 나와서, 서번트 증후군(뇌 기능 장애를 가진 사람들 중 일부가 특정 영역에서 천재적인 재능을 보이는 현상이다 : 옮긴이) 같은 셈하는 능력과 여러 가지 이상한 버릇과 틱 장애가 있는 사람을 연기한다. 이 영화는 최우수 작품상을 포함하여 여러 부문의 아카데미상을 수상했다. 콜린은 이 사실을 이상하게 생각했다. 콜린에게 1988년 최고의 영화는 브루스 윌리스가 나오는 〈다이하드〉였기 때문이다. 시끄럽지만 좋은 영화였다.

족하고 감각 통합 문제가 있어서 신체 협응 영역에 심각한 장애가 생겼어요."

투렌티니 선생님의 콧수염이 살짝 달싹였다. 지금 들은 이야기가 마음에 들지 않는 걸까, 아니면 그냥 이해를 못 한 걸까? 콜린은 좀 더 설명하기로 했다.

"그래서 저희 부모님과 치료 팀은 제가 이 수업을 빠져야 한대요."

투렌티니 선생님은 여전히 표정 없는 얼굴로 아무 말도 하지 않았다. 마치 돌이 된 사람 같았다. 마침내 선생님이 입을 열었다. 목소리는 차분하고 말은 정확했다.

"이 쪽지는 받아들일 수 없다."

평소 단조로운 콜린의 목소리에 충격이 스며들어 한 톤 높아졌다.

"하지만 거기 분명히 설명이……."

"피셔, 여기 뭐라고 적혀 있는지는 안다. 나도 읽을 줄 알아. 하지만 운동 못하는 사람을 다 빼 주면 난 아주 외로운 선생이 될 거다. 피셔, 내가 외로웠으면 좋겠냐?"

"선생님 외로우세요?"

투렌티니 선생님의 콧수염이 다시 달싹였다.

"넌 이 짧은 쪽지가 통할 줄 알았나 보구나. 그러니까 체육복도 안 가져왔지."

콜린이 선생님의 추리력에 감탄하며 고개를 끄덕이자, 투렌티니 선생님이 돌아서서 체육관 맞은편 끝에 있는 비좁은 사무실로 척척 걸어갔다.

"따라와라. 분실물 보관함에 입을 만한 게 있는지 찾아볼 테니."

콜린은 굳어 버렸다.

"그 옷, 합성 섬유는 아니겠지요?"

"우리 투렌티니 부티크에서는 최고급품만 취급한다."

콜린은 마음을 놓고 싶었지만, 투렌티니 선생님이 농담하고 있는 것이 아닌가 의심스러웠다. 그것도 콜린을 제물로 삼아서.

12분 30초 뒤에 콜린은 웨스트밸리 고등학교의 아스팔트 농구 코트로 걸어 들어갔다. 머리 위로 샌페르난도밸리 한낮의 태양이 고지대 사막의 무자비한 열기를 쏟아부었다. 콜린은 투렌티니 선생님의 사무실에서 혼자 체육복으로 갈아입었다. 버려진 옷들을 뒤져서 아주 약간이라도 깨끗하고 대체로 면 소재이며 몸에 맞을 만한 옷을 찾은 결과였다. 실망스럽게도 투렌티니 부티크의 최고급품조차 석유를 원료로 한 합성 섬유로 피부를 괴롭혔고, 오래전에 대학이나 일터로 떠난 학생들의 고약하고 퀴퀴한 땀 냄새가 콧구멍을 괴롭혔다.

지금의 신체적 불편과 상관없이, 콜린은 오래전부터 체육 수업과 운동장을 싫어했다. 늘 존재하는 지나치게 개인적인 접촉의 위험, 불쾌한 냄새, 인간의 놀이에서 나는 동물에 가까운 불안한 소리는 제쳐 놓고도, 자신이 딱히 동작을 제어할 수 있을 것 같지 않았다. 잘 던지지도 못했고, 잘 잡지도 못했다. 콜린의 유일한 진짜 신체적 재능, 기쁨을 주는 유일한 운동은 (트램펄린에서 뛰는 것 빼고는) 달리기였다. 콜린은 달리기를 사랑했다. 눈을 감고 얼굴에 닿는 바람을, 움직이는 몸을, 피부에서 증발하는 땀을 처음으로 느꼈을 때 달리기를 사랑하게 되었다. 달리면 혼자이고 살아 있다는 느낌이 들었다.

고등학교 체육 수업은 전체적으로 더욱 위협적인 경험 같았다. 콜린에 비하면 많은 남자아이들이 쑥쑥 자라 거인이 되었고, 누가 있는지도 모르는 채 콜린을 으스러뜨릴 것만 같았다. 콜린은 잠시 망설였다. 세 번 심호흡을 하며 마음의 준비를 한 뒤 투지 넘치게 나아갔다.

남자아이들은 두 줄로 서서 차례대로 자유투를 하고 각자 자연스럽게 자기 공을 주워 와서 다음 던질 사람에게 넘겨준 다음, 줄 맨 뒤의 자기 자리로 돌아갔다. 드리블, 슛, 천천히 달리기의 끝없는 순환이었다. 농구공이 튀면서 낮게 울리는 텅 소리에 이따금 투렌티니 선생님의 짖어 대는 듯한 지시가 끼어들었는데, 그 목소리는 경기의 소음을 어렵지 않게 뚫고 전해지는 듯했다.

"이바러, 두 발 다 선 뒤에 둬라."

"매키, 한 번에 매끄러운 동작으로."

"할머니들처럼 수다는 그만 떨고, 줄 뒤로 돌아가라."

콜린은 얼룩 묻은 파란 폴리에스테르 운동복 바지에 일본 만화영화의 입 없는 고양이가 박힌 티셔츠를 입고 로봇 같은 큰 걸음으로 코트를 가로질렀다. 가까워질수록 귀에 익은 높은 웃음소리가 들렸다. 스탠의 웃음소리 같았다. 과연 에디, 스탠, 쿠퍼가 슛을 하려고 기다리고 있었다. 콜린은 에디를 가만히 바라보며 무엇을 두고 웃는지 이해하려고 애썼으나, 막연히 자신을 향한 웃음이라는 것만 알았다.

그다음에는 눈길을 떨구고 호흡에 집중하여 깊고 고르게 숨을 쉬려고 애쓰며 남자아이들 사이에 자리를 잡았다.

차례가 돌아와서 고개를 들었을 때, 때마침 에디가 콜린의 몸통을 향해 공을 휙 던졌다. 콜린은 공을 잡는 대신 쳐 냈다가, 실수를 깨닫고 허둥지둥 공을 따라갔지만 공은 가볍게 옆 코트로 날아갔다.

"숏버스, 가져와."

스탠이 말하며 더욱 격하게 웃어 댔다.

'숏버스'란 샌페르난도밸리 북동부 구석을 다니는 노란색 작은 버스를 말하는 것으로, 신체장애아나 발달 장애아를 집에서 학교까지 데려다주고 데려오는 버스였다. 콜린은 그 버스를 탄 적이 없는데도, 6학년 때 에디가 콜린에게 숏버스라는 별명을 붙였다. 그때부터 그 별명은 콜린에게서 떨어지지 않았다.

킬킬거리는 소리와 가짜 응원 소리를 못 들은 척하며, 콜린은 공을 주워 와서 자기 자리로 돌아왔다. 공을 한 번 튀긴 다음, 팔을 치켜들고 던졌다. 공은 백보드 위로 최소 30센티미터는 넘기며 빗나갔다. 그 화려한 실수에 운동장에서 웃음이 폭발했다. 듣기 싫은 요란한 소음이 이제는 사방에서 들려왔다. 그 소리에 투렌티니 선생님이 고개를 홱 돌렸고, 콜린이 투지를 잃지 않고 놓친 공을 따라 성큼성큼 야구장 쪽으로 가는 모습을 보았다.

선생님의 콧수염이 움찔했다. 두 줄로 서서 농구공을 던지는 아이들에게 말했다.

"좋다. 계속해라, 제군들. 5분 더 하고, 코트를 돌면서 패스 연습하고 땀을 식힌다."

잠시 시간이 멈춘 것 같았다. 웃음이 그치고, 드리블도, 슛도, 낮게 울리던 잡담 소리도 그쳤다. 콜린은 아이들을 둘러보며, 지금 공책이 있어서 학생들에 대한 교사의 이 전례 없는 권력 행사를 기록했으면 좋겠다고 멍하니 생각했다. 그다

음에 침묵이 깨졌고, 드리블, 슛, 발 움직이는 소리, 험한 말
들의 불협화음이 새로운 활기를 띠고 재개되었다. 콜린은 투
렌티니 선생님이 특유의 빠르고도 편안한 걸음걸이로 다가
오는 것을 알아차리고, 잠시 선생님의 발을 살펴보았다. 발
이 바닥에 닿긴 하는 걸까?

"피셔. 이리 와라."

투렌티니 선생님이 빈 코트를 가리켰다. 콜린은 조심스럽
게 다가갔고, 선생님이 눈앞에 농구공을 들이밀자 살짝 움츠
렸다. 공이 어찌나 가까운지 표면의 우툴두툴한 지문 같은
무늬를 관찰할 수 있었다. 콜린은 1센티미터의 견본과 전체
표면적에 기초하여 우툴두툴 튀어나온 돌기의 총수를 근사
치로 계산할 수 있을까 생각했고, 그렇게 계산해 보았다.

"피셔, 이게 안전핀 빠진 수류탄이냐? 네 코앞에서 폭발할
것 같으냐?"

"아뇨."

콜린이 대답했다. 마리가 여름 내내 여러 날을 버려 가며
수사학적 질문을 알아듣는 법을 가르치려고 애썼으나, 콜린
이 제대로 알아들은 경우는 절반도 못 되었다. 그래서 모든
질문에 진지한 질문을 받은 것처럼 대답하는 것이 가장 좋
다는 사실을 알게 되었다. 이번 콜린의 대답은 투렌티니 선
생님의 마음에 든 것 같았다.

"넌 천재다, 피셔. 이건 안전핀 빠진 수류탄이 아니다. 네 코앞에서 폭발하지 않는다. 그러니까 폭발할 물건처럼 던지 지 마라."

투렌티니 선생님이 강조하기 위해 살짝 몸을 기울이자 불 길하게 가까워졌다. 처음으로, 콜린은 선생님의 오른쪽 뺨에 조그맣게 돋아난 사마귀 무리를 알아보았다. 살을 베지 않고 그 부근을 어떻게 면도할까 상상해 보려 했지만, 그 사고 실 험의 결론을 내리기 전에 투렌티니 선생님이 손가락으로 딱 소리를 내서 다시 콜린의 주의를 끌었다.

"저 선까지 가라."

"네?"

"피셔, 내 발음이 부정확했나? 웅얼거리거나, 재채기를 하 거나, 내가 말하고자 하는 바를 분명히 설명하지 못했나? 저 선에 가서 서라."

콜린은 그 설명의 명확성을 인정했다. 순순히 눈앞의 희 미한 하얀 선까지 걸어간 다음, 돌아서서 투렌티니 선생님을 보았다.

투렌티니 선생님이 말했다.

"농구 경기에서 알아야 할 것은 단 한 가지다. 신은 바쁜 분이다. 그분의 이루 말할 수 없이 바쁜 일정 중에 이 농구장 에 나타나 3미터 높이의 바스켓에 네 공을 집어넣는 기적을 일으킬 시간은 없다."

"투렌티니 선생님?"

"그래, 피셔?"

"저는 신을 믿지 않아요."

콜린은 예상되는 반응을 기다렸다. 절대자에 대한 불신은 3학년 때 산타클로스와 이빨 요정의 해체에서 추론한 유서 깊은 것이었으나, 대화 중에 그 이야기가 나오면 종종 반감에 부딪쳤다.

하지만 투렌티니 선생님은 인상적일 만큼 무표정한 얼굴을 유지했다.

"글쎄, 그건 괜찮다, 피셔. 난 너는 믿으니까."

선생님은 옆으로 한 발 비켜서서 콜린의 자세를 살폈다.

"자, 어깨를 펴라. 팔꿈치에 힘을 빼고. 팔꿈치를 흔들어 봐라."

선생님의 말은 사무적이고 분명했다. 소리만 큰 게 아니라 위엄이 있었다. 사실은 정말 '큰' 소리도 아니었다. '충분히' 컸을 뿐이다. 콜린은 투렌티니 선생님이 절대로 소리를 지르지 않는다는 가설을 세웠다. 앞으로 마주치다 보면 그 가설이 틀렸음이 증명될 가능성은 인정했지만.

투렌티니 선생님이 자세를 고쳐 주려고 손을 뻗어 콜린의 팔꿈치를 건드렸다. 콜린은 본능적으로 움찔하며 물러났다.

"죄송하지만 건드리지 마세요."

콜린은 조그만 목소리로 말했다. 그 말을 들은 기색은 없었지만, 선생님은 콜린을 다시 건드리려 하지 않았다. 대신 자유투 자세를 직접 보여 주어, 콜린이 관찰한 다음 스스로 따라해 보게 했다.

"이렇게요?"

콜린이 잡은 자세는 투렌티니 선생님의 정확한 거울상이었다. 8년에 걸친 작업 요법 덕분에 어디로 어떻게 움직이라는 지시를 따르는 데는 준비가 잘되어 있었다.

"바로 그렇게."

투렌티니 선생님이 대답했다. 콜린은 선생님의 목소리에서 새로운 분위기를 감지하고 정체를 알아내려 애썼다. 감명이라고 콜린은 결론을 내렸다. 어쩌면 재미일지도 모르겠다. 녹화해서 복습하며 더 비교 연구하지 않고는 완전히 확신할 수 없었다.

"자, 눈을 감아라."

투렌티니 선생님은 콜린이 지시에 따를 때까지 잠시 기다렸다.

"이제 마음속에 바스켓을 그리고, 네 손과 테 사이의 거리를 상상해라. 그다음에 공을 바스켓 속으로 던져 넣는 모습을 그려 봐라. 보이냐?"

콜린은 눈살을 찌푸리며 닫힌 눈꺼풀 아래 눈알을 이리저리 빠르게 움직였다. 마치 꿈을 꿀 때처럼.

"아뇨, 빗나갔어요."

투렌티니 선생님은 콜린이 눈을 감은 채 천천히 공을 튀기며 때때로 "아냐.", "모자라.", "실패."라고 중얼거리는 모습을 지켜보았다.

콜린은 실망해서 얼굴을 찡그리며 그림부터 그려 보게 공책이 있었으면 좋겠다고 생각했다. 하지만 공책은 없었고 투렌티니 선생님이 공책을 가져와도 된다고 할지 알 수 없었다. 그래서 차선책을 썼다. 공책이 있다고 상상한 것이다. 상상의 공책에 아스팔트 코트를 대충 그리고, 공이 들어가거나 빗나가는 것과 관련된 모든 변수를 나타내는 복잡한 도표를 덧그렸다. 자신과 테 사이의 거리부터 얼굴에 와 닿는 산들바람의 추정 세기까지, 생각할 수 있는 요소는 모두 넣었다. 문제의 변수들을 이해했다는 데 만족하며, 콜린은 상상의 공책에서 도표를 추정하여 머릿속 삼차원 공간에 자신과 테를 그렸다. 상상 속에서 공을 하나하나 던지며 자신의 계산을 시험했고, 마침내 농구공이 바스켓 속으로 굴러 들어가는 각도, 속도, 회전의 정확한 조합에 이르렀다.

"알았다."

눈을 번쩍 떴다.

망설임 없이 슛을 쏘았다. 가슴 앞에서 두 손으로 똑바로 공을 쏘아 올렸다. 공은 공중에 포물선을 그리며 바스켓 속으로 들어갔다. 가볍게 슉 소리를 내며 테를 건드리지 않고 그물을 통과했다.

콜린은 눈을 깜박였다. 정말 해냈는지, 아니면 또 한 번 머릿속으로 모의실험을 한 건지 잘 알 수 없었다. 콜린이 실패하기를 기다리고 있던 다른 아이들은 가만히 서서 바라보기만 했다.

"거봐라, 피셔. 그렇게 하면 된다. 넌 젠장맞을 농구 신동이구나. 이제 공을 주워서 다시 줄로 가서 서라."

투렌티니 선생님이 말했다. 얼굴에 표정은 없었다.

콜린은 공을 쫓아가려고 돌아섰다가, 어떤 생각이 떠올라 멈춰 섰다. 다시 선생님을 돌아보았다.

"투렌티니 선생님. 선생님이 신이세요?"

"아니다, 피셔. 나는 체육 선생이다. 먹고살려고 일하지."

그 대답에 만족한 콜린은 총총걸음으로 공을 따라갔다. 공은 하프 라인까지 굴러가서 멈춰 있었다. 콜린은 공을 집어 들고, 손 안에 그 무게를 느끼고, 바스켓까지 거리를 가늠한 다음, 한 팔로 슛을 쏘았다. 이것 역시 깨끗하게 바스켓 속으로 미끄러져 들어갔다. 투렌티니 선생님은 고개를 끄덕여 인정했고, 콜린이 빠른 걸음으로 지나갈 때 학생들이 한바탕

웅성거렸다. 한 번은 운이지만 두 번은 기술이었다.

"숏버스가 3점 슛을 기가 막히게 쏘네."

쿠퍼가 말했다. 목소리에 감탄이 배어 있었다. 스탠은 눈살을 찌푸리고 콜린이 줄 맨 뒤로 가서 서는 모습을 노려보았다.

"닥쳐."

스탠이 말했다.

제5장

영장류 행동

인간만이 하는 행동이라고 주장하는 것 중에는 사실이 아니라고 밝혀진 예가 많다. 4학년 때 담임이었던 퍼거슨 선생님은 우리 반 아이들에게 인간이 도구를 만들고 사용하는 유일한 동물이라고 말한 적이 있다. 나는 침팬지가 가느다란 나뭇가지를 써서 흰개미를 낚고, 해달이 돌멩이로 조개와 전복 껍데기를 까며, 뉴칼레도니아 까마귀는 철사를 구부려 임시변통의 갈고리까지 만든다는 사실을 지적했다. 퍼거슨 선생님은 나를 교실 맨 뒤에 앉히고 4학년 내내 수업 시간에 지명해 주지 않았다.

나는 인간만의 특이성보다는 가까운 친족들과 공유하는 행동이 훨씬 흥미롭다고 생각한다. 침팬지나 고릴라 같은 고등 영장류 말이다. 예를 들어 위험에 대한 반응이 그렇다. 대부분의 동물은

> 시끄러운 것, 밝은 것, 낯선 것으로부터 달아나지만 영장류는 밝은 빛이나 시끄러운 소음에 다가가는 경향이 있다. 소란의 원인을 조사하고 알아내고 싶은 마음이 더 강해서다.
> 또한 간지럼을 태웠을 때 웃음을 터뜨리는 동물은 인간과 영장류뿐이다. 나는 대개 웃기보다 비명을 지르지만.

콜린은 학생 식당에서 식탁 하나를 혼자 차지하고, 벽에 등을 돌리고 창문과 문을 보며 앉아 있었다. 아빠가 '총잡이 자리'라고 부르는 자리다. 옛날 서부 개척 시대 총잡이들은 언제나 술집에서 위험이 다가오는 것을 가장 잘 볼 수 있는 위치를 선택했다며, 이런 자리를 그렇게 불렀다.[5] 콜린은 이 정책을 전적으로 지지했지만, 어디서든 진짜 총잡이와 마주칠 신나는 가능성을 계산해 보니, 없다고 해도 될 만큼 희박했다.

전망 때문에 선택한 자리인데도, 콜린은 고개를 숙이고 있었다. 덕분에 식기 부딪치는 소리, 외치는 소리, 이야기하는

---

[5] 아빠의 주장을 확인해 보았지만, 그 용어의 확실한 기원은 찾아내지 못했다. 콜린이 알기로는 와일드 빌 히콕과 관계가 있을 것이다. 그 총잡이는 어느 공공장소에서나 가장 방어하기 좋은 위치에 앉은 것으로 유명했다. 히콕 자신이 이 방침의 현명함을 증명했다. 술집 한가운데 자리를 받아들였다가 경솔한 행동 때문에 등 뒤에 총을 맞아 죽은 것이다.

소리의 불협화음을 무시할 수 있었다. 안 그랬으면 그 소음에 짓눌렸을 것이다. 대신 엄마가 싸 준 점심 도시락 내용물 목록을 만드는 데 집중했다. 델리햄 슬라이스를 꽂은 스틱 프레첼, 꼬마 당근, 셀러리 줄기, 사과 한 알. 사과를 그대로 가져오면 산화하지 않는다. 점심시간까지 갈색으로 변하지 않는다는 뜻이다.

소음에 적응이 되었을 때, 콜린은 과감하게 음식에서 눈을 들어 동급생들을 살펴보았다. 콜린의 엄마는 여름 내내 고등학교를 무대로 한 대중 영화들을 빌려 왔다. 엄마의 10대 시절에 만들어진 영화들이었다. 표면적으로는 콜린이 이 사회적 지뢰밭을 순항하는 데 도움을 주기 위한 일이었다. 실수투성이 여자애들이 인기 있는 부잣집 남자애를 사귀고 싶어 안달하고, 파벌이 다른 학생들이 어른의 권위에 반항하며 말도 안 되는 우정을 맺는 이야기에 콜린은 금세 흥미를 잃었지만, 엄마는 혼자 남아 영화를 보며 "난 블레인을 만나고 싶었는데 결국 더키와 살게 되었어." 같은 알 수 없는 말을 중얼거렸다. 그래도 콜린은 고등학교 종족 집단의 잠정적인 분류 체계를 만들기에 충분한 자료를 얻었다.

콜린은 인류학자의 초연한 관심으로 동급생들을 지켜보며, 공붓벌레, 여왕벌, 체육계, 고스족, 감성파, 그리고 가장 신기한 그룹인 조폭 지망생들의 움직임을 공책에 기록했다.

학생 식당을 훑어보다 눈길이 입구의 두짝 문 쪽으로 넘어
갔을 때, 멜리사가 들어오는 것이 보였다. 콜린은 필기를 멈
추었다.

멜리사는 혼자였지만 웃음을 띠고 있었다. 빨간색 낡은 배
낭을 들었는데, 중학교 내내 가지고 다니던 그 배낭이었다.
콜린은 멜리사를 보는 사람이 자기만이 아니라는 사실을 깨
달았다. 많은 사람이 멜리사 쪽을 보고 있었다. 특히 남자아
이들이.

> 12:07 P.M. 멜리사 그리어가 학생 식당에 들어온다. 다른
> 아이들이 멜리사에게 웃으며 손을 흔든다. 그중에 8학년 때
> 아이들은 보이지 않으니 오전 수업을 같이 들은 아이들일 것이다.
> 멜리사는 마주 웃으며 손을 흔들고 학생 식당 한가운데 식탁으로
> 간다. '학생 여러분, 환영합니다'라고 쓰인 현수막 아래 있는
> 식탁이다. 멜리사 친구인 에마와 애비가 있다. 식탁 위에
> 파티 용품들이 놓여 있다. 오늘은 멜리사의 생일이다.

멜리사가 환하게 웃자 에마와 애비는 갈색 종이봉투를 열
고 둥근 화이트 초콜릿 생일 케이크를 선물했다. 하얀 프로
스팅을 씌우고 분홍색 설탕 장미로 장식한 케이크였다. 멜리
사는 케이크를 보고 손뼉을 치고는, 눈을 들어 친구들을 보
았다. 그러다 콜린이 보고 있음을 알아차렸다. 멜리사는 콜

린에게 방긋 웃어 보였다. **따뜻함**. 콜린은 갑자기 몸속에 타는 듯한 감각이 흐르는 것을 느꼈다. 눈을 피하며 새삼스레 당근 토막에 관심을 두는데, 멜리사가 친구들에게 양해를 구하고 콜린 쪽으로 다가왔다.

"안녕, 멜리사, 별일 없지?"

멜리사가 자기 식탁까지 오자, 콜린은 인사하면서 말끝마다 살짝 높여 열렬한 반가움을 전하려고 애썼다.

"난 별일 없어."

멜리사가 대답했다. 피부의 모세혈관들이 확장되고 혈액이 가득 참에 따라 멜리사의 주근깨 퍼진 창백한 얼굴이 더욱 붉어졌다. 콜린은 이것을 '홍조'[6] 반응으로 인식했다. 인간이라는 동물 특유의 것으로 과학자들도 아직 제대로 이해하지 못했다.

"너도 우리랑 같이 케이크 먹으면 어떨까 해서."

콜린은 멜리사의 사심 없는, 눈을 크게 뜬 얼굴을 살펴보았다. 혼자 힘으로 그 표정을 알아내려 해 보다가, 6초 만에

---

6 홍조는 안면 부위에 흐르는 혈류가 증가할 때 발생하며, 안면 부위는 인체 모든 부위 중 피부 속 모세혈관이 가장 많이 집중되어 있고 가장 넓게 분포되어 있다. 유사 과학을 내세우는 어떤 인종 차별 주의자들은 얼굴을 붉히는 능력이 순수 백인종의 일원이라는 표시라고 주장한 적이 있다. 이것은 사실이 아니다. 홍조는 모든 민족 집단이 보편적으로 나타내는 신체적 정서 반응이다.

포기하고 커닝 페이퍼를 찾아보았다. 멜리사는 *쑥스러워* 보였다. 콜린은 말없이 이 표정의 의미를 생각해 보았다.

콜린은 단조로운 말투로 대답했다.

"아니. 난 케이크를 먹지 않아."

"아."

멜리사는 오랫동안 콜린을 알아 와서 무뚝뚝한 반응에 놀라지는 않았다. 그래도 입꼬리가 살짝 처지고 눈썹을 따라 가느다란 주름이 하나 잡혔다. *짜증*.

멜리사가 말을 이었다.

"칼로리 때문은 아니겠지. 난 너처럼 신진대사가 잘되는 체질이 부러워 죽을 지경인데."

콜린은 깜짝 놀라 눈썹을 추켜세웠다. 신기했다. 멜리사는 날씬하고 탄탄한 몸매였다. 콜린이 보기에 멜리사의 신진대사는 부러움을 살 만큼 빨랐다.

"문제는 설탕이 아니야. 질감이지. 케이크는 끈적거리고 물컹거리는데, 난 물컹한 음식을 싫어해."

콜린은 자기 앞에 늘어놓은 사과, 프레첼, 당근, 셀러리를 가리켰다. 색깔에 따라 스펙트럼 순서대로 배열되어 있었다.

"난 아삭바삭한 음식을 좋아해."

"어, 그래."

멜리사가 대답하고는 입을 오므렸다. 콜린은 그것이 무슨 뜻인지 판단하기 어려웠다. 그래서 자신도 멜리사에게 입을 오므려 보였다. 이것이 실마리를 불러오기를 기대하며.

"다음에는 땅콩 브리틀(견과류로 만든 딱딱하고 바삭거리는 과자이다 : 옮긴이)을 가져다줘야겠다."

멜리사는 빙그레 웃었다. 다정함.

콜린이 밝아졌다.

"땅콩 브리틀은 좋아해."

"그럴 것 같았어."

멜리사는 즐거운 듯 말하고, 즉석 파티로 되돌아가기 시작했다. 콜린은 멜리사의 엉덩이가 우아하게 움직이는 모습을 눈으로 좇다, 멜리사가 걸어가는 모습을 지켜보는 일을 자신이 상당히 즐기고 있음을 깨달았다. 낯설지만 그다지 불쾌하지 않은 따뜻한 느낌이 솟구쳐 뺨의 피부를 붉게 물들였다.

놀랍게도, 멜리사가 갑자기 방향을 틀어 조시와 선디프가 앉은 식탁 쪽으로 갔다. 학구적인 성향의 남자애들로, 중학교 때도 멜리사가 잘해 주던 아이들이었다. 그 애들은 분명 케이크 식탁의 아이들보다 사회적 지위가 낮았지만, 멜리사는 굳이 시간을 들여 그 애들에게 말을 걸었다.

"아주 흥미로운걸."

콜린은 딱히 누구에게랄 것 없이 말한 다음, 공책을 펼쳐 그 순간을 기록했다.

웨스트밸리 고등학교의 복잡한 사회적 무리 분류는 중학교 시절의 그것보다 훨씬 벅찬 문제였고, 콜린은 그 문제를 풀 수 있는 전략을 곰곰이 생각했다. 어쩌면 학교 홈페이지와 소셜 네트워크 사이트에서 학생들 사진을 출력한 다음 자기 방 코르크 보드에 핀으로 꽂아 인물 관계도 같은 것을 만들 수도 있겠다고 생각했다. FBI에서 마약 조직이나 마피아 패밀리의 내막을 파악하는 데 쓰는 도표 비슷한 것 말이다. 그런 도표는 시간을 두고 적절히 내용을 덧붙이거나 변경할 수 있으니 매우 유용할 것이다.

콜린은 학생 식당 안에 보이는 사람들을 바탕으로 그런 인물 관계도가 어떤 모양일지 아주 개략적으로 스케치하기 시작했다. 각 무리들을 수평으로 배치하고, 수직 축에 교내 서열에 따라 개인 또는 무리의 상대적 위치를 표시했다. 도표 높은 곳에 있을수록 인기가 많은 사람이다. 콜린은 자신의 해법에 웃음을 지었다. 직관적이고 이해하기 쉬운 도표를 만든 것이 자랑스러웠다.

콜린은 그 종이 왼쪽 아래부터 시작하여 조시와 선디프의 이름을 적고 '공붓벌레'라는 제목을 붙였다.

종이 꼭대기 부근의 '체육계' 항목에는 곧바로 스탠과 에디의 이름을 적었다. 하지만 쿠퍼의 이름을 덧붙이기 전에는 망설였다. 그 황갈색 피부의 키 큰 남자애가 수학에 놀라운 재능이 있다는 사실이 떠오른 것이다. 4학년 때 같은 반이었는데, 쿠퍼는 반에서 매주 치르던 '잠깐 수학' 대회에서 꾸준히 3등이나 2등 안에 들었다. 매주 1등을 차지하던 콜린이 쿠퍼의 수학 실력을 칭찬하려 한 적이 있지만, 상대는 "꺼져, 등신아."라고 중얼거렸고 그 뒤로 4학년 내내 콜린에게 한 마디도 하지 않았다.

수구 종목 에이스인 에마도 '체육계' 항목에 넣었다. 콜린은 그 옆에 '여왕벌' 항목을 만들었다. 인기를 유지하는 것 말고는 아무 재능도 관심도 없어 보이는 여자아이들을 넣기 위한 항목으로, 미국 여고생의 사회 인류학을 다룬 베스트셀러 책 제목에서 따온 이름이었다. 애비는 그 항목에 들어갔다. 샌디도 마찬가지였다. 콜린은 샌디와 에디 사이에 친밀한 관계를 나타내는 선을 그었다. (집에서 게시판을 만들 때 색실을 써서 구분할 것이라고 적어 두었다.)

콜린은 멜리사를 어느 한 무리에 넣으면 문제가 생긴다는 것을 깨달았다. 크로스컨트리 선수이자 빼어나게 똑똑한 학생이며 지금은 멜리사와 친구가 되고 싶은 아이들의 수요도 매우 높아 보이므로, 멜리사는 여러 진영에 발을 담그고 있었다. 멜리사 문제는 미뤄 두고 루디 무어로 넘어가서, 루디를 혼자 종이 맨 꼭대기에 넣었다.

콜린이 아는 한, 모든 우등반에 들어가고도 지나친 지적 능력에 따라붙는 사회성 결여에 시달리지 않는 학생은 루디 뿐이었다. 콜린이 아는 한, 루디는 인기도 많았다. 콜린은 명하니 루디의 인기와 잔혹한 성향 사이에 상관관계가 있는 건 아닐까 생각했다. 공포를 유발하는 능력은 사회적 동물의 우두머리 구성원들 사이에 흔하다. 하지만 멜리사도 지금은 인기가 많은데, 멜리사는 변함없이 상냥해 보인다.

콜린은 눈살을 찌푸리며 공책을 얼굴에서 멀찍이 떨어뜨려 잡았다. 어쩌면 이 도표를 생각만큼 잘 만들고 있는 것이 아닐지도 모른다. 콜린이 X축과 Y축을 바꾸거나 도표를 고칠까 고심하고 있을 때, 갑자기 학생 식당 저편에서 에마와 애비가 벼락처럼 소리를 질렀다. 어쩌나 높고 큰 소리로 서로 비명을 질러 대는지, 콜린은 그 소리가 귀를 파고드는 신체적 고통으로 몸을 움츠렸다.

"멜리사!"

에마와 애비가 한목소리로 외쳤다. 친구의 못생긴 애완동물을 바라보는 눈길로 조시와 선디프를 바라보았다.

"웨인 코널리가 네 케이크를 먹고 있어! 못 먹게 해!"

멜리사는 어깨를 움츠렸다. 눈썹을 추켜세우고, 눈알을 굴리고, 마침내 가운데 식탁으로 되돌아갔다.

콜린은 학생 식당 건너편 멜리사 쪽으로 주의를 돌렸다. 정말 웨인이 멜리사의 식탁 앞에 서서 씩 웃으며 플라스틱

칼로 케이크 한 조각을 커다랗게 잘라 가고 있었다. 멜리사의 친구들은 몹시 화가 나 보였고 실속 없이 주먹으로 웨인을 두들기고 있었으나, 멜리사는 그저 **슬퍼** 보였다. 콜린은 자리에서 일어났고, 멜리사가 조용한 목소리로 묻는 말을 간신히 들을 수 있었다.

"웨인, 대체 뭐가 문제니?"

"문제는 없어. 미시."

"멜리사야."

멜리사와 웨인은 잠시 그대로 마주 보고 서 있었다. 콜린이 정체를 알 수 없는 이상한 정적이 흘렀다.

멜리사가 말했다.

"어쨌거나. 네 케이크나 가져가. 가지고 가 버려."

웨인은 움직이지 않았다. 둘은 계속 마주 보고 있었다. 콜린은 심장 박동이 빨라지고 호흡이 빠르고 얕아지는 것을 느꼈다. 자기도 모르게 양손을 오므려 주먹을 쥐었다. 콜린은 자기 몸의 반응에 놀라며 낯선 느낌을 깨달았다. 웨인 코널리와 싸우고 싶었다. 누구와 싸우고 싶었던 적은 한 번도 없었는데 이상한 일이었다.

콜린이 이 이상한 새로운 충동을 더 분석하거나 그에 반응하기 전에, 마침내 웨인이 눈길을 피하고 멜리사에게 등을 돌렸다.

"사랑은 어디에 있나?"

노래를 흥얼거리며, 웨인은 전리품을 들고 어슬렁어슬렁 자리를 떴다. 자기 식탁에 자리를 잡고 앉자, 아주 유난스럽게 케이크를 먹었다. 조심스레 케이크를 한 층 한 층 해체한 다음 놀랄 만큼 조금씩, 얌전하게 베어 먹었다. 콜린은 그 모습을 흘린 듯이 지켜보다가 싸우고 싶은 충동을 잊었다. 실은 웨인과 깔끔하게 먹는 습관의 부조화가 너무나 흥미로워서 다른 아이들은 어떻게 먹는지 보려고 학생 식당을 둘러보았다.

멜리사는 케이크 조각에 벌새처럼 덤벼 야금야금 체계적으로 먹어 치웠다. 루디는 자기 몫으로 한 조각을 받아 갔지만 아무도 보지 않을 때 쓰레기통에 버렸다. 샌디는 여전히 너무 큰 에디의 노트르담 점퍼를 입은 채 커다란 헝겊 냅킨으로 큼직한 설탕 꽃이 붙은 케이크 조각을 종이접기 장인처럼 섬세하고 솜씨 좋게 싼 다음, 커다란 짝퉁 쥬시 꾸뛰르 가방에 조심스럽게 넣었다.

콜린의 관찰은 시야를 스치는 갑작스러운 움직임과 남자의 거친 비명 소리 때문에 중단되었다. 덤불 속을 달리는 생쥐를 발견한 올빼미처럼, 콜린이 고개를 획 돌렸다. 크게 뜬 눈이 스탠을 자동 추적했다. 스탠이 웨인의 팔을 한 손으로 꽉 움켜잡았다. (어리석은 짓이라고 콜린은 결론을 내렸다.)

스탠의 엄지가 웨인의 이두박근을 파고들었고, 웨인은 아파서 움찔했다. 스탠이 말했다.

"이 파티는 식권을 받지 않아."

콜린은 잠시 어리둥절했다.

'왜 파티에서 식권을 받지?'

이 분야의 탐구는 싸움이 확대되는 바람에 포기했다. 스탠이 몸싸움 끝에 웨인의 케이크 조각을 빼앗았다. 그러자 웨인이 다시 중심을 잡고 스탠을 두 친구 쪽으로 밀쳐, 셋 다 넘어뜨릴 뻔했다. 콜린은 공책을 확 펼치고 볼펜 뚜껑을 열었다.

> 웨인 코널리는 고등학교 신입생 세 명분의 힘이 있다.
> 식이요법과 운동 덕분일까? 조사해 볼 것.

웨인이 힘은 우위였으나 머릿수에서 여전히 밀렸다. 스탠 패거리는 덩치 큰 상대를 향해 진격했다. 스탠이 말했다.

"에디가 널 죽여 놓을 테니 재미나게 구경이나 해야지."

웨인은 험악한 표정을 바꾸지 않고 말했다.

"이야. 너네 엄마 벗은 몸을 본 뒤로 이렇게 겁나 보긴 처음이네. 그게 아마…… 어젯밤이었지."

콜린은 그 말을 이해했다. 웨인은 스탠의 엄마와 잤다고 말하는 것이다. 인류의 거의 모든 문화와 언어에서 절대로 용납할 수 없는 모욕이자 도발이었다. 스탠은 그에 반응하여, 두 친구의 지원을 받아 으르렁거리며 웨인을 밀쳤다.

콜린은 긴장했다. 곧 진짜 고등학교 싸움이 터질 것이었다. 발레 같은 주먹질 교환이 아니라, 럭비 스크럼 같은 정신 없고 무질서한 난투극 말이다. 팔꿈치를 날리고, 서로 밀치고, 욕설을 퍼붓고, 소리를 지를 것이다. 많이 지를 것이다. 아이들이 모여들고, 난투극을 부추기고 있었다. 콜린이 그 모든 것을 막기 위해 양손을 귀에 갖다 대려는 순간, 커지는 소음을 뚫고 멜리사의 맑은 알토 목소리가 튀어나왔다. 멜리사가 소리치고 있었다.

"다들 그만해!"

애비도 소리를 질렀다.

"너희들이 다 망치고 있어!"

눈 깜짝할 시간이 흐른 뒤에 (콜린이 누구인지 보지 못한) 전투원 하나가 의자에 걸려 넘어지면서 남자아이 넷이 한꺼번에 식탁에 날아가 부딪쳤다. 뒤엉켜 넘어지는 몸뚱이들이 멜리사, 애비, 샌디, 그리고 콜린이 이름을 모르는 몇몇 여자아이들과…… 케이크를 덮쳤다.

콜린이 얼룩말이나 사슴이나 대부분의 다른 포유류였다면, 현명하게 달아나는 길을 택했을 것이다. 하지만 콜린은 영장류였다. 현명하게 행동하는 대신, 더 잘 보러 다가갔다.

콜린이 앞으로 나서는 순간, 때마침 번쩍하는 빛과 함께 탕 하는 요란한 폭발음이 귀를 울렸다.

학생 식당은 비명과 외침으로 가득 찼다. 모든 학생이 출구로 달려갔다. 콜린만 예외였다. 콜린은 소음에 대한 공포보다 호기심이 더 컸던 것이다. 싸움 현장으로 다가가자, 폭약 냄새와 터진 겨자 봉지에서 나는 냄새가 콧구멍을 채웠다. 바닥을 내려다보니 으깨진 점심 찌꺼기, 버려진 연필이며 배낭들, SF 소설 한 권, 만화책들, 반짝이 진분홍 립스틱 하나와 화장품들이 보였고…….

9밀리 구경 권총이 있었다.

검은색 금속 총구에서는 아직 희미하게 연기가 피어올랐고, 고무 손잡이에는 화이트초콜릿과 분홍색 프로스팅이 마구 묻어 있었다. 콜린의 부모님은 총기를 집에 두지 않았기 때문에 경찰관의 권총집에 든 것 말고 총을 이렇게 가까이에서 보기는 처음이었다. 콜린은 아무것도 건드리지 않으려고 조심하며, 권총 바로 옆에 몸을 웅크렸다.

콜린이 말했다.

"아주 흥미로운걸."

제2부

———

바보와 괴물

제6장

목격자 면담

현대 과학 수사의 역사는 고작 1세기밖에 되지 않았지만 탐정은 훨씬 오래전부터 존재했다. 대부분의 학자들이 역사상 최초의 탐정 이야기로 보는 것은 고대 그리스 극작가 소포클레스가 쓴 〈오이디푸스 왕〉이다.

테바이의 오이디푸스 왕은 전염병을 퇴치하기 위해 선왕 살해 사건을 해결해야 한다. 오이디푸스가 현대 과학 수사의 도구들을 사용할 수 있었다면 그 일은 더 쉬웠을 것이다. 불행히도 고대 그리스에는 DNA 분석도 지문 데이터베이스도 없었다. 이런 도구들이 있었으면 아주 유용했을 테지만, 대신 연극은 아주 짧아지고 훨씬 재미가 없어졌을 것이다.

그런 도구들이 없으니, 오이디푸스는 과학 기술에 의존하지 않는 도구 하나에 의지해야 했다. 목격자 면담이다. 오이디푸스는 길가에서 벌어진 싸움으로 선왕이 죽는 장면을 목격한 테바이의 양치기를 심문한다. 끈질긴 질문을 통해, 오이디푸스는 바로 그 양치기가 여러 해 전 선왕의 젖먹이 아들을 다른 이에게 넘겨주어 코린토스에서 이방인 손에 자라게 했음을 알게 되었다. 그 젖먹이가 자라서 오이디푸스가 되었다.

　이것은 목격자 면담의 중요한 양상을 보여 준다. 때로는 생각도 못 한 문제의 답을 얻게 된다. 그리고 때로는 그 답 때문에 애초에 그런 질문을 하지 않았으면 좋았겠다고 생각하게 된다.

　콜린은 보건실에 들어섰다. 마약 반대 포스터들과 미국 농무부의 식품 피라미드 그림 (콜린은 그것이 여전히 터무니없이 곡물과 유제품에 치우쳐 있음을 알아차렸다.) 한 장, 그리고 남성과 여성 생식 기관이 그려진 총천연색 포스터들로 장식되어 있었다. 하지만 보건 교사 대신 경찰관 두 명이 어수선한 책상 앞에 서 있었다. 한쪽은 젊은 남자로, 머리를 박박 밀고 콧수염을 길러 깔끔하게 다듬었다. LAPD 로스앤젤레스 경찰청의 검푸른색 정복을 입고 있었다. 또 한쪽은 라틴계 30대 남자로, 가죽 재킷에 헐렁한 청바지를 입었다. 콜린은 그 사람이 LAPD 수사관 배지를 줄에 매달아 목에 건 것을 보고 형사임을 알았다.

형사가 물었다.

"네가 콜린 피셔냐?"

"네. 제가 용의자인가요?"

형사가 순간 고개를 홱 젖혔다. 마리가 '아차' 동작이라 부르는 동작이다. 전형적인 **놀라움**을 나타낸다.

"대체 왜 네가 용의자라고 생각하게 됐니?"

"총에 가장 가까이 서 있다가 발견된 사람을 의심하는 게 당연하니까요. 게다가 다른 아이들이 달아났을 때 저는 학생 식당에 남아 있었지요. 그건 이례적인 일이고, 그러니까 아주 흥미로운 일이에요. 학교 전담 경찰관이 익히 알고 있을 발달 장애 문제까지 합하면……."

콜린은 정복 경찰을 가리켰다. 경찰은 실제로 '콜린 피셔'의 이름이 붙은 서류철을 들고 있었다.

"그런 모든 사실 때문에 제가 확실히 꼽히겠지요."

형사는 몇 초 동안 말없이 콜린을 바라보면서 목을 긁었다. 콜린은 형사가 긁은 자리에 난 희미한 파란색 잉크 자국을 알아보았다. 과거 어느 시기에 레이저로 지운 색 바랜 거미줄 무늬 문신이었다.

마침내 형사가 말했다.

"콜린, 너는 용의자가 아니다. 하지만 총이 발사되었을 때 아주 가까이 있었으니, 잠재적으로 귀중한 목격자야."

"알겠어요."

정복 경찰이 종이를 내려다보았다.

"교감 선생님께는 총이 발사되기 전에 누가 총을 가지고 있었는지 보지 못했다고 했지."

경찰은 소리 없이 서류를 읽으며 말했다. 입술이 조금씩 움직였다.

"교감 선생님께 말하지 않은 것이 있니?"

"없어요. 전 아주 자세히 말했어요."

형사가 덧붙였다.

"말하지 않은 게 있다면 우리한테 말하는 게 안전하니까 하는 얘기야. 그러니까, 더 하고 싶은 말이 있으면……."

"있어요."

콜린이 똑똑히 말했다. 경찰관들은 무심결에 몸을 기울였다. 그렇게 하면 콜린의 말을 더 잘 들을 수 있을 것처럼.

"교감 선생님께는 그 권총이 베레타 92F였다는 건 말하지 않았어요. 영화 〈리썰 웨폰〉 시리즈에서 멜 깁슨이 연기한 형사 마틴 릭스가 쓴 모델이지요. 형사님은 지크자우어를 가지고 다니시네요. 형사들은 더 작고 숨기기 쉬운 것을 쓸 줄 알았는데요. 글록 23이 표준 지급품이잖아요."

콜린은 형사에게 주의를 집중했다.

"그건 조직범죄 담당 경찰들에게 아주 인기가 많지요."

형사는 얼어붙었다.

"내가 조직범죄부라는 말은 안 했는데."

"형사님은 목에 거미줄 문신을 한 적이 있어요. 그건 인생을 바꾸려고 몸부림쳤음을 나타내지요. 형사님은 성공한 것 같아요. 문신을 지우고 LAPD에 들어갔으니까요. 지하 범죄 세계에 대한 지식과 연줄 덕분에, 조직범죄 사건을 맡는 데는 완벽한 적역이었지요. 그리고 형사님은 누가 저를 협박하고 있을지도 모른다고 생각했어요. 그건 이 총격 사건에 대해 조직범죄 연루를 의심하고 있다는 뜻이지요."

두 경찰관 사이에 다시 한 번 아주 긴 침묵이 흘렀다.

"알겠다."

형사의 대답에 콜린은 슬픈 듯이 말했다.

"발사 전에 학생 식당에서 조직 폭력배는 보지 못했어요. 제가 복잡하게 얽힌 학교 인물 관계도를 그리다 아직 완성하지 못했는데요. 그러니까 사실은 조직 폭력배가 있었을 수도 있어요. 다 그리면 제 인물 관계도를 보여 드릴까요?"

"그럴 필요는 없을 것 같구나."

정복 경찰이 대답하며 형사를 돌아보자, 형사는 어깨를 으쓱했다. 그 모습이 콜린의 아빠 같았다.

"우린 이것으로 된 것 같다."

피셔 가족에게 저녁 식사 시간은 신성불가침이었다.

콜린이 기억하는 한, 피셔 부인은 늘 저녁 식사는 먹기만 하는 시간이 아니라 소통하는 시간이라고 주장해 왔다. 말하면서 먹으면 둘 다 시간만 더 걸린다는 콜린의 주장에는 꿈쩍도 하지 않았지만, 누구든 입에 음식을 문 채로 말하게 만들지는 않겠다고 양보했다. 이 양보로 콜린은 진정이 된 듯했고, 콜린이 음식을 천천히, 주의 깊게, 끊임없이 씹는 이유 중 일부는 이 때문이었다. 나머지 이유는 그것이 소화에 좋다는 콜린의 주장으로 설명되었다.

그 결과 콜린은 식사 중에 거의 말을 나누지 않았다. 식사 시간 내내 자기 접시에 음식을 듬뿍듬뿍 (음식마다 구역을 나누어 서로 닿지 않도록) 담고 "그것 좀.", "고마워요.", "미안." 정도의 말만 하는 것이 보통이었다. 오늘 저녁도 다를 것이 없었다.

매우 다른 점은 콜린이 레몬 치킨과 구수한 밥 한 접시를 먹는 동안 공기 중에 감도는 긴장이었다. 그날 저녁은 이른 시간에 먹게 되었다. 웨스트밸리 고등학교에서 긴급 학부모 회의가 소집되어 교장 선생님이 '위기'라 부르는 일에 대해 이야기할 예정이었다. 아빠는 아직 퇴근도 하지 않았다.

대니가 그날의 뉴스를 떠들어 대고 있었다. 대니에게는 세상에서 가장 흥미진진한 사건이었다.

대니가 재잘거렸다.

"44 매그넘 총탄이었대요. 어떤 녀석이 배식 아줌마를 쏘고……."

"그만."

엄마가 쏘아붙였다. 대니는 잠잠해졌다. 콜린은 엄마가 걱정하고 있음을 알 수 있었다. 평소에 엄마는 아들들을 불안하게 만들 만한 감정은 감추려 했다. 이번에는 그럴 시도조차 하지 않는다는 사실이 아주 흥미로웠다.

콜린이 마지막 치킨을 씹으며 접시를 싱크대로 가져갈 때 뒷문 앞에 아빠가 나타났다. 아빠는 걱정하는 표정이 아니라 화난 표정이었다. 그러다 콜린을 보고 웃음 지었다. 콜린은 잠시 시간을 들여 아빠가 안도했음을 알아차렸다.

아빠가 말했다.

"안녕, 친구."

"오셨어요."

콜린은 인사하며 지저분한 접시를 성실하게 헹궈 식기세척기 선반에 넣었다.

엄마가 손목시계를 확인했다.

"늦겠어."

"최선을 다한 거야."

"당신 팀이 총대를 메고 있는 건 알아."

엄마는 방금 한 말을 깨닫고 얼굴을 찡그렸다.

"미안. 단어 선택을 잘못했어."

"당신 농담해? 난 오후 내내 만나는 사람마다 콜린은 연루되지 않았다는 말을 해야 했어."

아빠는 접시 위에 음식을 쌓아 올렸다. 콜린이 물었다.

"지금 마당에 나가도 돼요?"

학부모 회의에 가기 전에 잠깐이라도 꼭 트램펄린에서 뛰고 싶었다. 생각해야 할 일이 있었다.

엄마는 다시 손목시계를 보았다. 엄마는 나사NASA의 프로젝트 매니저였고, 콜린은 엄마에게 시간이 대부분의 사람들과 다른 식으로 중요하다는 것을 알고 있었다.

"15분. 그다음에는 가야 돼."

문이 쾅 닫히고, 콜린은 뒷마당으로 사라졌다.

아빠가 물었다.

"콜린은 상관없는 거, 맞지?"

"세상에, 상관없어."

부엌의 열린 창문 밖에서, 콜린이 시야로 들어왔다. 콜린은 공중에 잠시 떠 있는 듯하다가 다시 떨어지며 시야 밖으로 나갔다.

"저도 가야 돼요?"

대니가 물었다. 어깨가 축 처졌다.

"5분 전만 해도 네가 들어 본 일 중에 가장 흥미진진한 일이었잖니."

엄마가 되짚어 주었다.

콜린이 다시 튀어 올랐다. 이번에는 두 발을 앞으로 벌리고 있었다. 불안정한 자세였다. 콜린은 살짝 구르면서 사라졌다.

대니가 설명했다.

"총은 흥미진진해요. 총 이야기를 하는 건 재미없지만요."

뒷마당에서 콜린은 리듬을 타며 트램펄린에서 튀어 오르고 있었다. 오르락내리락…… 오르락내리락……. 부모님과 대니가 시야에 들어왔다 나갔다 했고, 목소리는 멀어졌지만 들을 수 있었다. 콜린에게는 부엌 창문이 텔레비전 화면 같았고, 그것을 통해 가족들이 보였다. 콜린은 눈을 감았다. 잠시 동안 어둠 속에 트램펄린 용수철이 규칙적으로 은은하게 삐걱거리는 소리만 들렸다.

오르락내리락…… 오르락내리락…….

트램펄린 표면에서 튀어 오를 때마다 낮에 본 장면들이 슬라이드 쇼처럼 머릿속을 스쳐 지나갔다. 공중을 가르고 날아가는 농구공…… 칠판에 방정식을 적는 게이츠 선생님…… 콜린의 공책에 전화번호를 적을 때 멜리사의 몸이 그리던 완만한 곡선…… 음식을 씹는 입들…….

그리고 학생 식당 바닥에 버려져 있던 권총.

부엌에서는 피셔 씨가 점점 더 높이 튀어 오르는 아들을 멍하니 지켜보다 혼잣말을 했다.

"어쩌면 그 옛날 나사의 달 식민지 계획을 되살려서 콜린과 대니가 졸업할 때까지 달에 실어 보낼 수 있을지도 몰라."

"형 먼저 보내요."

대니가 중얼거리며, 마침내 저녁 식사를 마쳤다.

"자유투 다섯 개를 성공시켰어요!"

갑자기 콜린이 아빠에게 소리쳤다. 잘 들리도록 위로 튀어 올랐을 때 외쳤다.

"외곽 숏 세 개하고요."

다시 아래로 떨어졌다.

"오늘 체육 시간에요!"

선 자세로 중심을 잡았다.

"투렌티니 선생님이 제가 끝내주는 점프 슛을 한대요!"

콜린은 말을 멈추고 숨을 돌렸다.

잠시 동안 피셔 씨는 콜린을 바라보기만 했다. 지금 들은 말을 이해하지 못한 것처럼. 그러다 웃음을 터뜨리며 밖으로 걸어 나왔다.

"네가 농구를 했다고?"

웨스트밸리 고등학교 주차장은 비싼 SUV부터 철사로 묶은 30년 된 일제 수입차까지 자동차로 가득 차 있었다. 콜린은 (콜린이 부탁한 대로 가장 먼저 나온 빈자리에 주차한) 아빠의 아우디 자동차에서 내리면서, 공책과 새 초록색 볼펜을 꺼내 적기 시작했다.

> 7:58 P.M. 웨스트밸리 고등학교 주차장. 학교는 거의 낮만큼 붐빈다. 학생 하나당 평균 1.6명의 부모가 있으므로 낮보다 더 붐빌 수도 있다. 강당은 북적거리고 시끄러울 것이다. 아마 냄새도 날 것이다.

세 가지 사항 모두 콜린의 생각이 맞았다.

콜린은 군중과 냄새와 소음 때문에 강당을 싫어했다. 시간이 흐르면서 그것들을 다루는 법을 익히기는 했다. 눈을 감고, 입으로 숨을 쉬고, 귀에 거슬리는 목소리들을 백색 소음에 녹아들게 하는 것이다. 이 일을 시상식 중에 해내기는 더 어려웠다. 콜린은 늘 일어서서 시민 정신이나 노력이나 학업 성취에 대한 상을 받아야 했기 때문이다. 그래도 최대한 빨리 단상으로 갔다가 자리로 돌아오면 버틸 만했다.

교장 선생님이 10분 가까이 학부모와 선생님, 얼마 안 되는 학생들에게 상투적인 공감을 표시하고 장담을 하고 단결을 촉구하는 연설을 했지만, 콜린은 대부분 듣지 않았다. 콜린의 머릿속은 더 중요한 문제들을 탐구하고 있었다. 구체적으로는 총의 주인이 누구일까, 누가 부주의하게 총을 바닥에 떨어뜨렸을까, 그 둘이 과연 한 사람, 같은 사람일까를 생각했다.

교장 선생님이 결론을 내렸다.

"모두들 냉정을 잃지 않으면 다 괜찮을 겁니다."

낮게 웅성거리는 소리가 들렸다. 사람들이 곁다리 이야기를 하기 시작한 것이다. 콜린의 부모님은 서로 마주 보기만 했는데, 콜린은 그 찌푸린 눈살에 담긴 뜻을 해독하기 어려웠다.

어떤 여자 목소리가 군중의 소음을 뚫고 들려왔다.

"그래서 그게 다예요?"

그 질문이 어디에서 나왔는지 보려고, 콜린은 등을 세웠다. 굳이 그럴 필요도 없었다. 여자가 허락도 구하지 않고 자리에서 일어난 것이다.

"감정 토로 세미나 몇 번, 교내 경찰 배치 일주일로 이 일이 다 해결되기를 바라는 건가요?"

교장 선생님은 여자를 주의 깊게 살펴보았고, 콜린은 선생님의 눈길이 여자 옆에 앉은 남학생에게 옮겨 가는 것을 보았다. 루디 무어였다.

루디는 잘 다린 버튼다운 옥스퍼드셔츠를 입고 보수적인

실크 넥타이를 매고 있었다. 머리카락이 축축했는데, 그것은 학교 끝나고 이 모임이 시작되기 전에 샤워를 했음을 나타 냈다. 콜린은 그 점이 이상했지만 왜 이상한지 꼭 집어낼 수 없었다.

교장 선생님이 차분하게 대답했다.

"확실히 말씀드립니다. 우리는 이 일을 매우 심각하게 받 아들이고 있습니다. 하지만 이 사건이 있기 전까지 웨스트밸 리 고등학교는 이 지역에서 무사고 기록을 보유하고 있었음 을 다시 한 번 말씀드리고 싶습니다."

루디가 제 엄마에게 손짓해서 몸을 기울이게 하고는 귀에 대고 뭐라고 속삭였다. 무어 부인은 다시 교장 선생님을 바 라보고 말했다.

"작년 말씀이군요. 다른 분이 교장이었을 때죠."

강당에 불편한 침묵이 내려앉았다. 교장 선생님이 신중하 게 답변을 생각하고 있을 때, 콜린의 아빠가 일어서서 토론 에 나섰다.

"이보세요, 난 작년이나 다른 교장 선생님은 모릅니다. 그 건 지금 문제가 아니고, 그게 문제라고 암시해도 도움이 되 지 않습니다."

그 마지막 말은 똑바로 무어 부인을 향해 말했다. 무어 부 인은 냉랭하게 되받아 쏘아보았다.

"하지만 이 사건이 있기 전까지 어땠다고 이야기하는 것은 타이태닉호가 빙산에 충돌하기 전까지 대서양에서 가장 안전하다는 기록을 가지고 있었다고 말하는 거나 마찬가지입니다."[7]

사람들 사이로 잔잔한 웃음소리가 퍼져 나갔다. 교장 선생님조차 웃음을 띠었다. 콜린은 엄마도 웃는 것을 보았다. 하지만 엄마의 웃음은 교장 선생님이나 다른 사람들의 웃음과 달랐다. 엄마는 재미있어하는 것이 아니라 자랑스러워하고 있었다.

아빠가 말을 이었다.

"이런 사건은 단 한 번이라도 너무 많습니다. 그 총알이 어떤 아이의 몸이 아니라 천장에 박힌 것은 기적입니다."

중얼중얼 동의하는 소리들이 콜린의 귀에 닿았고, 다른 부모들도 무어 부인과 피셔 씨의 예를 따르기 시작했다.

성난 아빠 하나가 내뱉었다.

"이런 일의 원인이 무엇인지 우리 모두 압니다. 아이들이 텔레비전과 게임에서 배우는 가치관 때문입니다. 집에서 아

---

7 타이태닉호는 1912년 4월 14일 북대서양에서 빙산과 충돌 후 침몰하여 승객 1517명이 사망했다. 충돌 사고는 이 배의 첫 항해 중에 일어났기 때문에, 엄밀히 말해 사고 전 타이태닉호의 안전 기록은 흠잡을 데가 없었다. 이 기록은 희생자들에게 거의 의미가 없었다.

이들을 가르치는 사람이 없으니까요!"

누군가의 엄마가 맞장구를 쳤다.

"맞아요! 난 이러자고 하루에 두 시간씩 운전해 가며 싫은 직장과 감당도 못 하는 집 사이를 오가는 게 아니에요! 우린 이런 짓을 하는 인간들로부터 벗어나려고 여기로 이사 왔다고요."

콜린 뒤에서 어떤 남자가 되받아 퍼부었다.

"대체 그게 '어떤' 인간들이란 말이오?"

콜린은 거북이처럼 몸을 잔뜩 옹송그렸다. 강당 안의 긴장도가 높아지는 것이 느껴졌다. 심장 박동이 빨라졌다.

피셔 부인은 아들을 보고 현재의 정서 상태를 고려하여 건드리지 않으려고 조심했다.

"콜린."

조용하면서도 활기차게 아들을 불렀을 때, 주위 사람들이 너도나도 의견을 뱉어 내며 두려움, 분노, 적개심의 불협화음을 내기 시작했다.

"밖으로 나가야 되겠니?"

콜린은 고개를 저었다. 아뇨. 끝까지 버티기로 작정했다. 하지만 콜린이 보기에도 이 상황이 어디로 흘러갈지는 분명했다. 고함으로 이어지고야 말 것이다.

그것은 교장 선생님이 보기에도 분명했다.

"이 점은 분명히 해 두지요."

교장 선생님의 목소리가 스피커에서 꽝꽝 울리며 삐익 하는 소리와 함께 사람들 소리를 묻어 버렸다.

"이 일은 우리 중 한 사람이나 몇 사람에게 벌어진 일이 아닙니다. 우리 모두에게 일어난 일입니다. 공동체로서 말입니다. 우리는 공동체로서 대응할 필요가 있습니다."

교장 선생님은 사람들의 주의를 도로 끌어왔고, 그것을 놓치지 않았다.

"감당할 수 없는 분은 떠나셔도 됩니다. 진심입니다. 댁으로 돌아가세요."

콜린은 이것이 대담하고 위험한 책략임을 인정했다. 경험으로 보아 부모들은 부모 소관이 아니라는 말을 듣기 싫어했다. 특히 정말로 부모들 소관이 아닐 때 그랬다. 그 책략은 효과가 있는 것 같았다.

"돌아가실 분?"

교장 선생님이 물었다.

"좋습니다. 그럼 이 일을 어떻게 해결해야 할지, 어떻게 다시는, 두 번 다시 이런 일이 일어나지 않도록 할 것인지 이야기합시다."

피셔 부인이 팔꿈치로 남편 옆구리를 쿡 찔렀다.

"저 교장 선생님 안 잘리겠네."

교장 선생님이 말을 이었다.

"첫째, 앞으로 무기한 무작위로 교내를 순찰해 달라고 경찰에 요청했습니다. 우리는 굳게 확신할 수…….."

"그럼 총을 가져온 그 깡패 녀석은 언제 잡을 셈이지요?"

무어 부인이 끼어들었다.

루디는 교장 선생님을 물끄러미 바라보았다. 콜린은 그 눈을 보면 인형 눈이 생각났다. 말하는 인형 사건과 루디의 연관성 때문만이 아니라, 그 눈에 무언가 잘못된 것이 있었기 때문이다. 완전히 살아 있지 않은 무엇. 여하튼 콜린은 인형이 싫었다. 생김새가 '사실적'일수록 더 싫었다.[8]

교장 선생님은 다시 잠잠해졌다. 코를 찡그렸다. 그 모습을 보니 옛날 텔레비전 드라마 〈아내는 요술쟁이〉에 나오는 사만다라는 여자가 생각났다. 콜린이 케이블에서 챙겨 보던 드라마였는데, '토미 웨스트폴 가설'을 알게 된 뒤 텔레비전을 아예 보지 않게 되었다. 그 가설은 미국 텔레비전 드라마

---

[8] 일본인 로봇공학자 모리 마사히로는 '불쾌한 골짜기'라는 용어를 만들어서, 어떤 물체의 생김새가 점점 인간을 닮아갈수록 보는 사람에게 공감 대신 공포와 혐오감을 일으키는 지점에 도달함을 설명했다. 다른 연구자들의 가설에 따르면 이 현상의 기원은 병들거나 죽은 구성원을 피하라는 유전자의 명령까지 거슬러 올라갈 수 있다. 원인이 무엇이든 컴퓨터 애니메이터들은 불쾌한 골짜기를 1988년부터 알고 있었다. 픽사의 단편 애니메이션 〈틴 토이〉를 보던 관객들이 제목의 태엽 장난감 캐릭터에는 매료되었으나 애니메이션으로 만든 인간 아기를 보고 무서워했던 것이다.

대부분이 〈세인트 엘스웨어〉 마지막 회에 나온 자폐증 소년의 머릿속에서 벌어지는 일이라는 것이다. 마리가 콜린에게 그 가설을 알려 주었다. 아무 상관 없어 보이는 일들 사이에 어떤 식으로 미묘한 연결고리들이 있을 수 있으며 그렇게 해서 얼마나 재미있고 놀라운 방식으로 모든 것이 한데 묶이는지 예를 들어 보여 주려 한 것이다. 콜린은 그 발견을 전혀 다른 방식으로 해석했다. 콜린에게 상상 이야기들을 상상하는 상상 이야기란 현실에서 너무 동떨어진 것이었다.[9] 그래도 콜린은 언제나 사만다를 좋아했다.

교장 선생님이 말했다.

"아직 여러분께 이름을 댈 수는 없습니다. 하지만 용의자는 하나 있습니다."

피셔 씨가 다시 일어서서 말했다.

"이름은 필요 없습니다, 선생님. 저와 제 아들은 그저 한 가지만 부탁드리고 싶습니다. 그게 누구든, 그 사람인지 물

---

9 〈세인트 엘스웨어〉 마지막 회 마지막 장면에서는 그 남자아이(토미 웨스트폴)가 드라마 배경인 병원이 든 스노 글로브를 들고 있다. 그 장면은 토미가 모든 등장인물과 상황을 상상해 냈음을 강하게 암시한다. 유난히 복잡한 등장인물들 사이의 관계도(후속 프로그램에서의 크로스오버와 작가의 언급을 통해 구축된다.) 덕분에 다른 드라마들도 토미의 광범위한 상상력의 구조물이라고 추론할 수 있다. 그 목록에는 〈매쉬〉 〈로앤오더〉 〈엑스파일〉 같은 유명 드라마들도 포함되며, 계속 추가되고 있다.

건인지를 엄벌에 처해 주십시오."

콜린은 아빠가 매우 **진지**하다는 것을 알 수 있었지만, '물건'을 언급한 점이 흥미로웠다. 여러 해에 걸쳐 콜린은 부모님이 선정적이고 비유적인 표현으로 본인이 주장하는 바를 강조하는 경향이 있다는 것을 깨달았다. 이것도 그런 경우인 듯했다.

교장 선생님은 엄숙하게 고개를 끄덕인 다음, 연단에서 물러났다. 그리고 엄지와 검지로 '0' 모양을 만들어 보였다. 그 의미는 확실했다.

'무관용 정책.'

객석에서 교장 선생님의 강경한 태도를 지지하는 갈채가 터져 나왔다. 콜린은 그저 사람들이 교장 선생님을 좀 조용히 지지했으면 좋겠다고 생각했다.

이튿날, 웨스트밸리 고등학교는 교장 선생님의 대규모 학부모 회의에 대한 반응으로 떠들썩했다. 가는 곳마다 다른 이야기는 제쳐 두고 교장 선생님의 마무리 선언 이야기를 하고 있었다.

복도에서 애비가 멜리사에게 **걱정**스럽게 말했다.

"들었니? 걔를 성인범으로 재판에 부칠 거래……."

에디는 **심각**한 얼굴로 스탠에게 되뇌었다.

"······무관용 정책······."

종이 울린 직후, **기겁**을 한 쿠퍼가 자습실에서 떠드는 아이들에게 폭로했다.

"······경찰이 걔 사물함에서 탄약 세 상자를 발견했다는데······."

그 말이 정말인지는 알 수 없었지만, 콜린은 쿠퍼가 그런 정보를 안다는 사실이 의심스러웠다. 하지만 아무 말도 하지 않았다.

대신 자습실에 앉아 공책에 적었다.

> 웨인 코널리가 오늘 학교에 오지 않았다. 이름이 밝혀지지 않은 용의자다.

멜리사가 다가와 콜린 옆자리에 앉았다. 콜린이 말했다.

"안녕, 멜리사. 별일 없지?"

멜리사가 대답했다.

"괜찮은 것 같아. 내 말은, 와아. 정말 대단한 날이었어. 그렇지?"

콜린은 멍하니 멜리사를 바라보며, 멜리사의 말뜻을 이해하지 못했나 걱정했다.

"어제 말이야. 총 생각나?"

"아, 총. 아주 흥미로워."

콜린이 대답했다.

멜리사가 머리카락을 젖혔다. 머리카락에서 딸기 향이 풍겼다. 콜린은 딸기를 좋아했다.

"정말 흥미로웠지."

멜리사는 콜린에게 웃음을 지었다. 콜린이 알아볼 수 있는 웃음이 아니었지만, 눈을 돌려 커닝 페이퍼를 찾아볼 마음은 들지 않았다.

"너 진짜 용감하더라. 어떻게 너만 도망치지 않을 수가 있니. 하나도 안 무서웠어?"

"안 무서웠어. 다들 도망치고 있었으니까, 누가 총을 쐈든 더는 못 쐈겠지."

멜리사가 공책을 살펴보았다. 콜린은 보통 무슨 일이 있어도 공책 내용을 감췄지만, 다시 한 번 평소의 본능을 거스르고 잠자코 있었다. 대신 멜리사의 콧등에 퍼진 연한 주근깨에 집중했다. 갑자기 딸기 쇼트케이크가 몹시 먹고 싶어졌다. 그 물컹한 질감을 생각하면 이상한 일이었다.

멜리사는 공책에 적힌 것을 읽고 콜린을 보았다. 여러 가지 감정이 멜리사의 얼굴에 스쳤다. 너무 빠르고 뒤죽박죽이라 콜린은 무엇 하나 잡아낼 수 없었다.

멜리사가 물었다.

"웨인 코널리?"

"오늘 학교에 오지 않았어."

"걔는 유치원 때부터 아이들을 괴롭히는 싫은 애였지만 정말 누구를 쏠 거라고 생각한 적은 없어."

멜리사는 그 말과 함께 잠시 침묵에 잠겼다. 콜린에게서 눈을 돌렸다. 얼굴이 조금 구겨졌다. 그러다 찌푸린 얼굴로 다시 콜린을 돌아보았다.

"이젠 남의 파티에 처들어와서 케이크를 훔치지는 못하겠네. 그렇지?"

콜린은 눈을 깜박였다. 멍하니 따라 했다.

"케이크."

그리고 그 말을 아주 오랫동안 생각했다. 다시 고개를 들었을 때, 멜리사는 가 버린 뒤였다.

콜린은 공책에 뭐라고 미친 듯이 갈겨쓰고는, 자기 책을 모아들고 문 쪽으로 갔다. 자습실 감독 교사가 막아섰다. 이름은 벨이고, 밴드부를 지도하는 선생님이었다. 밴드는 콜린이 무슨 수를 써서라도 피하려고 애쓰는 활동이었다.

"콜린, 어디 가니?"

"교장 선생님이 그러셨어요. 제가 교장 선생님을 만나야 할 일이 있으면 수업을 빠져도 된다고요. 선생님들이 '안 된다'고 하지 않을 거라고 하셨어요."

그런 다음, 콜린은 벨 선생님이 막는 걸 모르는 척하고 서둘러 가 버렸다.

콜린이 노크도 없이 교장실로 척척 걸어 들어와 말없이 의자에 앉자, 교장 선생님이 서류 더미에서 고개를 들었다.

"지금 좀 바쁜데 말이다. 어쨌거나 넌 지금 교실에 있어야 하고."

"네."

콜린이 대답했다. 그 이야기는 모두 맞는 말 같았다.

"하지만 아주 중요한 일이에요. 먼저 웨인 코널리가 무죄라는 말씀부터 드릴게요."

교장 선생님이 코를 찡그렸다. 콜린은 그것을 알아차렸다.

"대체 왜 웨인 코널리가 용의자라고 생각하는 거지?"

콜린은 교장실 구석의 의자를 가리켰다.

"저 구석에 웨인의 이름과 주소가 적힌 교과서와 과제 무더기가 있잖아요. 저건 웨인이 정학을 받았지만 아직 실제로 체포되거나 범죄로 기소되지는 않았다는 뜻이지요."

교장 선생님은 의자를 향해 눈을 깜박인 다음, 다시 콜린을 보았다.

"좋아, 이야기해 봐. 경찰과 면담할 때 말하지 않은 것이 있니?"

"아뇨. 그때 중요하다고 생각한 것은 다 설명했어요. 하지만 그때는 케이크의 중요성을 알아차리지 못했어요."

"케이크?"

"네, 케이크요. 권총 손잡이에 프로스팅이 잔뜩 묻어 있었는데, 웨인 코널리는 음식을 아주 깔끔하게 먹어요. 그러니까 아시겠지요? 그 총은 웨인 것일 리가 없어요."

교장 선생님이 아무 말도 하지 않자 콜린은 자기 가설을 인정하는 것으로 받아들였다.

"우린 수사 기관에 말해야 돼요."

콜린의 주장에 교장 선생님은 다시 코를 찡그렸다. 장난질을 한 휴대 전화를 마주했을 때처럼, 학부모 회의에서 그랬던 것처럼. 콜린은 패턴을 감지하기 시작했다.

"콜린, 이 경우 '우리'란 없어. 이건 경찰 수사야. 내 수사가 아니라. '네' 수사도 아니고."

"하지만 케이크 이야기를 들으셨잖아요."

"내가 확실히 전달하마. 그 전에, 나가면서 비서 선생님한테 말하면 담당 선생님께 양해를 구하는 쪽지를 써 줄 거다."

"교장 선생님, 저는……."

"콜린. 그만해라. 넌 학생이지 탐정이 아니야. 그렇지?"

콜린은 그 말을 아주 오랫동안 생각해 보고, 교장 선생님이 지금 그릇된 이분법을 주장했음[10]은 말하지 않기로 했다.

"네."

문을 나서려다 발을 멈추었다. 마지막으로 하고 싶은 말이 하나 있었다.

콜린은 조심스럽게 불렀다.

"교장 선생님?"

"그래, 콜린?"

"선생님은 알고 있는 것이 있지만 말하기 싫을 때 코를 찡그리세요."

콜린은 그 말만 남기고 자리를 떴다.

콜린은 걸음 수조차 세지 않고 텅 빈 복도를 성큼성큼 걸어가며 맹렬하게 볼펜을 움직여 공책 빈 면을 가로질러 갈겨썼다.

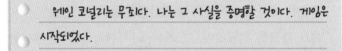

웨인 코널리는 무죄다. 나는 그 사실을 증명할 것이다. 게임은 시작되었다.

---

10 그릇된 이분법은 두 가지 개념이 상호 모순되는 것으로 제시되지만 사실은 완벽하게 양립 가능할 때 발생한다. 예를 들어, "땅콩버터를 먹지 않으면 초콜릿을 먹을 수 있다."는 그릇된 이분법이다. 이것은 리세스 땅콩버터 컵으로 가장 쉽게 설명할 수 있다. 땅콩버터 컵은 콜린이 좋아하는 예였다. 초콜릿과 땅콩버터가 어울린다는 것을 증명하는 일은 언제나 달콤했다.

제7장

전함 포툠킨

내가 큰 금속제 샐러드 그릇과 가정용 화학제품 몇 가지를 차고로 가져가는 모습을 이웃 사람들이 목격한 적이 있다. 커다란 쾅 소리를 듣고 이웃들은 경찰에 신고했다. 내가 마약을 제조하려는 줄 안 것이다. 샌페르난도밸리 주변부에서 마약 제조는 드물지 않은 일이다. 이웃들이 몰랐던 진실은 결국 아빠가 경찰에 확인해 주었다. 나는 과학 숙제로 우주 비행의 폭발성 펄스 추진 법칙을 알아내려 하고 있었다. 경찰은 웃어넘겼지만, 아빠는 새 샐러드 그릇을 사는 데 내 용돈 한 달치를 쓰게 했다.

내 로켓공학 실험에서 발생한 오해는 여러 면에서 쿨레쇼프의 영화 실험 결과를 연상시킨다. 그의 작업은 영화 제작에서 혁명을 촉발시켰다. 그 성과의 영향은 표정들의 의미를 훨씬 넘어섰기 때문이다. 쿨레쇼프는 이미지들을 함께 제시하면 실제로 관계가 있든 없든 관객들이 그 이미지들을 연결해서 생각한다는 것을 보여 주었다. 세르게이 예이젠시테인은 육지에서만 찍은 영화 〈전함 포툠킨〉에 영국 해군의 오래된 훈련 자료 화면을 잘라 넣어 이것을 증명했다.

관객들은 예이젠시테인이 그 영화를 바다에서 찍었다고 생각했다. 서양 외교관들은 이 영화를 보고 자기네 정부에 암호 전문을 보내 소련이 비밀리에 새 해군을 창설했다는 무서운 발견을 전했다. 그 결과 한 영화의 한 장면에만 존재하는 군비 확장에 대응하여 막대한 국가 자원이 전용되었다. 그 장면에서는 자기네 배가 적국 배 역할을 맡았는데 말이다.

자기도 모르게, 콜레쇼프는 사람을 속이는 가장 좋은 방법에 대한 오랜 믿음을 확인해 주었다. 사람들이 믿고 싶어 하는 것을 보여 주어라. 나머지는 저절로 해결될 것이다.

피셔 부인은 콜린이 어렸을 때부터 우들랜드힐스에 있는 쇼핑몰에 콜린을 데리고 다녔다. 치료법의 일환으로, 새로운 장소에 대한 두려움을 천천히 극복하도록 돕기 위해 시작한 일이다. "개구리를 물 단지에 넣고 천천히 끓이는 것과 비슷하지." 엄마는 이렇게 농담하곤 했다.[11]

처음에는 차를 타고 쇼핑몰 주차장까지만 들어갔고, 그대로 앉아 있다가 집으로 돌아왔다. 한 달 뒤, 피셔 부인은 콜린을 달래서 정문까지 걸어가 문을 만져 보게 했다. 그때부터 근 1년 동안 자동 유리문은 무시무시하고 통과할 수 없는 장벽이 되었고, 엄마가 인터넷에서 콜린을 만족시키는 기사를 찾아 보여 주고서야 그 상태를 넘어섰다. 문턱을 넘다가 반으로 잘릴 위험은 없다는 기사였다.

이제 콜린은 쇼핑몰에 오면 친근감과 편안함을 느꼈다. 1층 특정 산책로를 따라 늘어선 전자제품 매장들과 크리스마스 시즌 동안 진열되는 말하는 눈사람만 피하면 되었다. 콜린의 엄마는 요령을 알았다. "45분 뒤에 서문에서 만나."라는 말과 함께 대니를 비디오게임 구경하는 곳에 떨어뜨려 놓고, 콜린만 데리고 체육복과 운동화 매장을 찾아갔다. 콜린이 갑자기 그런 것이 필요하다고 우겼기 때문이다.

마침내 2층 스포츠 용품 가게에 들어섰다. 점원들이 입은 줄무늬 셔츠가 미식축구 심판 유니폼을 연상시키는 가게였

---

11 흔히 하는 이야기로, 개구리를 펄펄 끓는 물 단지에 던지면 곧바로 튀어나오지만 물 단지에 넣고 천천히 온도를 올리면 개구리는 변화를 알아차리지 못하고 기분 좋게 앉아 있다가 죽는다는 것이다. 이 이야기는 사실이 아니다. 실제로 개구리는 온도 변화에 상당히 민감해서 불편할 정도로 더워지는 순간 물 단지 밖으로 튀어나올 것이다. 콜린은 바로 이 사실을 놓고 중학교 과학 선생님과 논쟁을 벌인 적이 있는데, 큰 플라스크와 분젠 버너, 살아 있는 개구리 한 마리를 가지고 자기 주장을 증명하겠다고 했다. 그러는 대신 선생님이 위키피디아를 찾아보고 마지못해 콜린의 주장을 받아들였다.

다. 콜린은 인터넷 후기와 〈컨슈머 리포트〉 기사에 근거하여 사고 싶은 운동화의 상표, 모델 번호, 색깔을 정확히 알아 두었고, 그래서 점원이 더 비싼 운동화를 팔려 해도 넘어가지 않았다. 점원은 국가 기밀이라도 털어놓듯 콜린과 엄마에게 설명했다.

"그게 올해 모든 프로 농구 선수들이 신는 제품이에요."

콜린은 "오."라고만 했다. 한편으로 생각하면, 프로 농구 선수들은 운동화 역학과 내구성의 전문가들일 것이다. 또 한편으로 생각하면, 프로 선수들은 어디든 홍보비를 가장 많이 주는 회사의 운동화를 신는 경향이 있다. 마침내 콜린은 실용성에 의지하기로 했다.

"저는 프로 농구 선수가 아니에요. 그냥 체육 시간에 신을 거예요."

패배한 판매원은 콜린이 달라고 한 운동화의 사이즈를 찾아 뒷방으로 사라졌고, 그동안 피셔 부인은 100퍼센트 순면 티셔츠와 반바지 선반을 훑어보았다. 콜린은 남는 시간에 쇼핑몰 전체를 오고 가는 사람들의 흐름을 지켜보았다. 통로는 좁은 골짜기처럼 만들어지고 꾸며졌다. 심지어 문과 진열창은 아나사지 벼랑 가옥[12]을 연상시키도록 설계되었다.

콜린은 머릿속으로 그 공간 안의 다양한 하위 집단들을 분류했다. 자동보도의 노인들, 실내 놀이방의 젖먹이들과 엄마들, 삼삼오오 빈둥거리며 지루해하는 10대들. 그 모습을 보니 고등학교 학생 식당이 떠올랐고, 그곳에서도 공간 배치를 통해 서식자들을 어떻게 더 작은 단위로 분류할 수 있는지 떠올랐다. 불행히도 총이 발사되기 직전에 웨인과 스탠의 실랑이로 그 다양한 사회적 집단들이 뒤섞여 버리는 바람에 무기가 어디에서 나왔는지 범위를 좁히는 일은 거의 불가능해졌다.

관찰하기 좋은 이 위치에서는 큰 백화점의 입구도 잘 보였다. 그곳도 사람들을 관찰하기에는 아주 좋았지만, 콜린은 그 백화점을 싫어했다. 화장품과 향수 가게 들이 정문 가까이 자리 잡고 있어서, 드나들 때마다 향기의 안개를 뚫고 지나가야 했다.

화장품 카운터 앞에 등을 돌리고 서 있는 날씬한 금발 여자의 형체가 보였다. 콜린은 그 뒷모습을 자세히 바라보며 잠시 멜리사일 것 같다는 기대에 기운이 났다. 그러다 그 여

---

12 옛날 미국 남서부에 살던 아나사지족은 평화를 사랑하는 농경 민족이었다고 오랫동안 믿어졌다. 아나사지 인구 밀집 지역 주위의 고고학 발굴에서 명백한 식인 풍습의 증거가 나오자 그 믿음이 재평가되었다. 사실 '아나사지'라는 말 자체가 나바호족 언어로 대략 '오랜 적'으로 번역된다. 나바호족을 비롯한 이웃 부족들은 아나사지족을 위험한 마법사이며 변신 능력자로 여겼을 뿐 아니라, 상당히 특이한 그들의 요리 풍습을 문제 삼았다. 콜린은 식인 풍습이라는 생각이 전적으로 역겹다고 생각했다. 친할머니한테 입을 맞추는 일만 해도 힘든데 말이다.

자애가 돌아서며 엄마에게 지금 막 바른 진분홍 빛깔 립스틱을 보여 주자, 콜린은 축 처졌다. 멜리사가 아니라 샌디 라이언이었다.

"콜린?"

엄마가 불렀다. 콜린은 잠시 시간을 들여 엄마가 운동화와 체육복을 다 샀고 돌아갈 준비가 되었음을 깨달았다. 엄마는 시간을 효율적으로 써야 하며 충분한 시간이란 있을 수 없다고 우기지만, 콜린은 시간은 완전히 주관적이라고 점점 확신하게 되었다.[13]

콜린과 엄마가 쇼핑몰을 나섰을 때, 마침 샌디와 샌디 엄마가 화장품 쇼핑백을 들고 백화점을 나섰다. 달갑지 않지만 짧게 인사를 주고받는 일은 피할 수 없을 듯했다. 샌디 엄마와 피셔 부인은 여러 해 전부터 알고 지낸 사이였다. 사회적 재난을 피할 길은 엄마들이 서로를 보지 못하는 것뿐이었지만, 손쉽게 주의를 돌릴 만한 대상이 없으니 그렇게 해결될

---

13 아니면 1985년에 나온 SF 영화 〈8차원을 통과하는 버커루 반자이의 모험〉에서 언급된 바와 같이 "시간이 존재하는 이유는 모든 일이 한꺼번에 일어나지 않게 하기 위해서다." 콜린은 이 영화를 매우 좋아했는데, 주로 아빠가 그 영화를 꽤 즐겼기 때문이다. 그래도 콜린은 양자물리학자이자 록 스타이며 외과 의사 겸 닌자인 주인공이 현실성이 없다고 불평했다. 확실히 그렇게 많은 분야에 대해 그렇게 많이 알 수 있는 인간은 없을 것이다.

가망은 없어 보였다. 이 사실을 받아들이고, 콜린은 뒤따를 어색함에 대비하여 새 운동화가 든 가방을 열고 아주 큰 확대경 아래 놓인 벌레라도 되는 듯 들여다보았다.

샌디 엄마가 꽥 소리를 질렀다.

"수전 피셔!"

피셔 부인이 대꾸했다.

"앨리슨 라이언."

"학교에서 있었던 일 정말 끔찍했지, 안 그래?"

"아, 말도 마……."

샌디는 이 발 저 발 중심을 옮기며, 제 엄마가 이야기 중인 줄 모르는 것처럼 주위를 두리번거렸다. 얼굴을 붉혔는데 분명히 당황하고 있었다. 콜린이 추측하기에 적어도 부분적으로 이 표정의 동기는 충분히 문서로 입증된 10대들의 (특히 10대 소녀들의) 욕구로, 사회적 동물로서 부모님이나 부모님 친구들이 존재하지 않는 척하고 싶은 욕구였다. 하지만 확신할 수는 없었다. 콜린은 공책에 손을 뻗었다.

빈 면을 찾아 공책을 넘기며 얼핏 눈을 들었다가 본의 아니게 샌디와 똑바로 눈이 마주쳤다. 신경이 곤두서고 몸이 불편해지는 느낌이 들었다. 팔다리에서 피가 한꺼번에 빠져나가는 듯했다. 콜린은 눈을 피했지만, 그래도 샌디의 사춘

기다운 어색한 기분이 노골적인 **적대감**으로 발전했음을 알았다.

언제나 이런 식이었던 것은 아니다. 예전에, 콜린과 샌디가 어렸을 때는 친구나 다름없었다. 둘은 함께 유치원에 다녔다. 엄마들은 매일 번갈아 가며 아이들을 차로 데려다주고 데려왔다. 어느 날 오후, 샌디 엄마가 차가 막혀 오지 못했고, 피셔 부인은 도움을 주려는 마음에 샌디를 집으로 데려와 콜린과 놀게 했다. 콜린은 샌디를 자기 방에 데려가 레고로 조립 중이던 현수교를 함께 완성하겠다고 했다. 콜린의 엄마는 감격했다.

한 시간 동안은 만사태평이었다. 피셔 부인이 싹트는 우정과 고정적인 놀이 친구에 대한 환상을 품기 시작했을 때, 날카로운 비명이 집 안에 깃든 평화를 산산조각 냈다. 피셔 부인이 쿵쾅거리며 계단을 뛰어올라가 방문을 벌컥 열자, 콜린의 침대 위에 샌디가 제 오줌 웅덩이 속에 누운 채 잠이 들어 있었다. 비명은 콜린이 지른 것이었다. 주의 깊게 정돈된 콜린의 공간이 가장 끔찍한 방식으로 훼손된 것이다. 얼마 뒤 카풀도 중단되었다.

샌디 엄마가 말했다.

"누구든 간에 범인을 찾아냈으면 좋겠어. 성인범으로 기소해서 캄캄한 구덩이에 처넣은 다음 열쇠를 갖다 버려야 돼."

"열쇠가 뭐에 필요하겠어?"

피셔 부인도 맞장구를 쳤다.

콜린이 얼굴을 찌푸리며 끼어들었다.

"저, 다시 가서 압박 티를 입어 보고 싶어요. 제 장신경계에 압력을 가하면 진정이 될 것 같아요."

콜린은 의도적으로 샌디를 보지 않았다. 쇼핑몰 안에 자신과 엄마밖에 없는 것처럼 굴었다.

피셔 부인은 무겁게 한숨을 쉰 다음, 라이언 부인에게 힘없이 웃어 보였다.

"저 신경을 진정시켜야겠어."

라이언 부인이 음모를 꾸미듯 동의했다.

"알겠어. 나 같으면 포도주로 하겠지만."

"앨리슨, 또 봐."

피셔 부인은 웃음을 띠며 인사하고, 콜린과 함께 돌아서서 운동용품 가게로 향했다.

라이언 부인이 말했다.

"언제 전화해. 아이들도 만나게 해야지."

"으악."

등 뒤에서 샌디가 말했다. 그것이 네 살 때 이후로 콜린과 샌디 사이의 진짜 대화에 가장 접근한 것이었다. 둘은 이제 다른 행동반경 안에서 움직였다. 마주칠 때마다 오줌 사건이 떠오르는 것도 아닌데 말이다. 콜린은 유치원 다니던 꼬마 시절에 인물 관계도를 만들었다면 지금 상상하는 관계도와는 전혀 달랐으리라는 생각이 들었다. 사실 콜린이 알아낸 항목, 관계, 무리, 즉 모든 분류 체계가 완전히 달라질 수도 있었다. 그 점을 깨닫고 나니 모든 것을 추적할 효율적이고 물리적인 방법이 필요하다는 확신이 강해졌다.

콜린이 말했다.

"엄마, 나가는 길에 미술 용품 가게에 들러도 돼요?"

몇 분 뒤, 피셔 부인과 콜린이 쇼핑몰을 나섰다. 대니가 주차장과 경계를 이루는 외벽에 구부정하게 기대서서, 또래로 보이는 남자아이 둘과 이야기하고 있었다. 콜린이 이름을 모르는 아이들이었다. 피셔 부인이 말했다.

"서문 '안에서' 만나자고 말한 줄 알았는데."

콜린은 엄마가 '말한 줄 알았다'고 하면 '말했다'라는 뜻임을 알았지만, 엄마가 자신의 지시를 정확히 기억하고 있는지는 확신할 수 없었다.

대니가 천천히 달려오며 항의했다.

"서문 '에서' 만나자고 하셨죠. 그래서 왔잖아요."

피셔 부인은 말대답을 듣는 데 익숙하지 않았다. 눈살을 확 찌푸리며 의심하는 눈빛으로 지금 그 말을 좋게 받아들일 기분이 아님을 표시했다. 콜린은 엄마가 자주 짓는 이 표정을 마리에게 설명한 적이 있는데, 콜린의 커닝 페이퍼에 있는 표정 중 맞아떨어지는 것이 없다는 데에는 마리도 동의했다. 콜린과 마리는 그 표정을 **엄마 표정**이라 부르기로 했다. 그렇게 이름이 붙었다.

"대니 말이 맞아요."

콜린이 소리 높여 말하자 교착 상태가 깨졌다.

"엄밀히 말해 서문'에서'라고 하면 문 안쪽이나 바깥쪽, 어느 쪽이든 뜻할 수 있어요."

엄마가 웃음을 터뜨렸다. 대니는 고개를 돌리며 무슨 이유인지 **짜증**을 냈다.

"돕지 마."

그렇게 말하고 터덜터덜 자동차 쪽으로 걸어갔다.

콜린은 미술 용품과 운동화 가방을 들고 따라갔다. 대니의 반응이 무슨 뜻인지 곰곰이 생각했다. 어쨌든 콜린은 아무도 도울 생각이 없었다. 그저 사실을 지적했을 뿐이다. 진실이 누구에게 얼마나 도움이 되었는지는 상관없었다.

콜린은 한 팔에 운동화와 티셔츠, 한 팔에 미술 용품을 끼고 곧바로 자기 방으로 들어가 버렸다. 웨스트밸리 고등학교의 효과적인 인물 관계도를 구축하는 일이 단순한 평안과 생존의 문제가 아니라, 멜리사의 생일 파티를 폭발적으로 방

해한 총의 실제 주인을 밝히는 데 대단히 중요하다고 결론
을 내린 참이었다.

노트북 컴퓨터로 학교 홈페이지에 접속해 출석부를 출력
하고, 사건과 가장 관련이 많고 흥미롭다고 생각되는 학생들
의 이름에 동그라미를 쳤다. 거의 모든 학생이 SNS에 자기
페이지를 가지고 있었다. 콜린은 프로필 사진을 찾아 차례차
례 출력했다. 사진들을 앞에 쌓아 놓고, 하나하나 조심스럽
게 책상 위의 코르크 보드에 붙였다.

한 사람 사진이 없었다. 웨인 코널리였다.

> 웨인 코널리는 온라인에 없는 것 같다. 사진도 없고 전용 SNS
> 페이지도 없다. 마치 웨인이 존재하지 않는 것 같다. 의도적인
> 것일까, 그냥 불편한 우연일까? 어떤 복합적인 이유가 있는
> 걸까? 다른 학생들 페이지에도 웨인에 대한 언급이 없다는
> 것은 사회적 고립이나 광범위한 음모를 나타낸다.
> **조사해 볼 것.**

중학교 졸업 앨범을 넘기며 웨인의 실물 사진을 찾아보았
지만 다시 한 번 좌절했다. 웨인은 그해 사진 찍는 날 출석하
지 않았거나 교묘하게 사진사를 피한 것이 확실했다. 생각에
잠겨 얼굴을 찌푸리며, 콜린은 검은색 삼각형 종이에 **웨인 코
널리**라는 이름을 붙였다. 그럴 수밖에 없었다.

미술 용품 가게에서 산 색색의 색인 스티커를 가지고, 콜린은 다양한 학생들을 성적, 교우 관계, 사는 곳, 사회 경제적 파벌에 따라 분류했다. 색색의 털실로 개인들과 무리들 사이의 관계를 우정, 연애, 경쟁 등 관계 유형에 따라 세분하여 표시했다. 이 모든 것을 만들면서 FBI 등 법 집행 기관에서 마피아 조직원들과 범죄 음모 사이의 관계를 추적하기 위해 사용하는 게시판을 의식적으로 모방했다. 콜린은 관계도를 만드는 과정이 거의 결과물만큼 유용하다는 사실을 깨달았다. 실제 물체를 물리적으로 조작하는 일은, 그 물체가 사고나 관념을 나타낸다 해도 그에 대해 생각하는 데 도움이 되었다.

콜린은 눈살을 찌푸리며 최종 결과물을 바라보았다. 웨인을 나타내는 종이 삼각형이 그 정확성을 망쳤다. 웃음 띤 프로필 사진들 한복판, 가장 중요할 듯한 자리에 사진이 없으니 두드러져 보였다. 콜린은 시각적 효과 때문에 분석에 편견이 생길까 봐 **더 적합한 표시를 찾을 것**이라고 적어 두었다.

침대에 들어갔을 때, 인물 관계도 옆에 걸린 배질 래스본의 사진이 눈에 들어왔다. 마치 홈스가 직접 그 수수께끼를 깊이 생각하고 있는 것 같았다. 콜린은 그 점이 든든하게 여겨졌고, 명탐정이라면 이 모든 일에 대해서 뭐라고 말할까 생각했다. 홈스라면 지금쯤 다 해결했을 거라고 확신했다.

그다음에 콜린은 천천히 잠이 들었고, 홈스가 활약하던 가스등 불빛과 안개가 깔린 밤거리 꿈을 꾸었다.

다음 날 아침, 콜린은 새 압박 티를 입고 웨스트밸리 고등학교의 아스팔트 코트에 서서 천천히 농구공을 드리블하며 선들을 생각하고 있었다.

리듬감 있게 공을 튀기며 손가락 밑에 농구공의 선들을 느꼈다. 적도와 날짜 변경선처럼 구를 나누는 두 개의 원, 그 작은 행성의 북극과 남극을 덮는 두 개의 타원. 아스팔트 위에도 농구장 하프 코트의 경계가 선들로 표시되어 있었다. 햇볕과 비, 10대들의 발에 끝없이 시달려 희미해진 선들을 여러 번 다시 칠했으나, 새로 그은 선은 예전 선과 가지런히 맞는 법이 없었다. 콜린은 그 부정확함이 몹시 거슬렸다. 그 선들은 엄격한 경계선이 아니라 그냥 제안 같았다. 그래서 선 대신 농구공 튀기는 소리, 마음을 진정시키는 그 메트로놈 같은 소리에 집중하려고 애썼다.

"야, 콜린, 핼러윈은 좀 이르지 않아?"

쿠퍼와 에디가 눈앞에 서 있었다. 쿠퍼는 그 질문을 하며 씩 웃었는데, 콜린은 그 웃음을 해석할 수 없었다. 정말 10월 31일 핼러윈은 두 달 가까이 남았다며 동의하려던 순간, 쿠퍼가 사실은 주황색과 검정색이 섞인 콜린의 티셔츠 이야기를 하고 있음을 알아차렸다. 그러니까 쿠퍼의 질문은 수사적인 것이다. 콜린이 그 점을 알아차렸다는 사실을 알면 마리가 매우 자랑스러워할 것이다. 마리는 콜린에게 말 그대로의 표현("너 오늘 멋져 보인다.")과 비유적, 관용적인 표현("그쯤이야 땅 짚고 헤엄치기지.")을 구별하는 어려운 기술을 여러 시간 연습시켰다. 이것은 예선 통과와 같았다.

콜린이 설명했다.

"이건 캘리포니아 공과대학의 학교 색깔이야. 아빠하고 동창회 행사에 갔을 때 산 거지."

쿠퍼와 에디는 어깨를 으쓱했다. 둘 다 분명 캘테크^{캘리포니아 공과대학}의 운동부 역사[14]를 잘 모르는 것 같았다. 하지만 쿠퍼는 USC^{서던캘리포니아 대학} 미식축구팀 트로전스의 셔츠를 입었고 에디는 노트르담 대학 민소매 셔츠를 입었으니, 부모의 출신 학교 옷을 입은 걸 이해할 것이다.

쿠퍼가 말을 이었다.

"어쨌든, 어제 네가 슛 넣는 거 봤어."

콜린이 아는 한, 지금 두 문장은 몇 년 동안 쿠퍼가 콜린에

---

14 이해가 가는 일이다. 캘테크는 NCAA^{전미 대학 스포츠 연맹} 3부 리그에서도 가장 운동 못하는 학교로 널리 알려져 있기 때문이다. 콜린의 아빠가 신경 쓰지 않는 척하는 건 사실이다.

게 한 번에 말한 것으로는 가장 많이 한 말에 해당했다. 이것은 둘 사이의 관계가 발전했다는 뜻일까? 콜린은 그렇기를 바랐다. 쿠퍼는 어제 싸움에 가담한 아이들 대부분과 친구였고, 그러므로 잠재적으로 수사에 귀중한 정보원이었다.

콜린이 대답했다.

"고마워, 쿠퍼. 너한테 몇 가지 질문을 해도……."

"본론은 말이야."

에디가 불쑥 콜린의 말을 끊으며 끼어들었다.

"우리하고 같이하면 어떨까 해서. 삼 대 삼."

콜린이 그런 질문을 받아 보기는 생전 처음이었다.

"뭘 같이해?"

쿠퍼가 웃음을 터뜨렸다.

"농구 말이야, 슛…… 인마. 네가 우리 팀으로 뛰었으면 좋겠어."

'인마'는 종종 애정을 나타내는 다용도 속어였고, 무신경하고 멸시적인 '슛버스'에서 확실히 승격된 호칭이었다. 콜린은 그 변화를 받아들였다.

그 말은 확실히 콜린을 자기네 사교계 안으로 초대하는 것처럼 들렸다. 이것은 흥미진진한 일이었다. 생일 케이크와 권총 사건에 대해 기꺼이 이야기해 줄지도 모른다는 뜻이기 때문이다.

"그래, 어쩔래?"

에디가 재촉하자, 쿠퍼도 거들었다.

"그러면 네가 묻고 싶은 건 뭐든지 물어볼 수 있어."

콜린이 말했다.

"금방 돌아올게."

콜린은 하프코트에서 삼 대 삼으로 진행되는 농구 세 경기를 지나쳐 걸어가며 경기에 따르는 반칙과 욕설, 난투극을 보고 걱정했다. 투렌티니 선생님을 찾아 경기장을 죽 훑어보았지만 아무 데도 보이지 않았다.

"피셔."

바로 옆에서 투렌티니 선생님이 불렀다. 난데없이 나타난 것 같았지만, 선생님이 내내 그 자리에 있었을지도 모른다는 생각이 들었다. 콜린은 멍하니 투렌티니 선생님처럼 나이 먹은 사람이 어떻게 그렇게 조용히 움직일 수 있을까 생각했지만, 더 급한 관심사부터 처리해야 했다.

"투렌티니 선생님?"

"그래."

"농구에는 많은 신체 접촉이 수반되나요?"

투렌티니 선생님은 아주 길게 느껴지는 시간 동안 콜린을 가만히 바라보았고, 그동안 콜린은 예의를 지켜 눈을 돌리지 않으려고 애썼다. 그 강렬한 눈길 때문에 좋아하는 미스터리

이야기 하나가 떠올랐다. 존 버컨이 쓴 〈39계단〉[15]이었다. 버컨은 그 이야기의 악당을 '매처럼 눈꺼풀이 덮인 눈'을 가진 것으로 묘사했다. 콜린은 늘 그것이 과장된 표현이라고 생각했지만, 투렌티니 선생님의 묘하게 반쯤 감긴 눈을 보니 관찰력이 날카로운 맹금류가 떠올랐다.

투렌티니 선생님이 물었다.

"피셔, 네가 조그만 도자기 인형이라도 되냐? 네가 깨질까 봐 겁나냐? 내 눈에는 네가 조그만 도자기 인형으로 보이지 않는데 말이다."

콜린은 그 말도 수사적인 질문으로 인식했다. 투렌티니 선생님은 수사적 표현을 좋아하는 것 같았다. 하지만 사실대로 말하자면, 콜린이 그것을 알아차린 것은 고맙게도 투렌티니 선생님 스스로 답을 해 준 덕분이었다.

콜린이 대답했다.

"아뇨. 전 조그만 도자기 인형이 아니에요. 그냥 먼저 양해를 구하지 않고 건드리는 게 싫을 뿐이에요."

---

15 〈39계단〉은 1935년 앨프리드 히치콕 감독이 영화로 만들었다. 영화에서는 책 내용 몇 가지를 마음대로 바꾸었는데, 이를테면 프랭클린 스커더라는 남자 대신 애너벨이라는 여자가 나온다. 콜린의 아빠는 아마 여성 관객들을 위해 '낭만적인 긴장'을 더하기 위해서일 거라고 했다. 하지만 히치콕이 왜 여자들은 완벽하게 좋은 이야기를 있는 그대로 즐기지 못할 거라고 생각했는지, 그 점은 아빠도 설명하지 못했다.

"나도 그렇다. 하지만 인생은 접촉 스포츠이고 보호대는 선택지에 없다."

투렌티니 선생님의 맹금 같은 눈에는 아무것도 드러나지 않았다.

"미식축구가 아니야. 괜찮을 거다."

그 말과 함께 진행 중인 경기로 주의를 돌렸다. 콜린은 농구를 해도 될지 여전히 미심쩍었으나, 쿠퍼와 에디에게 질문할 수 있다는 유혹으로 걱정이 상쇄되었다. 콜린은 쿠퍼와 에디에게 걸어갔다.

"뛸 준비됐어."

상대 팀은 하나같이 거구에 근육질인 스탠과 두 친구로 이루어져 있었다. 콜린은 잠시 망설였다. 한편으로 생각하면 총기 사건의 목격자가 하나 더 있다는 것이 뜻밖의 행운이었다. 또 한편으로 생각하면 무자비하고 화 잘 내는 것으로 악명 높은 스탠을 상대한다는 것은 행운이 아니었다.

경기가 시작되자 콜린은 주의 깊게 관찰하며, 다리를 넓게 벌리고 재빨리 위아래로 움직이는 쿠퍼와 에디의 자세를 흉내 내려고 애썼다. 스탠이 에디를 막으며 팔을 툭 쳐서 공을 놓치게 만들려 했지만, 에디는 재빨리 콜린에게 공을 던졌다. 스탠의 두 친구가 위협적인 장신 선수 쿠퍼를 막으러 달려간 사이, 콜린은 수비 없이 남아 있었다.

공이 손끝을 아프게 스쳤으나 제대로 손안에 들어왔다. 콜린은 그 공을 물끄러미 내려다보며 줄무늬에 넋을 잃었다.

에디가 코트 저편에서 고함을 쳤다.

"슛을 쏴!"

콜린은 그 말을 따랐다. 두 손으로 슛을 쐈고, 공이 유유히 허공을 가르며 그리는 포물선 아치가 공 자체의 타원형 줄무늬 같다고 생각했다. 그 유사성이 우연인지 아닌지 생각하는 사이, 공이 깨끗하게 바스켓을 통과했다.

"잘했어!"

쿠퍼가 눈에 띄게 신이 나서 소리쳤다. 스탠은 못 믿겠다는 듯이 두 팔을 툭 떨어뜨렸다. 끈이 뚝 잘린 꼭두각시 같았다.

"2점!"

쿠퍼와 에디가 수비 위치로 달려갈 때, 쿠퍼가 장난치듯 콜린의 어깨를 탁 쳤다. 콜린은 움찔해서 움츠러들었고, 비명을 지르며 되받아 때리고 싶은 충동을 참았다. 어쨌든 상대는 축하해 주려는 것뿐이라고, 콜린은 추론했다.

"미안하지만 그러지 말아 줘. 미리 말을 하든가."

콜린의 목소리는 평소보다 딱딱하고 단조로웠다.

쿠퍼는 두 손을 들고 콜린에게서 물러섰다.

"좋아."

그것은 비판이 아니라 그냥 서술이었다. 여러 해 동안 콜린과 함께 학교를 다닌 아이들이 다 그렇듯 쿠퍼도 콜린의 특이 체질을 알고 있었다. 이해는 못해도 말이다.

그 모든 것을 스탠은 하나도 놓치지 않았다. 팀 동료들을 쿡 찌르고, 세게 밀치는 시늉을 했다. 둘 다 찬성의 표시로 고개를 끄덕였고 말없이 자연스럽게 음모가 이루어졌다.

경기가 재개되었다. 쿠퍼가 스탠의 팀 동료에게서 공을 빼앗았고, 양 팀은 공수가 바뀌었다. 이번에는 스탠이 콜린을 막으며 뒤로 처지는 사이, 쿠퍼가 콜린에게 공을 패스했다.

스탠은 콜린의 걸음에 맞춰 움직이며, 콜린이 수비를 피해 깨끗한 슛을 쏘려는 어설픈 시도를 노련하게 예측했다. 스탠의 긴 팔이 획획 튀어나왔다. 공으로 손을 뻗으며 콜린의 셔츠와 팔꿈치를 쳤다.

콜린은 숨을 몰아쉬며 말했다.

"그만. 제발 그러지 마."

너무 늦었다. 스탠이 공을 가로채 골 밑으로 가져가 쉽게 한 골을 넣었다. 콜린은 그 모습을 지켜보며 자기 감정을 알아보려 했다. 잘 알고 있는 분노와 두려움 외에, 또 다른 낯선 느낌이 있었다. 실망이었다. 그 순간 콜린은 자신에 대해 아주 중요한 것을 깨달았다. 자신은 지는 것을 좋아하지 않았다.

쿠퍼가 천천히 달려왔다.

"스탠을 마음에 두지 마. 쟤가 바라는 게 바로 그거야."

쿠퍼는 조용히 말했다. **도움**을 주려는 것이다.

몇 초 뒤에 에디가 공을 잡아 바로 콜린에게 던졌다. 콜린은 드리블을 하며 남는 팔을 방어막 삼아 앞으로 뻗었지만 아무 소용이 없었다. 어느 쪽으로 돌아도 정면에 스탠이 있었다.

쿠퍼와 에디는 그 무용 같은 모습을 지켜보며 점점 **실망**하고 **짜증**을 냈다. 삼 대 삼 하프코트 농구에는 공식적인 24초 공격 제한 시간이 없었지만, 그래도 공을 잡고 있는 시간이 길어지면 눈총을 받았다.

"던져, 열렸어."

에디가 소리쳤다. 콜린은 지금 그럴 상황이 아니었다. 스탠의 괴롭힘에 갈팡질팡하느라 슛을 할 수 없었다. 끝없이 반복되는 패턴에 갇혀 있었다. 다가서고, 속임수 동작, 물러서고. 흠집 난 옛날 LP판이 같은 소절을 거듭거듭 되풀이하는 것 같았다. 콜린은 마침내 그 교착 상태를 깨고 에디에게 공을 던졌다. 하지만 에디는 수비에 꽉 막혀 있었다. 공을 다시 콜린에게 휙 던졌다.

"그냥 슛해."

에디가 사정했다.

스탠이 콜린 앞으로 다가섰다. 씩 웃으며 운동장에서 투렌티니 선생님을 찾아보았다. 그때 선생님은 반대편에서 뚱뚱한 아이의 점프 슛 연습을 도와주고 있었다. 스탠은 만족해서 다시 콜린을 돌아보았다. 다시 씩 웃었다. 의기양양한 웃음이었다.

콜린은 스탠의 발을 지켜보았다. 스탠이 앞뒤로 움직이는 방어 패턴은 간파했다. 콜린이 익힐 수 있고, 스탠을 제치고 튀어나가 깨끗한 슛 자세를 취하면 이길 수 있는 패턴이었다. 그것은 좋은 계획이었고 아마 성공했을 것이다. 그 순간 갑자기 왼팔에 타는 듯한 통증을 느끼지 않았다면. 스탠이 콜린의 손목을 움켜잡으며 신경 조직이 뼈 가까이 지나가는 지점을 엄지로 찌른 것이다. 무술에서 '혈'[16]이라 부르는 자리였다.

콜린이 떨어뜨린 공을 잡으려고 스탠이 손을 뻗었을 때 콜린은 고통과 분노에 찬 짐승처럼 거칠게 울부짖었다. 무시무시한 소리였다. 어찌나 무시무시한지 스탠은 한동안 멍해

---

16 '혈'은 샌페르난도밸리의 남자아이들 사이에서 폭넓은 인기를 누리는 유술의 장악 기술에서 자주 사용된다. 유술의 인기는 어느 정도 이종 격투기에 쓸모가 있기 때문이지만, 그보다 훨씬 큰 이유는 닌자와 연관되어 미화되었기 때문이다. 닌자는 일본의 비밀 암살자 집단으로, 재빨리 공격한 뒤 그림자 속으로 녹아드는 능력으로 유명하다. 콜린은 닌자가 되는 것도 멋지겠다고 생각했다. 그 모든 접촉만 빼고.

져서 움직이지 못했고, 그사이 콜린이 빼앗긴 공을 되찾아 갔다.

골대가 훤히 열려 있었다. 콜린은 슛을 하지 않았다.

다음 순간 스탠이 본 것은 타원의 검은 선이었다. 주황색의 무거운 무엇이 얼굴을 내리쳤다. 스탠은 콜린의 양손이 자기 목을 휘감고, 있는 힘을 다해 조르는 것을 느꼈다. 둘 다 아스팔트 코트 위를 뒹굴었다.

웨스트밸리 고등학교의 운동장 주먹다짐은 짧게 지나가는 경향이 있었다. 대개는 지나치게 상해를 입기 전에 싸움꾼들을 떼어 놓기 때문이다. 하지만 미쳐 날뛰는 콜린의 공격은 너무 난폭하고 전례 없는 일이라 쿠퍼, 에디, 스탠의 친구들도 눈을 믿지 못하고 지켜보기만 할 수밖에 없었다. 스탠은 빠져나오려고 헛되이 애쓰며 얼굴이 점점 진한 자줏빛으로 변해 갔고, 콜린은 목구멍에서 짖어 대는 듯한 목쉰 소리를 냈다.

그때 학생들 사이에 투렌티니 선생님이 나타났다. 나중에 목격자들은 선생님이 어디에서 나타났으며 어떻게 그렇게 빨리 움직였는지 모르겠다고 했으나, 아무튼 선생님은 그 자리에 있었고 콜린의 몸뚱이를 떼어 놓았다. 스탠이 캑캑거리면서 얼굴에 피가 돌았고, 목에는 콜린의 손가락 모양으로 멍 자국이 남았다. 투렌티니 선생님은 몸부림치며 짖어 대는

콜린을 미식축구 공처럼 팔 아래 끼고 아무 말 없이 들고 나
갔다.

아스팔트 위에 침묵이 내려앉았다.

쿠퍼가 에디를 돌아보았다.

"야, 숏버스한테는 파울하지 마."

콜린이 교장실 밖 로비에 근 한 시간을 앉아 있는 동안, 교
장 선생님은 투렌티니 선생님과 이야기했다. 쿠퍼를 불러 스
탠이 여러모로 공격을 유발했다는 이야기를 들었고, 이어서
학교 변호사들과 여러 차례 통화했다. 변호사들은 너도나도
특수 교육 대상 학생을 처벌했을 때의 법적 결과에 대해 조
언했다. 애초에 그런 학생을 그런 상황에 처하게 해서는 안
된다고 주장할 수도 있다는 것이다.

그런 일을 모두 거치고 나서 교장 선생님은 하루 반성실
에 남으라는 쪽지를 말없이 건넸고, 콜린은 군말 없이 받아
들였다.

규칙과 질서를 존중하는 사람으로서, 콜린은 규칙을 깨면
결과가 따르는 법이라는 사실을 이해했다. 그날 학생 식당을
가로지를 때 쏟아지는 눈길과 수군거리는 소리가 더 문제였
다. 고등학교는 감옥처럼 그날이 그날 같은 경향이 있다. 콜
린 사건과 같은 흔치 않은 혼란은 자연스럽게 대화의 주된

화제가 될 수밖에 없었다.

콜린은 그 관심도, 스트레스가 되는 모든 상황을 처리하던 방식대로 처리했다. 일과에 전념하는 것이다. 늘 앉는 의자에 앉아 점심(저지방 살라미소시지 다섯 장, 사과 한 알, 프레첼, 셀러리, 당근, 오레오 쿠키 두 개)이 들어 있는 깔끔한 비닐봉지들을 펼쳐 놓고, 다른 사람들을 살펴보았다.

학생 식당의 자기 구역에서 루디가 친구들과 추종자들로 이루어진 궁정의 왕 노릇을 하고 있었다. 제 손으로 목 조르는 시늉을 하며 무슨 이야기를 하고는 웃음을 터뜨렸다.

체육계 식탁에서는 스탠이 레이커스 농구팀의 후드 운동복 지퍼를 높이 올려 목둘레의 멍을 가리고 앉아 있었다. 스탠은 천천히 조심스럽게 샌드위치를 삼키며 때때로 고개를 홱 돌려 콜린을 죽일 듯이 노려보았다. 쿠퍼는 아예 콜린을 보지 않으려 했다. 콜린이 눈에 들어오지 않거나 보고 싶지 않다는 뜻이다. 어느 쪽이든 약속한 질의응답을 지금 수행하려는 시도는 경솔한 행동이 될 듯했다.

콜린은 조심스럽게 점심 품목들을 다시 봉지에 넣은 다음 멜리사의 식탁으로 갔다. 콜린이 다가가자 멜리사의 친구들이 대화를 멈추었다. 저마다 말없이 적대적인 눈길로 콜린을 쏘아보았다. 멜리사는 친구들처럼 적대감을 보이지는 않았지만 멜리사답지 않게 **경계**하는 듯했다. 콜린이 말했다.

"안녕, 멜리사. 별일 없지?"

어색한 침묵의 순간이 이어졌다. 멜리사가 친구들 앞에서 콜린을 인정할 것인지 고민하고 있는 것이다. 다른 대화들도 잦아들었다. 지금 학생 식당의 모든 사람이 이쪽을 지켜보고 있는 듯했다.

"난 괜찮아, 콜린. 뭐 필요한 거 있니?"

그 식탁의 다른 아이들이 소리 죽여 킥킥거리는 소리가 터져 나왔다. 그것을 무시하고, 콜린이 말을 이었다.

"사실은, 그래, 있어. 뭐 하나 물어봐도 돼?"

"잠깐. 내가 먼저 너한테 물어볼 게 있어."

샌디가 분명히 말했다. 샌디의 친구들이 일제히 입을 막았다. 콜린은 잇새에 음식이 낀 것을 숨기려는 걸까 생각했다.

"1교시 체육 시간에 네가 완전히 헐크가 되어서 스탠 크란츠를 공격했다는 얘기 들었어. 스탠이 네 포켓 프로텍터(펜이나 작은 물건을 가슴 주머니에 꽂을 때 주머니가 손상되는 것을 막는 보호대. 주로 엔지니어들이 많이 사용한다 : 옮긴이)라도 훔쳐간 것처럼. 그게 정말이야?"

애비와 에마가 깔깔 웃어 댔고, 덕분에 샌디의 질문이 말 그대로의 의미가 아니라 수사적 질문이라는 의심이 확실해졌다. 멜리사는 콜린에게서 눈길을 돌렸다. 갸름한 턱부터 양쪽 귀 끝까지 얼굴이 확 붉어졌다. 당황한 것이다.

콜린이 대답했다.

"난 포켓 프로텍터가 없어. 게다가 내 체육복 셔츠에는 주머니도 없어. 티셔츠인데, 캘테크 거야. 어제 입은 옷보다 훨씬 좋아. 100퍼센트 순면이고 폴리에스테르가 아니거든. 폴리에스테르는 합성섬유야. 합성섬유는 따가워서 좋아하지 않아."

애비와 에마가 더욱 큰 소리로 웃었다.

"정말이야. 게다가 합성섬유에 불이라도 붙으면……."

"콜린."

멜리사가 콜린의 말을 잘랐다. 이것 또한 멜리사답지 않은 행동이었다. 멜리사는 보통 콜린이 끝까지 생각할 수 있도록 배려했다. 때때로 콜린의 생각이 이상한 방향으로 뻗어 가도 상관하지 않았다.

"물어볼 게 뭔데?"

"부모님한테 거짓말하고 싶을 때, 가장 좋은 방법이 뭐야?"

7학년 때, 콜린은 특이한 현상을 알아차렸다. 멜리사가 긴 치마나 실용적인 검은 바지를 입고 학교에 온 다음, 여자 화장실로 사라지는 것이다. 몇 분 뒤에 찢어진 청바지나 짧은 치마, 아니면 뭐든지 그 당시 유행하는 옷을 입고 나왔다. 하루가 끝날 때는 그 과정이 거꾸로 진행되었다. 멜리사는 언제나 원래 옷으로 다시 갈아입은 뒤 집으로 떠났다.

여섯 달 동안 이 이상한 행동을 관찰한 뒤에 콜린은 마리에게 그 이야기를 했다. 콜린은 어째서 학교 갈 때 입는 옷이 두 벌씩 필요한지 짐작할 수 없었고, 직접 물어보았더니 멜리사는 대답하지 않겠다고 했다. 그때가 콜린에게 화를 낸 것에 가장 가까운 경우였고, 그래서 콜린은 더 조사하기를 포기했다.

"부모님이 입기를 바라는 옷은 입기 싫은데, 그걸 부모님한테 알리고 싶지 않은 거야."

그때 마리는 콜린에게 이렇게 말했다. 콜린이 보기에 그런 뻔한 속임수는 여전히 말이 안 되는 것 같았지만, 그게 아니고는 설명이 안 되던 일이 그런 대로 설명이 되었다. 그리고 그 일 덕분에 거짓말 기술에는 멜리사가 이상적인 교사가 되었다.

그날 오후 콜린은 처음으로 엄마에게 거짓말을 했다.

전화가 왔을 때, 피셔 부인은 빨래를 개서 주의 깊게 분류해 쌓으면서 JPL제트추진연구소, 휴스턴, 워싱턴 D.C., 플로리다에 있는 나사 관련 기관의 공학자들과 온라인 화상 회의를 주재하고 있었다.

"적외선 화상 패키지를 중단하고 마지막 준비 작업 점검에 시차를 두면, 발사 가능 시간대를 맞출 수 있어요."

피셔 부인이 셔츠 한 장을 들고 눈을 가늘게 뜨며 주인을 알아내려 했다. 아들들이 서로의 옷이나 아빠 옷과 구별하기 힘든 나이가 되어 가고 있었다.

"이제……."

휴대 전화가 울렸다. 콜린. 피셔 부인은 잠시 말을 멈추고 발신자 사진을 감상했다. 항공 우주 박물관을 나오며 드물게 활짝 웃는 콜린의 모습이었다. 6년 전 사진이었다. 콜린의 나이로 보면 인생의 반이었다. 하지만 결코 오래되어 보이지 않았다.

피셔 부인이 말했다.

"잠깐만요. 세계 종말이 오는데, 아무래도 우리 아들이 그 중심에 있는 것 같아요."

사람들이 웃음을 터뜨렸다. 그 사람들에게 콜린은 비밀이 아니었다. 콜린은 세계 종말은커녕 절대로 말썽을 부리는 법이 없었다.

피셔 부인은 회의를 묵음으로 돌리고 전화기를 들었다.

"지금 좀 바쁜데, 빅 C. 나중에 통화해도 되겠니?"

"죄송해요, 엄마."

콜린은 평소처럼 싹싹하고 약간 단조로운 어조로 말했다.

대부분의 사람들과 달리, 콜린은 전화나 대면 의사소통이나 정확히 똑같은 말투를 사용했다.

"오늘 학교 끝나고 남아야 한다는 말씀을 드리려고요. 조사할 것이 좀 있어요."

전화에 침묵이 흘렀다. 콜린의 엄마는 잠시, 이렇게 학년 초에 연구 과제가 나오다니 이상하다고 생각했다. 한편, 콜린은 과제가 나오든 말든 툭하면 연구 조사를 했다.

"좋아. 6시에는 집에 오니?"

"네."

"그때 보자. 조사 잘되길 빈다."

다시 한 번 훨씬 긴 침묵이 흘렀다.

"고마워요."

콜린은 이 말만 하고 전화를 끊었다.

피셔 부인은 시간 속에 보존된, 활짝 웃는 일곱 살 난 아들의 사진을 바라보았다. 그다음에 화면이 새카매졌고, 마법이 풀렸다. 피셔 부인은 업무로 되돌아갔다.

콜린은 반성실에 남아야 했고, 그 사실을 잘 알고 있었다. 이 일의 위험을 알고도 감수하는 이유는 오로지 이 사건을 조사할 기회가 사라져 가고 있었기 때문이다. 원래 그렇게 되어 있다. 시간이 흐를수록 증거도 목격자의 기억도 희미해

지기 마련이다. 두 가지 다 웨인 코널리가 무죄라는 사실을
증명하는 데 필요했다.

조심스럽게 휴대 전화를 배낭에 넣고 공책을 내려다보다
이상하게 넋을 잃었다. 일주일도 안 되어 두 번째로, 멜리사
가 그 여성스럽게 흘려 쓴 글씨로 공책을 버려 놓았다.

> 죄송해요, 엄마. 오늘 학교 끝나고 남아야 한다는
> 말씀을 드리려고요. 조사할 것이 좀 있어요.
> 행운을 빌어! - XO

멜리사는 마지막 부분을 소리 내어 말하면 안 된다고 확
실히 못을 박았지만, 'XO'가 무슨 뜻이냐는 질문은 교묘하
게 피해 갔다. 분명히 멜리사의 머리글자도 아니고, 로마 숫
자로 어떤 연도를 가리키는 것도 아니었다.[17] 마침내 콜린은
그 이상한 표시에 동그라미를 치고 나중에 **조사해 볼 것**이라

---

17 로마 숫자(I, V, X, L, C, M)는 때때로 연도를 표기하는 데 사용된다. 영화가 끝날 때
나오는, 제작에 참여한 사람들 명단 마지막에서 흔히 볼 수 있다. 슈퍼볼 등 주요 스포
츠 행사 이름에도 자주 나온다. 1980년대에 한동안 영화 속편 제목에 로마 숫자 쓰기가
유행하기도 했다. 〈스타 트렉 II – 칸의 분노〉나 〈슈퍼맨 II〉 같은 제목 말이다. 이 관행은
〈스타 트렉 V – 최후의 미개척지〉와 〈슈퍼맨 IV – 최강의 적〉이 개봉된 뒤에 곧 인기가
떨어졌다. 흥행 성적과 관계있는지 알 수 없지만, 콜린은 그쪽에 혐의를 두고 있다.

고 적어 두었다.

콜린은 종이를 뒤로 넘겨 목적지 주소를 다시 한 번 확인했다. 낯선 동네에 떨어졌으니 제대로 찾아왔는지 확인하고 싶었다. 휴대 전화의 지도 기능을 켜서 주의 깊게 길 안내를 따라왔지만, 콜린은 어떤 기계든 믿지 말고 확인하는 것이 중요함을 절실하게 느꼈다.

그 길에는 샌페르난도밸리 북서쪽 구석에 몰려 있는 우중충한 치장 벽토 2층 아파트 건물들이 늘어서 있었다. 오후의 햇빛에 번쩍이는 상어 이빨 같은 콘크리트와 무쇠 건물들 뒤쪽에 시미밸리와 채츠워스를 가르는 들쭉날쭉한 붉은 암석층이 솟아 있었다.

콜린은 금이 간 보도를 걸어갔다. 도로 경계석의 희미해진 주소들을 살피면서, 교장실에 있던 자료에서 보고 공책에 적어 둔 번지수까지 찾아갔다. 잠시 발을 멈추고 관찰한 것을 기록했다. 무방비 상태로 혼자 웨인 코널리의 집 앞에 서서.

> 웨인 코널리의 집. 1층. 칠이 벗겨졌다. 담배 냄새와 김빠진 맥주 냄새. 앞마당에 장난감들이 흩어져 있는데 애꾸눈 인형도 하나 있다. 진입로에는 녹슨 혼다 자동차가 있고, 그 옆에 하얀 타이어의 진분홍색 꼬마 자전거가 주차되어 있다. 꼬마 자전거를 타기에 웨인은 너무 크다. 동생이 있을까?

콜린은 문구멍 아래 색 바랜 나무로 막아 놓은 자리를 보았다. 예전에 싸구려 초인종이 있다가 없어진 자리였다. 초인종이 떨어져 나갔는지 누가 뜯어냈는지 확실하지 않았다. 두 가지 종말이 다 그럴듯했다. 콜린은 문을 두드리려고 주먹을 말아 쥐었다가, 문득 어린아이와 이상한 숲과 열지 말았어야 할 문이 나오는 무수한 옛이야기가 떠올랐다.

하여간 문을 두드렸다.

제8장

뒤팽의 무심함

평범한 독자들은 대부분 현대 소설 최초의 탐정은 아서 코넌 도일 경의 셜록 홈스라고 생각한다. 사실은 그럴지 않다.

현대 탐정 이야기의 원조는 그보다 반세기 일찍 에드거 앨런 포의 소설에 등장한 프랑스인 탐정 C. 오귀스트 뒤팽이다. 포는 〈도둑맞은 편지〉〈모르그 거리 살인 사건〉〈마리 로제의 수수께끼〉, 세 편의 이야기로 문학에서 완전히 새로운 유형의 범죄 해결사를 창조했다. 뒤팽은 엄격한 분석 정신과 생생한 창조적 상상력, 정신이 이상한 범죄자의 사고방식을 스스로 취해 보는 능력을 갖추었다. 탐정 소설의 역사에서 뒤팽은 획기적이었다.

뒤팽의 기술보다 더욱 획기적인 것은 그의 동기였다. 범죄에 복수하고 악인을 법의 처분에 맡기는 영웅 이야기의 존재는 수

세기를 거슬러 올라가지만, 언제나 개인이나 가문의 명예를
지키는 복수의 필요성이나 사회 질서의 회복에 역점을 두었다.
뒤팽은 그중 아무것에도 관심이 없었다.

뒤팽은 순수한 지적 호기심에 의해 움직였다. 또는 뒤팽을
창조함으로써 홈스, 애거서 크리스티의 에르퀼 푸아로, 그리고
신사 탐정이라는 범주 전체의 길을 닦았다. 지적 호기심에
의거함으로써, 감정적 편견이나 특정 결과에 대한 집착을
벗어나 정확한 결론에 이르는 법을 보여 주었다. 이 업적에서
가장 인상적인 것은 범죄와 처벌에 대한 우리의 사고방식을
포가 얼마나 쉽고 빠르게 재정립했는가가 아니라, 다른 모든
사람이 그것을 이해하는 데 어째서 그토록 오래 걸렸나 하는
점이다.

뒤팽은 오늘날 거의 잊혔다. 나도 왜 대부분의 현대
독자처럼 셜록 홈스의 모험이 더 좋을까 생각하곤 했다.
내 동생의 배트맨 만화책을 읽고 비로소 알게 되었다. 복잡한
심리, 숨겨진 집착, 초인에 가까운 에너지, 지적 재능을
가진 셜록 홈스는 그냥 탐정이 아니었다. 세계 최초의 슈퍼
히어로였다.

집 안이 잘 보이지 않았으나, 냄새는 맡을 수 있었다. 퀴퀴
한 담배 연기, 곰팡이, 갈아 줘야 할 고양이 변기통의 희미한
암모니아 지린내가 어둠 속에서 퍼져 나왔다. 어떤 남자가

소리를 질렀다.

"열려 있소!"

콜린은 집 안에 들어섰다. 조심스럽게 입으로 숨을 들이쉬며 콧구멍을 점령한 냄새 하나하나가 몸속으로 들어오는 미세한 쓰레기 입자를 뜻하지는 않는다고 상상하려 했다. 눈이 어둠에 익숙해지자 소파 위에 머리가 벗겨지고 콧수염이 듬성듬성 난 남자가 보였다. 두 발을 유리로 된 커피 탁자에 올리고 맥주 캔을 홀짝거리고 있었다. 텔레비전에서는 키가 크고 텍사스 사투리가 심한 남자가 방청객들에게 정신의학적인 조언을 베푸는 중이었다.

콜린이 인사했다.

"안녕하세요, 코널리 씨."

콜린은 방 안에서 좀 불결하지 않은 것을 찾아 집중하려고 애썼다.

"코널리 씨? 웃기네……."

남자의 목소리가 잦아들며 그렁그렁 가래 끓는 웃음소리가 되었다. 이상하다는 느낌이 들었다. 콜린의 인사는 웃으라고 한 말이 아니었다.

"웨인, 집에 있어요?"

머리 벗겨진 남자는 웨인 이야기가 나오자 고쳐 앉으며 눈을 가늘게 떴다. 의심하는 눈으로 콜린을 뜯어보았다.

"걔는 학교에서 나온 사람 말고는 아무하고도 말하면 안 되는데. 학교에서 보냈냐?"

"학교에서 왔어요."

콜린의 얼굴은 완벽하게 무표정했다. 이것은 거짓말이라기보다 진실을 다 말하지 않은 것이다. 엄마를 속이는 것보다 훨씬 쉬웠다.

남자가 투덜거렸다. 텔레비전에서 나는 백색 소음을 뚫고 고함을 쳤다.

"웨인, 썩 기어 나와! 학교에서 온 사람이 보잔다!"

집 뒤쪽 어딘가에서 문이 열렸다. 터벅터벅 무거운 발걸음이 복도를 걸어 다가왔다. 콜린이 무의식중에 숨을 삼켰을 때, 웨인이 발을 끌며 거실에 들어섰다.

"빌어먹을, 대체 뭐⋯⋯."

웨인이 머리 벗겨진 남자에게 딱딱거리기 시작했고, 콜린은 아빠한테 말하는 투가 너무 버릇없어서 깜짝 놀랐다. 하지만 웨인은 하던 말을 맺지 못했다. 콜린을 본 것이다.

"너."

"안녕, 웨인. 너한테 할 말이 있어."

"밖에서."

웨인은 턱짓으로 앞문을 가리키며 싸구려 하이탑 운동화 끈을 꽉 묶었다.

머리 벗겨진 남자가 몸의 다른 부분은 움직이지 않고 고 개만 휙 돌려 웨인이 나갈 준비를 하는 것을 보았다. 남자는 인상을 쓰며 소리 질렀다.

"야! 경찰이 너 집에 있으랬잖아."

"알 게 뭐야."

웨인은 느릿느릿 말하며, 콜린에게 나갈 테니 따라오라고 손짓했다.

머리 벗겨진 남자는 포기할 태세가 아니었다. 벽에 붙은 오래된 베이클라이트(20세기 초에 전화기 케이스로 많이 쓰 인 플라스틱의 일종 : 옮긴이) 전화기를 가리켰다.

"내가 저 전화를 들고 신고해야겠어?"

웨인이 대꾸했다.

"그래, 켄, 맘대로 해 봐. 우리 엄마가 자기 아들을 소년원 에 보내 버린 인간을 계속 재워 주나 보자고."

웨인은 말을 맺으며 웃음을 터뜨리고 문으로 향했다. 콜린 도 웃음을 터뜨렸다. 마리에게서 웃음은 사회적 의사소통의 한 형태라고 배웠기 때문이다. 콜린의 머릿속에서, 자신은 웨인의 농담에 공감을 나타내고 있는 것뿐이었다.

웨인은 생각이 다른 것이 분명했다. 콜린의 손목을 거칠게 움켜잡고 밖으로 끌고 갔다.

"야!"

머리 벗겨진 남자가 (켄, 콜린은 나중에 참고하려고 머릿속에 새겨 두었다.) 등 뒤에서 소리쳤다.

"당장 들어와! 진짜 신고한다고! 지금 전화 들었어!"

다 떨어져 가는 방충 문이 쾅 닫히고, 켄이 잠잠해졌다.

웨인이 소리 죽여 물었다.

"저 인간 움직여?"

"아니, 그냥 소파에 있어."

"그럴 줄 알았어."

웨인은 콜린을 조금 떨어진 곳으로 끌고 간 다음, 훨씬 몸집이 작은 콜린을 홱 돌려 자기를 보게 했다.

"피셔, 대체 뭐야? 불난 데 부채질하러 왔냐?"

커다란 손을 말아 단단히 주먹을 쥐었다.

"아니."

콜린은 웨인의 눈을 들여다보며, 반사적으로 튀어나오려는 공격성을 무시했다. 그것이 예의 바른 행동이었다.

"네가 무죄라는 걸 증명하러 왔어."

웨인은 보도 위에 서서 콜린을 빤히 바라보았다. 눈을 일곱 번 깜박이고 나서야 마침내 대꾸했다. 놀람을 숨기려 들지도 않았다.

"따라와."

콜린은 웨인을 따라 동네 공원 쪽으로 가면서 끝없이 늘어선 듯한 1층 집들을 지나갔다. 하나같이 창에 창살이 있고 페인트칠이 절실히 필요해 보였다. 길가의 나무는 드문드문 했고, 보도는 대부분 파손되어 있으며, 쌩쌩 지나가는 자동 차들은 유난히 보행자 안전에 관심이 없는 것 같았다. 공기 중에 희미하게 매캐한 엔진 오일 냄새가 훅 끼쳤다. 전체적 으로 콜린은 참을 만하다고 생각했다. 아주 간신히.

　공원은 샌페르난도밸리 서쪽으로, 시미밸리와 경계가 되 는 산타수사나 산맥 끝자락에 둘러싸여 있었다.

　콜린이 말했다.

　"어디로 가는지 알아. 하지만 그 공원은 폐쇄되었어. 공무 원들은 납 오염 때문이라고 하지. 여기 예전에 스키트 사격 장이 있었다면서. 하지만 우리 아빠 말로는 1950년대에 근 처 시설에서 핵 로켓 실험을 하는 바람에 토양이 방사능에 오염된 거래. 안타까운 일이지. 그러고도 결국 핵 로켓은 만 들지 못했으니까."

　콜린은 거대한 현장 연구소가 자기 동네 뒷산에 호젓하게 자리 잡고 있다는 사실에 오래전부터 매료되었다. 큰 방위 산업체가 소유하고 운영하는 그 기관에는 냉전 기간 중 미 국의 우주 계획에 동력을 공급하기 위한 작은 실험용 원자 로가 여러 기 있었다. 콜린은 열한 살 때 물 세 병과 에너지 바 두 개를 싸 가지고 그 현장을 직접 조사하러 간 적이 있다. 두 시간 뒤, 콜린의 아빠는 그 기관 경비실로부터 아들을 보호 중이라는 전화를 받았다. 하지만 아빠가 도착했을 때는 콜린이 연구소 기술국장에게서 비공식 구내 관람을 끌어낸 뒤였다. 우주 계획의 역사에 대한 콜린의 끝없는 호기심 덕분이었다.[18]

웨인이 어깨 너머로 콜린을 돌아보았는데, 콜린은 그 표정을 전혀 읽을 수 없었다. 재미와 짜증 사이 어디쯤인 듯했다.

웨인은 말없이 공원을 에워싼 철망 울타리에 뚫린 구멍을 가리켰다. 그 너머에는 넓은 초록빛 잔디밭에 적갈색 바위 무더기들이 흩어져 있었는데, 콜린은 동아프리카 세렝게티 평원의 사진이 떠올랐다.

"이쪽."

웨인이 손가락질하며, 길에서 보이지 않는 곳으로 콜린을 데려갔다.

둘이 앉을 만한 크고 평평한 바위를 찾았을 때, 콜린이 말했다.

"난 이 공원이 좋아. 하지만 사자들이 있으면 더 좋겠어."

---

18 1960년대 우주 경쟁의 잘 알려지지 않은 전초 기지인 산타수사나 현장 연구소는 로켓 엔진 실험이 이루어지고 실험용 원자로들이 설치된 곳이었다. 1959년 실험용 원자로 하나가 세계 최초의 노심 용융을 겪었다. 인접 지역의 집주인 몇몇에게만 알려진 사실이다.

사자의 상대적 가치에 대해 웨인도 나름대로 생각이 있을지 모르나, 그 얘기는 하지 않았다. 대신 이렇게만 말했다.

"말해."

콜린은 그렇게 했다.

콜린이 사건을 정리하는 데는 5분도 걸리지 않았다. 웨인이 총을 학교에 가져왔다는 얘기가 왜 말이 안 되는지, 왜 자신이 학교와 사법 당국에서 웨인을 지목했다고 생각했는지. 그 모든 설명을 하는 동안 웨인의 몸짓 언어를 주의 깊게 살펴보았다. 웨인은 가슴 앞에 팔짱을 끼고 있다가 그 억센 팔로 바위를 두드렸다. 몸을 내밀고 귀를 기울이며 점점 **흥미**를 보였고, **분개**하는 빛이 스쳤고, 때때로 방향이 애매한 **분노**를 비쳤다.

콜린이 말을 맺었다.

"이 시점에서 경찰은 과거 행동에 근거한 의심만 품은 상태야. 뭐라도 진짜 증거가 있다면 지금쯤 널 체포했을 거야."

"날 데려갔을 때 그 화약 검사를 했어."

웨인은 눈살을 찌푸리며 오른쪽 위를 쳐다보았다. 사람들이 기억을 더듬을 때 흔히 그러듯.

"반응이 양성으로 나왔다고 했어."

"총이 발사되었을 때 5미터 안에 있던 사람은 다 GSR[19]에서 양성 반응이 나올걸. 널 속여서 자백하게 만들려는 거야. 고전적인 심문 수법이지."

"이런 일에 대해 아는 게 많네. 너희 아빠가 경찰이나 뭐 그런 거야?"

"아니, 난 그냥 미스터리가 좋아."

웨인은 자기 양손을 내려다보다가 다시 콜린을 보았다.

"난 1학년 때부터 널 괴롭혔는데, 지금 내 누명을 벗겨 주겠다는 거야? 날 도와주면 내가 널 내버려 둘 것 같아?"

"널 도와주면 미스터리가 풀릴 것 같아."

웨인은 14초 가까이 콜린을 바라보았다. 콜린은 시계를 보는 것은 무례한 일이라 생각하고 대신 심장 고동을 세서 시간 간격을 쟀다. 그러다 웨인이 웃음을 터뜨렸다. 이번에는 웨인 혼자 웃게 내버려 두기로 했다.

"좋았어."

콜린은 무엇이 좋았다는 얘기인지 잘 이해하지 못했다. 자

---

19 GSR, 즉 발사 잔여물gunshot residue은 총을 쏜 사람의 피부와 옷, 그 총, 그리고 가까운 거리에서 발사되었다면 피해자에게 남아 있는, 타거나 타지 않은 화약 입자를 말한다. 가까이 있던 목격자에게서도 검출될 수 있다. 법의학자들은 GSR을 범죄 현장에 어떤 사람이 있었는지, 그 사람이 어디에 서 있었는지, 심지어 그 사람이 특정 총기를 발사했는지 확인하는 데 사용할 수 있다. 그러나 GSR이 완벽한 분석 도구는 아니다. 때로는 다른 곳에서 나온 입자가 발사 잔여물과 흡사해서 결과를 혼동하게 되기 때문이다.

신이 한 말은 객관적 사실이었다. 사실과 의견을 잘 구별하지 못하는 사람이 많다는 것은 알지만.

"경찰이 다른 건 뭘 물어봤어?"

"계속 '라 파밀리아'에 대해 물었어."

콜린은 눈살을 찌푸리며 형사의 목에 있던 거미줄 문신과 〈로스앤젤레스 타임스〉 사회면에서 읽은 특집 연재 기사를 떠올렸다. 아빠는 계속 생활비를 절약하기 위해 신문 구독을 끊고 인터넷으로 뉴스를 보자고 했지만, 콜린은 물리적 신문을 읽는 촉감을 즐겼다. 그러면 어쩐지 뉴스가 생생하게 느껴졌다.

콜린이 기억해 냈다.

"노스밸리에 근거지를 둔 라틴 갱 집단 말이지."

"바로 그거야, 바토."

웨인은 '자네'나 '고향 친구'를 뜻하는 이스트로스앤젤레스 치카노멕시코계 미국인 은어를 썼다. 사실 웨인은 치카노 같아 보이지 않았고, 콜린은 고향 친구가 아닌데도.

"그 총이 작년에 반누이스에서 벌어진 주행 중 차량 총격 사건에서 사용된 거래. 내가 그 작자들하고 같이 다니는지 계속 캐물었어."

"같이 다녀?"

콜린이 물었다. 웨인의 목을 더 잘 보려고 애썼다. 저게 문신인가, 반점인가?

"아, 그래, 에세_{멕시코계 미국인을 뜻하는 속어}. 피로 맺고 피로 끊는다."

웨인은 스페인어 억양을 과장되게 꾸며 댔다. 딱 반점이 보일 만큼 고개를 돌렸다.

"비바 라 라차_{민족 만세}!"

콜린은 이 새로운 정보를 처리했고 공책에 새 항목을 만들었다.

> 웨인 코널리- 연갈색 머리카락, 흰 피부. 멕시코계라고
> 주장한다. 생김새는 선례가 있으나 성씨가 문제다. 조사해
> 볼 것.

콜린은 늘 웨인이 앵글로켈트계라고 추측했다. 어쩌면 웨인은 혼혈이고 조상 중에 산파트리시오 병사[20]가 있을지도 모른다. 웨인의 라틴계 친척들에 대해 더 물어보려 했을 때, 웨인이 큰 소리로 코웃음을 쳤다.

---

20 산파트리시오 부대는 아일랜드계 가톨릭교도 미군 탈영병들로, 미국-멕시코 전쟁에서 멕시코의 산타안나 대통령 편에 서서 싸웠다. 이들은 공을 세워 정예 포병대로 여겨졌다. 하지만 패배로 끝난 마지막 교전에서 반역자로 처벌받을 것이 두려워 항복을 거부했으며, 무기를 버리려는 멕시코 군인들에게 발포까지 했다. 이들의 동기는 가톨릭교도로서 개신교가 대부분인 미군에 반발한 종교적 공감대 때문으로 여겨진다.

"뭐야, 너 멍청이냐?"

"아냐. 난 사람들이 농담을 할 때 잘 알아차리지 못하는 것뿐이야."

"글쎄, 난 안 그래. 난 그런 녀석들을 알아. 마약, 총기, 개싸움…… 그밖에도 나쁜 일들이 있지."

웨인은 '그런 녀석들'을 안다. 친근함을 암시했다. 범죄 조직에 연줄이 있는 걸까?

콜린을 고개를 끄덕였다. '나쁜 일'이 무엇인지는 기사를 읽어서 잘 알았다.

"첫날 그래서 일찍 학교를 나간 거야? 그 사람들 만나러?"

순전히 콜린이 넘겨짚은 이야기였고, 텔레비전의 탐정들이 '떠보기'라 부르는 수법이었다. 콜린이 좋아하는 조사 기법은 아니었지만, 때때로 쓸 만한 성과가 있었다.

웨인이 말했다.

"너 질문이 많다."

"그래."

"아니야."

웨인의 대답은 짧고 단정적이었다. 얼굴은 무표정했다. 사실대로 말하고 있거나 타고난 거짓말쟁이였다. 어느 쪽이든 그 문제에 대해 더 말할 생각이 없는 것이다. 콜린은 웨인의 거부를 받아들여야 함을 알았다. 은유적으로 말해서 콜린의 낚시는 장화 한 짝만 낚아 올렸다.

콜린은 수사의 다음 단계를 계획하는 데 깊이 빠져 있다가, 웨인에게도 계획을 말해 줘야 한다는 생각이 떠올랐다.

"다음에 무엇을 해야 할지 알겠어."

"굽히는 거?"

웨인이 말을 가로챘다. 억울한 표정이었다.

콜린은 한쪽 눈썹을 추켜세웠다. 〈스타 트렉〉의 스팍을 보고 익힌 표정으로, 거울 앞에서 여러 시간 연습한 끝에 완벽하게 다듬었다. 지금 경우에는 굽히는 일의 유용성이나 웨인이 그런 생각을 한 이유조차 알 수 없다는 뜻이었다.

콜린은 마치 웨인의 제안을 제대로 생각해 본 것처럼 대답했다.

"아니. 누가 총을 샀는지 알아내서 총격이 벌어졌을 때 학생 식당에 있던 사람까지 추적해야지. 경찰은 나한테도 웨스트밸리 갱단에 대해 물었어. 최소한 라 파밀리아에 연줄이 있거나 접선 방법을 아는 사람이 학교에 있다는 얘기야."

"그게 다야?"

콜린은 배낭 속에서 샌페르나도밸리 버스 노선도를 찾느라 웨인의 얼굴도, 거기 떠오른 비웃음도 보지 못했다. 어떤 면에서는 안타까운 일이었다. 지금껏 본 사람의 표정 중 콜린의 커닝 페이퍼에 가장 정확히 맞아떨어지는 표정이었기 때문이다.

콜린이 노선도를 꺼내며 말했다.

"아직이야. 어디에서 라 파밀리아의 총기 밀매상을 만날 수 있는지 알아?"

웨인은 지금 농담을 잘 이해하지 못하는 사람은 자기가 아닐까 생각했다. 콜린이 난데없이 활짝 웃으며 웨인의 등 뒤를 가리키자 그것을 확신하게 되었다.

"봐!"

외치는 목소리에 순수한 기쁨이 배어 있었다.

웨인은 돌아보았다. 회갈색 코요테가 공원 가장자리를 따라 서쪽 산을 향해 성큼성큼 당당하게 달려가고 있었다. 코요테는 눈길을 느낀 듯 어깨 너머로 알은척하는 눈길을 던졌다. 그러고는 웨인과 콜린이 위협이 되지 않는다고 결론을 내렸는지, 가던 길을 계속 갔다.

코요테가 홀로 덤불 속으로 사라지는 것을 지켜보며, 웨인이 인상을 썼다.

"네 말이 맞아. 사자였으면 더 좋았을 거야."

그 말에 콜린은 어깨를 으쓱했다. 코요테도 꽤 괜찮았다.

15분 뒤, 피셔네 부엌에 전화가 울렸다. 콜린의 엄마는 장 봐 온 식료품을 푸는 중이었고, 대니는 열린 냉장고 앞에 서 서 그것들로 무슨 간식을 만들 수 있겠냐며 불만을 표시하 고 있었다.

피셔 부인은 시리얼 상자를 내려놓고 전화를 들었다. 콜린 이었다.

"응, 콜린. 잘돼 가니?"

콜린의 목소리가 들렸다.

"아, 네. 지금 조사를 좀 더 해야 한다는 걸 알게 돼서 알려 드리려고요. 저녁 먹을 때까지는 집에 들어갈 거예요."

"그래⋯⋯."

피셔 부인은 말을 하려다 통화 너머로 이상한 소음이 들 리는 것을 알아차리고 말끝을 흐렸다. 디젤 엔진이 낮게 울 리는 소리 같았다.

"콜린, 그거 엔진 소리니?"

콜린은 엄마가 질문을 한 적도 없다는 듯이 말했다.

"채츠워스 도서관에는 제가 필요한 책이 없어요. 그래서 노스리지 분관으로 가는 버스를 탔어요. 오래 걸리지 않을 거예요."

콜린의 엄마는 눈살을 찌푸렸다. 그 대답의 내용인지 말투 인지가 신경에 거슬렸다. 콜린이 아닌 다른 아이였으면 연습한 대답처럼 들린다고 생각했을 것이다. 엄마가 그렇게 물을 것을 예상하고 대답을 준비해 둔 것처럼 말이다. 하지만 콜린은 다른 아이가 아니었다.

마침내 엄마가 말했다.

"그래…… 조심해라. 그리고 잊지 마. 오늘 저녁 피자 먹는 날이야."

한동안 멀리서 디젤 엔진의 웅웅 소리만 돌아왔다.

"엄마, 사랑해요."

그 말과 함께 콜린이 전화를 끊었다.

피셔 부인은 전화를 내려놓고 잠시 손을 거두지 못한 채 콜린에게 다시 전화를 걸까 고민했다. 피셔 부인과 남편, 그리고 치료 팀은 재촉하지 않아도 콜린이 엄마에게 애정을 표시할 수 있는 단계에 이르게 하려고 여러 해 동안 노력했다. 그런데 콜린이 그냥 불쑥 그런 말을 하는 것은 이상한 일이었다.

콜린이 처음으로 엄마에게 사랑한다는 말을 했을 때, 엄마는 직장에서 유난히 힘든 하루를 겪은 참이었다. 부엌 식탁에 아이스크림 한 그릇을 놓고 앉아 있을 때 (엄마에게 사기 충전이 필요하다는 확실한 신호였다.) 뒷마당에서 콜린이 뛰어들어 왔다. 콜린은 말 한 마디 없이 자기 방을 향해 쿵쿵거리며 계단을 올라가다가 중간에 멈춰 서더니 (이유는 아무도 몰랐다.) 다시 엄마에게 달려 내려와 "엄마, 사랑해요."
라고 말했다. 아이스크림보다 좋았다.

그날 밤 콜린은 공책에 이렇게 썼다.

> 오늘 엄마한테 "사랑해요."라고 말했다. 제대로 말한 건지
> 모르겠다. 엄마가 울면서 아이스크림을 버렸기 때문이다.
> 아빠는 여자들이 "감정에 휩싸이면" 그렇게 된다고 했지만,
> 엄마가 이미 아는 사실을 가지고 감정에 휩싸일 일이 뭐가
> 있는지 모르겠다. 조사해 볼 것.

"거짓말이에요."

대니가 말했다. 냉장고 문을 쾅 닫고 찬장 쪽으로 갔다.

엄마가 좀 지나치게 빨리 대꾸했다.

"말도 안 돼. 콜린은 거짓말 안 해."

"네, 그렇죠."

대니는 스트링치즈 한 팩과 사과 한 알을 들고 쿵쿵대며
거실로 나갔고, 엄마 혼자 풀다 만 식료품과 남겨졌다.

"도서관?"

웨인이 따라 했다.

"역사상 최고로 말도 안 되는 이야기다. 그런 거짓말로 어

떻게 속였어?"

지금 둘은 콜린의 집에서 6킬로미터 정도 떨어진 곳에서 더러운 주황색 시외버스를 타고 있었다. 샌페르난도밸리를 동서로 연결하는 30킬로미터 길이의 넓은 도로들을 다니는 버스였다. 콜린은 팔다리를 딱 붙이고 탔다. 낯선 사람들과 쌀쌀맞아 보이는 얼굴들에 둘러싸여 있었고, 법으로 허용된 최대치보다 훨씬 적은 수의 승객을 편안하게 수송하도록 넉넉히 설계된 공간에 사람들이 꽉꽉 들어차 있었다. 낯선 냄새도 났다. 매캐하고 느글느글 들척지근한, 학교 탈의실과 가스 오븐 사이 어디쯤 되는 냄새로, 로스앤젤레스 시외버스가 대체 연료로 완전히 바뀌고 난 뒤로 풍기는 냄새였다.

어쨌든 콜린이 용케 버스에 탄 것은 기적에 가까웠다. 오로지 등 뒤에서 웨인이 살살 콜린을 앞으로 몰아간 덕분에 안쪽으로 들어갈 수 있었다.

"여기 모스 에이슬리 칸티나[21] 같다."

---

21 모스 에이슬리 칸티나는 오리지널 〈스타워즈〉 영화에서 루크 스카이워커와 오비완 케노비가 한 솔로와 처음 만나는 유명한 술집이다. 콜린은 이 영화를 '에피소드 4'나 '새로운 희망'이라고 부르는 사람들을 이해할 수 없었다. 그것은 분명히 시리즈 첫 번째 영화이고, 영화 제목도 대문짝만 하게 '스타워즈'라고 나오기 때문이다. 콜린은 한 솔로와 그리도 중에 누가 먼저 쏘았나 하는 논쟁도 이해하지 못했다. 사실 그리도는 아무도 쏘지 않았기 때문이다.

웨인의 말과 함께 둘은 자리에 앉았다. 콜린은 수를 세거나 걸어야 할 전화를 생각하느라 그 말에 동의하거나 반대하지 못했다.

지금 콜린은 휴대 전화의 배터리가 얼마나 남았는지 확인하고 다시 배낭에 넣었다. 자기 물건들을 옮기다 웨인과 몸이 닿았지만 생각하지 않으려고 애썼다. 콜린은 눈길을 들어 버스 차창의 색유리에 비친 자기 모습을 마주 보았다. 표정이 없었다.

"쿨레쇼프 효과였을 거야."

콜린이 말했다. 공책에 끄적인 글씨를 내려다보았다. 흔들리는 버스를 탄 채 써서 평소보다 삐뚤빼뚤했다.

> 지금 조사를 좀 더 해야 한다는 걸 알게 돼서 알려 드리려고요. (엄마는 질문을 하거나 걱정할 것이다.) 채츠워스 도서관에는 제가 필요한 책이 없어요. 그래서 노스리지 분관으로 가는 버스를 탔어요. 오래 걸리지 않을 거예요.

"무슨 효과?"

"난 거짓말을 할 때 감정 없는 목소리를 냈어. 우리 엄마가 가진 유일한 맥락은 내가 거짓말을 하지 않는다는 거니까, 나를 믿기로 한 거야."

"그럼 지금껏 엄마한테 거짓말한 적이 없다는 얘기잖아."

버스 내부가 어두워지면서 405번 고속도로의 드넓은 콘크리트 구조물 밑을 통과했다. 몇 킬로미터씩 끝없이 이어지는 상점가, 단층집, 외벽에 치장 벽토를 칠한 다 쓰러져 가는 아파트 들을 지나 동쪽으로 향하고 있었다. 파노라마시티에서 버두고 산맥까지 교외의 황무지가 펼쳐졌다. 버스 차창의 청회색 색유리를 통해 지나치는 풍경을 바라보며, 콜린은 코요테를 생각했다. 여기는 바위와 나무와 풀뿐인데 어떻게 코요테가 있을까.

"그래."

콜린은 대답하며 지금 루비콘강[22]을 건넜음을 깨달았다.

"……쉬웠어."

---

[22] 루비콘강은 이탈리아에 있는 강으로, 기원전 49년 율리우스 카이사르가 건넌 강으로 유명하다. 카이사르의 행동이 로마 제국을 전쟁으로 몰아넣었기 때문에 "루비콘강을 건넜다."는 문장은 돌아올 수 없는 지점을 지났음을 뜻하는 것으로 여겨졌다. 얄궂게도 루비콘강의 물길이 바뀌었기 때문에 역사 속의 '돌아올 수 없는 지점'이 진짜 어디였는지는 알 수 없게 되었다.

제9장

주차 문제

인생은 수학이다.

수학자들은 무엇이든 방정식으로 정리할 수 있다는 점에서

이 사실을 알 수 있다. 때로는 해법을 통해 '직관적으로 명백해'

보이는 사실들을 말해 주기도 한다. '직관적으로 명백함'이란

그것을 이해하는 데 수학이 필요 없다는 뜻이다. 예를 들면

주차 문제가 그렇다.

어느 대학의 수학자들이 주차할 곳을 찾는 데 걸리는 시간을

최소화하고 가게에 들어갈 방법을 알아내려 했다. 그들이

알아낸 사실은 다음과 같다. 최고의 전략은 눈에 띄는

첫 번째 자리에 주차한 다음 걸어가는 것이다.

아빠에게 이 이야기를 했을 때, 아빠는 그걸 알아내는

데 왜 대학의 수학자들이 필요하냐고 물었다. 나는 결론이

직관적으로 명백해 보이지만 일반적인 인간 행동에 어긋난다고 설명했다. 대부분의 사람은 처음 나오는 장소에 주차하지 않을 것이다. 대신 더욱 편리할 수도 있는, 이론상 더 좋은 장소를 찾아다닌다. 그렇게 하면 시간을 아낄 거라고 믿지만 틀린 생각이다.

예전에는 사람들이 수학을 못해서 그러는 줄 알았는데, 사실은 다들 도박사라서 그런 것이다. 바로 눈앞에 있는 좋은 기회를 지나쳐 버리고, 대신 거의 실현되지 않는 상상 속의 더 좋은 것을 택한다. 그래서 나는 수학을 믿고 사람을 믿지 않는다. 수학이 더 나은 결정을 내린다.

콜린과 웨인은 치장 벽토를 칠한 상자 같은 집 밖 보도에서 있었다. 잡초 무성한 잔디밭과 풀 한 포기 나지 않은 뒷마당이 딸려 있는데, 이쪽은 철통 같은 울타리가 쳐져 있었다. 핏불테리어 두 마리가 으르렁거리며 튼튼한 철망에 몸을 던지자 쇠붙이가 성난 듯이 덜그럭거렸다. 그 개들이 하는 일은 방문객을 단념시키는 일이었고, 대개는 그 일을 잘해 냈다. 콜린은 위험을 느끼지 못했다. 고개를 한쪽으로 기울이고 그 괴물 지망생들을 마주 보기만 했다. 개들은 혀로 입가를 핥고 한숨을 쉬고는, 엉덩이를 깔고 앉았다.

웨인이 **감탄**했다.

"대체 어떻게 한 거야?"

콜린은 어깨만 으쓱했다.

웨인은 집을 가리키며 말을 이었다.

"어쨌든, 이것만 알아 둬. 난 저 친구들을 상대해 본 적이 있으니까, 여기서는 내가 알아서 할게."

"좋아."

콜린이 대답하며 받아 적었다.

"경찰이나 학교 조사 얘기는 하지 마."

콜린은 고개를 끄덕이며 그 말도 받아 적었다.

"그리고 너한테 뭘 물어보면, 그냥 침착하면 돼."

"침착하라."

콜린은 따라 했다. 공책에 **침착할 것**이라고 썼다.

"그리고 그 공책 좀 치워. 보이지 않게 해."

콜린은 그 말을 잠시 생각해 본 다음, 공책을 배낭에 쑤셔 넣었다. 나중에 기억을 되살려 이 경험을 상세히 기록해야 할 것이다.

웨인이 마지막으로 말했다.

"있잖아, 그냥 아무 말도 하지 마."

웨인은 콜린 앞으로 한 발 내디디고 깊이 숨을 들이쉬고 는 걷기 시작했다. 콜린은 생쥐처럼 조용히 그 뒤를 따라갔 다. 웨인이 앞문을 쾅쾅 두드렸다.

잠시 동안 아무도 나오지 않을 것 같아 보였다. 그다음에 문이 벌컥 열리고, 열 살도 안 되어 보이는 남자아이가 나왔다. 아이가 둘을 바라보았다.

"안녕."

콜린이 말했다.

웨인이 기죽이는 눈길로 쏘아보았지만 콜린을 건드리지는 않았다. 콜린은 입을 다물었고, 머릿속에 평소의 사교용 대본은 치워 두자고 적었다. 웨인이 나서서 다시 문간의 아이를 돌아보며 분명히 말했다.

"엘 코코드릴로^{약어[스페인어]}를 만나러 왔는데."

콜린은 웨인이 말한 이름에 놀라움을 드러내지 않으려고 애썼다. 웨인이 그 엘 코코드릴로라는 사람이 누군지 안다 해도, 그 이야기를 한 적은 없었다. 콜린은 적어 둔 것이 있는지 공책을 찾아보고 싶은 충동을 참았다. 참을 수 있었던 주된 이유는 그런 것이 있을 리 없다는 사실을 알기 때문이었다. 그것 말고 웨인이 말하지 않은 게 또 뭐가 있을까? 콜린은 그 문제를 나중에 조사해 보기로 결심했다. 당장은 눈앞의 위험이 차고도 넘칠 지경이었다.

아이는 대답하지 않았다. 대신 문을 열어 놓은 채 안으로 되돌아갔다. 무응답인 동시에 초대였다. 콜린은 그 효율성에 감탄했다.

웨인과 콜린은 아이를 따라 집 안으로 들어갔다.

콜린은 코를 실룩거리며 닭고기와 햄, 치즈를 함께 요리하고 있음을 알아차렸다. 좋은 냄새였고, 뜻밖의 편안한 환대를 받는 것 같았다. 거실을 지나며 불 위에 무엇이 있을까 생각에 잠겼다. 텔레비전은 누가 (콜린은 문을 열어 준 아이일 거라고 상상했다.) 일인용 슈팅게임을 하다가 일시 정지해 놓았는데, 외계인이나 악마 같은 뭔가가 로켓포 과녁에 잡혀 있었다.

부엌에서는 괴물 같은 바토 세 명이 반쯤 마신 맥주를 들고 웨인과 콜린이 들어오는 것을 지켜보았다. 둘을 보고 바토들의 표정이 빠르게 바뀌었다. 걱정에서 당황으로, 그리고…… 글쎄, 확신할 수 없지만 조금 재미있어 하는 것 같았다. 웃음이 터지고 알아들을 수 없는 스페인어 몇 마디가 오간 다음, 바토들은 다시 맥주를 마셨다. 콜린은 이들이 라 파밀리아라고 추측했다.

20대 초반의 키 크고 홀쭉한 남자가 불 앞에서 요리를 하고 있었다. 이제 콜린도 그것이 닭고기 코르동블루라는 것을 알았다. 그 남자가 말했다.

"잡지를 팔러 온 거라면, 난 가판대에서 더 싸게 산다."

"와아, 냄새 진짜 좋은데요."

웨인이 진심으로 열광하며 대꾸했고, 콜린은 웨인이 자기 집에서 솜씨 좋게 준비한 식사 냄새를 별로 맡아 보지 못한다고 결론을 내렸다.

"그래, 그런데 퍼석해지고 있어."

홀쭉한 남자가 팬을 보며 인상을 썼다.

콜린이 도움을 주려고 말했다.

"불을 줄이고 뭉근히 끓여야 돼요. 마지막에 뚜껑을 덮고 5분 동안 두세요."

웨인이 다시 콜린을 보았다. 그 짜증 난 표정은 콜린에게 통하지 않았지만, 입 다물고 있겠다는 약속을 되살리기에는 충분했다. 홀쭉한 남자도 콜린을 바라보며, 그 조언을 생각해 보는 듯했다. 그러다 커다란 입을 벌리고 웃으며 죽 박힌 완벽한 하얀 이를 드러냈다. 남자는 콜린의 말대로 불을 줄이고 팬에 뚜껑을 덮었다.

콜린이 참지 못하고 추측을 입 밖에 냈다.

"엘 코코드릴로."

"나 맞아, 에세. 그런데 네 이름은 뭐지, 꼬마 에머릴(유명한 요리 연구가 에머릴 라가세를 뜻한다 : 옮긴이)?"

문득 진짜 이름을 대는 것은 전략적 실수가 될 수 있다는 생각이 떠올랐다. 이것은 비밀 수사이며, 관행에 따르면 가명이 필요하다. 콜린은 가명을 대기로 했다. 거짓말하기는 매번 더 쉬워졌다.

"토미 웨스트폴이오."

콜린이 무표정을 유지하려고 무진 애를 쓰며 대답했다.

"타재너에서 먼 길을 왔구나."

"채츠워스에서 왔어요."

웨인이 바로잡았다. 웨인에게는 엘 코코드릴로가 콜린 피셔 제공의 지리 수업에 휘말리는 것이야말로 가장 쓸데없는 일이었다.

"우리가 '무엇'을 원하면 여기로 와야 한다고 들었어요."

"무엇, 응? 누가 그래?"

"친구가요."

"무슨 친구?"

"좋은 친구요."

엘 코코드릴로는 웨인을 가만히 내려다보았고, 콜린은 그것이 순수하게 동물적인 지배력 행사임을 알아차렸다. 웨인은 복종을 보이기를 거부했고, 대신 엘 코코드릴로의 눈길을 차분하게 되받아 바라봄으로써 갱단 두목과 사회적으로 동등한 위치인 듯이 굴었다. 콜린은 위험한 전략이 아닐까 생각했다. 아니면 웨인은 콜린이 지원해 줄 수 있다고 믿는 걸까. 아니, 그렇든 말든 그냥 신경 쓰지 않을지도 모른다. 알 수 없는 일이다. 마침내 먼저 눈길을 돌린 쪽은 엘 코코드릴로였다. 넌더리가 난다는 듯 고개를 저었지만, 웨인을 향한 감정 같지는 않았다. 바토들을 돌아보며 한탄했다.

"그 머저리랑, 걔 친구라는 앞니 벌어진 이상한 애를 보자마자 우쭐해서 떠벌리고 다닐 줄 알았지."

"맞아."

바토 하나가 맞장구를 쳤다.

콜린은 엘 코코드릴로가 누구 이야기를 하는지 곧바로 알아차렸다. 콜린이 아는 '앞니 벌어진 이상한 애'는 스탠뿐이었다. 그 사실이 강하게 암시하는 바는 '머저리'야말로…….

"에디요."

웨인이 말했다. 혼자 힘으로 알아낸 것이다. 콜린은 예상하지 못한 웨인의 추리력 과시를 반기며 감명을 받았다. 웨인은 지금 10분도 안 되는 시간 안에 세 번이나 콜린의 뒤통수를 쳤다. 눈부신 솜씨였다.

엘 코코드릴로는 웨인을 향해 어깨를 으쓱했다. 공식적으로는 절대로 이름을 대지 않고 의심만 확인해 주듯.

"'그걸' 보여 주고 싶은 놈이 있다고 했어. 기를 죽여 놓겠다고 했지."

엘 코코드릴로가 '그것'이라고 말하는 투에서, 의식적으로 '총'이라는 말을 피하고 있음을 알 수 있었다.

웨인이 밀어붙였다.

"에디 알죠? 빌려 달라고 했더니 안 된댔어요. 내 걸 구하라고 했지요."

웨인의 대응이 어찌나 자연스러운지, 콜린은 문득 웨인이 사실대로 말하고 있을 가능성을 떠올렸지만 웨인은 타고난 거짓말쟁이기도 했다. 어떤 면에서는 그래서 더욱 믿음직했다.

"에세, 그래서 온 거야? 네 것 때문에?"

콜린은 지금이 아빠가 말하는 '행동하거나 닥치거나'[23] 할 때임을 알았다. 목적을 설명하거나(행동하거나), 그러지 못하면 엘 코코드릴로가 나가라고 하거나(닥치거나) 둘 중 하나였다. 웨인은 어느 쪽도 택하지 못했다. 갑자기 총격과 폭발 소리가 집을 뒤흔든 것이다. 반사적으로 부엌의 모든 사람이 얼어붙어 소리 난 쪽을 돌아보았다.

아까 그 남자애였다. 거실에서 비디오 게임을 마저 하는 중이었다.

콜린만 빼고 모두 마음을 놓았다. 다들 위험이 지나갔다고

---

23 이 말의 정확한 기원은 불분명하지만, 콜린은 포커 치는 법을 배우다 이 표현을 알게 되었다. '행동하다'는 앞사람이 부른 조건을 받아들이는 것이고, '닥치다'는 게임을 포기하는 것이다. 텍사스 홀덤 포커를 열렬히 좋아하는 피셔 씨는 콜린의 비상한 기억력과 감정 지표의 결여로 언제 속임수를 쓰는지 알아볼 수 없음을 깨달았을 때 전혀 기뻐하지 않았다. 피셔 씨는 "언젠가는 널 라스베가스에 데려가야겠다."라고 말하곤 했다. 그 말의 진짜 뜻은 "난 네 엄마하고 포커를 치는 편이 낫겠다."였다.

여기고 낄낄거리며 자세를 풀었으나, 콜린은 가슴 속에서 심
장이 쿵쿵 뛰는 것을 느낄 수 있었다. 양손으로 귀를 막고 숨
을 씨근거렸다.

"조용, 조용, 조용……!"

바토 하나가 자기 맥주로 콜린을 가리켰다.

"쟤 뭐 잘못 먹었냐?"

"아무것도 아니에요. 그냥 가끔 저래요. 웃기지 않아요?"

웨인은 장난이라도 되는 듯 씩 웃었다. 아무 일도 아닌 것
처럼. 엘 코코드릴로와 똘마니들은 웃지 않았다.

"조용, 조용, 조용……!"

콜린은 멈추지 않았다.

웨인은 불편한 듯이 자세를 바꾸었다. 어떻게 해야 콜린을
멈출 수 있는지 몰랐고 심지어 왜 이러기 시작했는지도 몰
랐다. 아는 것은 그 결과 분위기가 긴장되고 혼란스러워졌다
는 것, 그리고 그런 긴장과 혼란이 무장한 갱단과 만나면 좋
지 않은 조합이 된다는 것뿐이었다.

"쟨 확실히 뭔가 잘못된 것 같은데."

엘 코코드릴로가 말했다. 요리의 불을 줄였다. 바토들이
일어섰을 때, 콜린의 외침은 새된 비명이 되어 있었다.

마당에서 개들이 다시 짖기 시작했다.

웨인이 쏘아붙였다.

"콜린!"

웨인은 한순간도 안 되어 실수를 깨달았으나, 그 한순간에 모든 것이 변했다. 거실의 남자아이가 비디오 게임을 일시 정지했다. 방 안이 잠잠해졌다. 콜린은 비명을 그치고 마음을 가라앉히려고 애썼다. 호흡이 정상으로 돌아왔을 때, 콜린은 엘 코코드릴로의 얼굴에 떠오른 표정을 알아차렸다. 의심.

"부적절한 행동이었어요. 정말 죄송해요."

콜린은 이 말로 난처해질 가능성을 누그러뜨릴 수 있기를 바랐다. 그렇지 않았다.

"당연히 그렇겠지, 토미 웨스트폴."

엘 코코드릴로가 인상을 쓰며 말했다. 갱들이 다가와 천천히 콜린과 웨인을 둘러쌌다.

"아니, 콜린이었나. 누구든 간에."

웨인은 재빨리 결정을 내렸다.

"튀어!"

웨인이 콜린의 팔을 움켜잡고 부엌에서 끌고 나와 거실을 통과했다. 콜린은 지금 무슨 일이 일어나고 있는지 정리할 수가 없었다. 엘 코코드릴로에게서 달아나야 할 필요성의 이해와 웨인과 몸이 닿는 것에 대한 비이성적인 공포 사이에 사로잡혀 있었다.

콜린이 소리쳤다.

"제발 건드리지 마!"

"닥쳐!"

눈 깜짝할 사이에 콜린과 웨인은 앞문을 뛰쳐나와 안전한 곳을 찾아 전속력으로 달렸다.

콜린과 웨인은 낯선 거리를 달렸다.

끝없이 이어지는 상점가를 달리며, 콜린은 여섯 살 때 놀이터를 가로질러 죽어라 달리던 일이 떠올랐다. 흐릿하게 스쳐가던 미끄럼틀과 그네와 정글짐이 떠올랐다. 가슴이 터질 듯한 느낌, 피 맛과 짠 눈물 맛, 입술에서 느껴지던 둔통이 떠올랐다. 숨을 몰아쉬며 비명을 지르던 일이, 전속력으로 몸을 몰아가던 일이 얼마나 힘들었는지 떠올랐다. 지금도 다른 아이들 얼굴이 눈에 선했다. 콜린의 공포를 어떻게 받아들여야 할지 모르는 얼굴들이었다. 어떤 아이들은 웃음을 터뜨리고 손가락질을 했다. 동물원의 침팬지들처럼. 깍깍거리며.

그때도 지금처럼 콜린은 죽도록 무서웠다. 그때도 지금처럼 웨인 코널리가 등 뒤에서 달려오고 있었다.

여섯 살 때의 그날 밤, 콜린은 공책에 다음과 같은 항목을 만들었다.

183

오늘 나는 아주 빨리 달리는 법을 익혔다.

다만 지금은 웨인이 조금 전에 콜린의 목숨을 구해 준 것 같았다. 이것은 뜻밖의 전개로 가득 찬 날에 일어난 또 한 번의 반전이었고, 웨인 코널리에게 또 한 번 놀랄 일이기도 했다. 콜린은 잠시 멈춰서 생각을 기록할 시간이 있었으면 했지만, 그럴 시간은 나중에 가질 수밖에 없었다.

엘 코코드릴로와 라 파밀리아 무리가 바짝 따라붙었다. 이 점은 걱정스러웠다. 하지만 바토들은 더 나이가 많고 느렸고 (그 몸집의 체중 분포로 보아) 분명히 장거리를 달리는 데 익숙하지 않았다. 게다가 담배 냄새 같은 것이 났는데, 특히 엘 코코드릴로가 심했다. 콜린은 계속 똑바로 달리기만 해도 빠져나갈 가능성이 상당히 높다고 계산했다.

웨인은 콜린의 평가와 생각이 다른 게 분명했다. 홱 방향을 틀어 본스 식료품점 주차장으로 들어갔다. 콜린도 그 뒤를 따랐다. 말다툼할 시간이 없었다.

주차장은 몹시 붐볐다. 콜린의 귀에 자동차 경적이 빵 울렸고, 콜린은 웨인과 함께 차에 치일 뻔했음을 깨달았다. 콜린은 귀를 막았다. 웨인과 콜린은 줄지어 주차된 차들 사이를 이리저리 누비고 때로는 들어간 길로 되돌아 나왔다. 그 결과 라 파밀리아 사이에 혼란이 일어나, 두 소년을 잡으려고 흩어졌다.

웨인과 콜린은 식료품점 입구로 전력 질주해서 보안 요원을 지나쳤다. 보안 요원은 두 소년이 쌩하니 지나가고 그 뒤를 성난 갱들이 바짝 따라붙는 것을 보고 **놀란** 얼굴을 했다.

웨인과 콜린은 식료품 코너로 미끄러져 들어가 바나나 판매대 뒤에 숨은 뒤, 보안 요원이 엘 코코드릴로 패거리 앞을 막아서는 것을 보았다. 무슨 말을 하는지는 들리지 않았지만, 보안 요원이 무전기에 손을 대는 것으로 보아 경찰에 신고하는 일과 관련이 있으리라는 것을 알 수 있었다. 바토들은 보안 요원에게 쫓겨나면서도 청과물 선반 너머의 먹잇감을 보려고 애썼지만 소용없었다.

웨인과 콜린은 잠시 숨을 돌렸다. 웨인이 두 손으로 무릎을 짚고 산소를 흡입하며 물었다.

"그렇게 달리는 법은 대체 어디에서 배운 거야?"

"1학년 때. 그네 옆에서 네가 나를 두들겨 팬 뒤에."

웨인은 아주 길게 여겨지는 시간 동안 콜린을 살펴보았다. 굳은 표정이었다. 콜린은 혼란스러웠다. 웨인이 묻기에 사실에 근거한 답을 내놓았을 뿐이다. 자기도 모르게 말실수를 했나 싶었다. 흔히 있는 일이라, 그랬다 해도 전혀 놀랍지 않을 것이다.

마침내 웨인이 눈길을 돌렸다. "어."라고만 했다.

전화가 세 번 울렸을 때 피셔 씨가 받았다.

"여보세요, 아빠. 콜린이에요."

피셔 씨는 어리둥절한 척 되물었다.

"콜린? 콜린 누구요?"

콜린은 도움을 주려고 설명했다.

"아빠 아들이오."

피셔 씨가 대꾸했다.

"아, 그 콜린. 저녁 식사 때 안 보이는 바람에 콜린이라는 아들이 있는 걸 깜박할 뻔했지 뭐냐."

"저녁 식사 때 없었던 건 제가 지금 실마에 있는 본스 식료품점에 와 있기 때문이에요. 그리고 버스 탈 돈이 없어서 이리로 데리러 오셔야 해요."

"실마."

피셔 씨가 그 지명을 주의 깊게 따라 발음하며 콜린의 말을 제대로 들었는지 확인했다. 막 거실에 들어선 아내를 바라보았다. 수화기를 막으며 설명했다.

"콜린이야. 실마에 있대."

"실마? 제기……!"

"쉬잇."

피셔 씨는 입술에 손가락을 댔다. 피셔 부인은 스스로도 무슨 말이 나올지 겁이 나서 입술을 꼭 다물었다.

"아빠?"

전화 저편에서 콜린이 불렀다.

"그래, 아들. 듣고 있다."

피셔 부인은 남편에게 **엄마 표정**을 지어 보였다. 무슨 일인지 말하라는 표정이었다. 피셔 씨는 손을 흔들어 아내를 쫓았다. 무슨 일인지는 피셔 씨도 잘 모를뿐더러 콜린에게서 뭔가 실속 있는 이야기를 들으려면 얼마간 노력이 필요할 것 같았다.

"제 친구 웨인도 데려다주셔야 돼요."

"웨인…… 코널리?"

피셔 씨가 넘겨짚으며 걱정을 숨기려고 애썼다. 콜린뿐 아니라 아내 때문이기도 했다. 아이가 곤경에 빠졌다고 믿는 어머니보다 위험하고 예측할 수 없는 존재는 없다는 것을 알고 있었다.

피셔 부인이 외쳤다.

"웨인 코널리? 제기……!"

"쉬잇!"

피셔 씨는 아내에게서 등을 돌리고 자기 몸으로 전화를 가렸다. 피셔 부인이 힘주어 말했다.

"아, 당신 진짜 싫어."

피셔 씨는 어깨 너머로 아내에게 키스를 날렸다.

마침내 콜린이 말했다.

"네, 웨인 코널리요. 아빠가 태워다 주실 수 있어요?"

"당연하지. 콜린, 지금 가마. 그 자리에 꼼짝 말고 있어라."

"고마워요."

짧은 침묵이 흐른 뒤 콜린이 다시 말했다.

"아빠?"

"그래, 아들."

"문에서 아주 가까운 데에 주차할 곳을 찾아야 돼요. 될수록 가까운 데요. 시간이 더 걸려도요."

그러고는 전화 저편에 침묵이 흘렀다. 콜린이 할 말을 다하고 전화를 끊은 것이다.

대니가 성큼성큼 거실에 들어서며 물었다.

"꼴통이었어요?"

피셔 씨가 설명했다.

"네 형이 웨인 코널리하고 같이 실마에 있단다."

피셔 부인이 주의를 주었다.

"형을 꼴통이라고 부르지 마."

"실마요? 도서관이 아니라요?"

대니의 얼굴에 활짝 웃음이 번졌다. 의기양양하게 깔깔 웃기까지 했으나 뒤통수를 탁 얻어맞는 바람에 바로 그쳤다.

엄마가 경고했다.

"입만 떼 봐. 모든 문제에서 영원히 벗어나게 해 줄 테다."

대니는 인상을 썼지만, "그러게 내가 뭐랬어요."라고 떠벌이지 않을 정도의 분별은 있었다. 기가 푹 죽어서 어슬렁어슬렁 부엌으로 돌아갔다. 설욕의 순간조차 형의 괴상한 행동 때문에 망친 것이다.

피셔 씨는 지갑과 열쇠 꾸러미를 움켜쥐고 문으로 향했다.

피셔 부인이 말했다.

"나도 갈 거야."

피셔 씨는 한 손을 들고 고개를 저었다.

"남자아이들에 대해 설명할 게 있어. 남자아이는 자기 엄마를 세상에서 가장 피하고 싶을 때가 있는 법이야. 특히 엄마가 가장 필요할 때 그렇지."

"바보 같아."

"맞아."

그 말과 함께 피셔 씨는 혼자 아들을 구출하러 어둠 속으로 떠났다.

콜린은 휴대 전화를 잠시 바라보다 배낭에 쑤셔 넣었다. 아빠 말투에 담긴 무언가 때문에 혼란스러웠으나 그게 무엇

인지 잘 가려낼 수 없었다. 엄마가 낸 큰 소리와 동생의 웃음
소리도 궁금했다. 자신의 거짓말을 가족들이 알아차렸을까?
어느 쪽이든 곧 알게 될 것이다.

등 뒤에서 웨인이 물었다.

"어떻게 됐어?"

"아빠가 데리러 올 거야."

잠시 웨인의 얼굴이 굳어졌다. 웨인은 콜린에게 등을 돌렸
다. 불안한 동맹을 맺은 상대가 표정을 읽으려 한다는 것을
알아차린 모양이었다. 웨인이 중얼거렸다.

"잘됐네."

"그래."

그다음에 콜린은 더 신경 쓰지 않고 공책과 초록색 볼펜
을 꺼내 적기 시작했다.

제10장

외톨이 포식자

세렝게티 평원은 거대 동물이 지구상에서 가장 많이, 가장 다양하게 모여 사는 곳이다.

어떻게 그 많은 다양한 동물들이 하나의 지리적 공간을 그럭저럭 공유하고 사는 걸까? 분리되는 것이다. 각 종은 세렝게티 생태계 안에서 저마다 꼭 맞는 자리를 차지하고 있다. 서로 다른 종이 만나야 하는 장소(예를 들어 물웅덩이)에서는 동물들이 예측할 수 있는 방식으로 움직여서 충돌을 피한다. 육식 동물들도 정해진 시간에 물을 먹음으로써 먹잇감들이 그에 맞춰 계획을 짜게 해 준다.

하지만 모든 생태계에는 외톨이 포식자가 있다. 동물 중에 가장 위험한 동물이다. 이들은 어떤 행동 양식도 따르지 않기 때문에 행동을 예측하거나 대책을 세울 수 없다. 언제

물웅덩이에 나타나 문제를 일으킬지 알 수 없는 것이다.

단기적으로 외톨이 행동은 훌륭한 생존 전략이다. 행동을 예측할 수 없다면 잠재적 먹잇감이 취약한 무방비 상태에 놓일 가능성이 커진다. 장기적으로는 이 전략이 지속될 수 없다. 시스템이 이를 조정한다. 야식이 될 먹잇감이 줄어들다 무리의 보존까지 위협할 지경에 이르면 식량을 구하기 힘들어진다. 다른 포식자들이 이에 영향을 받아 규칙을 따르지 않는 침입자에게 불쾌하게 반응한다.

대개 외톨이는 불행한 최후를 맞는다. 하지만 때로는 주위 환경으로부터의 반응 때문에 행동을 바꾼 결과, 일종의 갱생으로 이어지기도 한다. 나는 이 점이 흥미롭다고 생각한다. 동물의 왕국이 인간 사회와 크게 다르지 않은 것이다. 결국 범죄는 이익이 되지 않는다. 그리고 처벌은 세렝게티 평원의 종만큼이나 다양한 결과를 낳을 수 있다.

웨인이 어슬렁거리며 콜린이 주저앉아 글을 적고 있는 잡지 코너 쪽으로 돌아와 알려 주었다.

"아직 저기 있어. 우리가 나올 때까지 기다리려나 봐."

콜린은 딱히 신경 쓰지 않고 고개를 끄덕였다. 웨인이 공책을 치우라고 한 뒤로 벌어진 모든 일에 대해 생각한 것들을 기록하느라 온 정신을 쏟고 있었다. 적을 것이 많았다.

웨인이 물었다.

"내 말 들었어?"

콜린은 안경 뒤에서 웨인을 향해 눈을 깜박였다. 콜린이 대답했다.

"응. 아직 저기 있다며. 우리가 나올 때까지 기다리려는 것 같다고."

콜린은 다시 글을 적기 시작했다.

웨인은 **별나다**는 듯 얼굴을 찌푸리고 콜린을 바라보며 이 이상한 아이를 이해하려고 애썼다. 불가능했다. 그래서 단 하나 할 수 있는 일을 했다. 구출될 때까지 시간을 보내려고 자동차 잡지를 움켜잡았다. 잡지를 넘기며 면허를 따면 언젠가 꼭 몰고 싶은 스포츠카 사진 위주로 살펴보았다.

웨인이 잡지를 보며 물었다.

"그런데 그 공책에는 뭘 쓰는 거야?"

"사실들."

콜린은 여전히 글을 적으며 대답했다.

"뭐에 대한 사실?"

"모든 것에 대한 사실."

"아."

웨인은 신형 포르셰 911의 사진을 펼치고 빙그레 웃었다.

"포르셰. 우리 아빠가 이걸 한 대 가지고 있었지. 진짜 우리 아빠 말이야."

웨인은 얼굴을 찡그리며 잡지를 탁 덮더니, 마구 진열대에 쑤셔 넣었다. 그 바람에 표지가 구겨졌다.

콜린이 물었다.

"진짜 아빠가 있어?"

"응."

웨인은 다른 잡지로 손을 뻗었다. 곁눈질로 콜린이 여전히 적고 있는 것을 보았다.

"그걸 받아 적는 거야?"

"응."

"사실만 적는다고 한 줄 알았는데."

"사실들이야. 생각도 있고."

웨인은 심각한 얼굴로 콜린을 보았다.

"읽어 봐도 돼? 네 공책 말이야."

"안 돼."

둘 사이에 긴 침묵이 흘렀다. 낮은 등급의 경보가 콜린의 가슴을 간질였다. 막연히 웨인이 그냥 공책을 빼앗아 가지 않을까 걱정했다. 경험으로 보아 지나친 걱정이 아니었다.

"좋아."

마침내 웨인이 말했다. 개량된 파워트레인에 대한 기사를 열심히 읽었지만 관심을 쏟는 척했을 뿐이다. 눈길은 계속 콜린과 그 공책 쪽을 떠돌았다. 콜린은 그 관심을 깨달았는지 어쨌는지 아무 내색을 하지 않았다.

웨인이 무심한 척 물었다.

"거기 나에 대한 얘기가 또 있어?"

"아, 그래. 너에 대한 항목이 몇 개 있어. 사실 이 공책에는 네가 가장 자주 나온다고 할 수 있지. 우리 가족이나 어쩌면 멜리사 그리어 빼고."

콜린은 잠깐 생각해 본 다음 덧붙였다.

"멜리사는 친구야."

"친구."

웨인이 따라 했다.

"응. 멜리사는 늘 나한테 잘해 줬거든."

"너는, 음…… 사람들이 좋은 일을 한 것만 써?"

"어, 아니."

"그럼 그런 걸 언제부터 쓴 거야?"

"유치원 때부터."

"그렇구나."

웨인은 두 번째 잡지를 제자리에 꽂고 콜린 옆에 털썩 주저앉았다.

"야, 솔직히 말이야. 너 대체 뭐가 문제야?"

"아스퍼거 증후군은 신경 질환의 일종으로……."

"그래, 그래."

웨인이 말을 막았다.

"네가 똑똑한 지진아인가 뭐 그런 거 비슷하다는 건 알아. 내 말은…… 넌 대체 뭐가 문제냐고? 여기에서 뭘 하는 거야? 왜 나를 도와주려는 거지?"

"넌 무죄야."

"무죄라."

웨인은 잡지 진열대에 등을 기대며 고개를 저었다.

"아냐, 인마. 나는 무죄가 아니야. 그냥 그것만 안 했다 뿐이지."

"콜린."

남자 목소리가 들렸다. 콜린은 곧바로 그 목소리를 알아들었다. 고개를 들어 보니 아빠가 빤히 내려다보고 서 있었다. 걱정스러운 표정이었다.

콜린이 말했다.

"아빠, 오셨어요? 오늘은 어땠어요?"

"좋았다."

피셔 씨는 눈을 가늘게 뜨고 잠시 시간을 들여 아들이 웨인 코널리와 함께 앉아 있는 광경을 받아들였다.

"집에 가자."

웨인네 동네에 거의 다 왔을 때 침묵이 깨졌다. 피셔 씨가 말했다.

"그러니까, 웨인. 콜린하고 네가…… 친구구나. 학교에서?"

조금 시험해 보는 것처럼 들렸고, 어떤 의미에서는 시험이었다. 피셔 씨는 시간이 흐르면서 아이들 사이가, 특히 남자아이들 사이가 어떻게 변할 수 있는지 잘 알고 있었다. 충돌은 흔히 우정을 구축하는 방법이 된다. 길가메시와 엔키두의 서사시[24]만큼 오래된 이야기다. 이 경우의 친구는 딱히 피셔 씨가 아들을 위해 선택했을 만한 아이가 아니지만, 피셔 씨는 그 선택이 자기 몫이 아님을 알고 있었다.

웨인이 가까스로 대답했다.

"음…… 네."

콜린이 불쑥 끼어들었다.

"웨인 때문에 제가 첫날 학교에서 일찍 집에 온 거예요. 얘가 제 머리를 세면대에 처넣었다가, 그다음에 변기에 처넣고

---

24 길가메시는 우루크의 외롭고 잔인한 왕이었다. 엔키두라는 야만인과 싸운 다음, 친구가 되어 함께 많은 모험을 하고 훔바바라는 괴물과 싸운다. 예측할 수 없는 낯선 외부인과 예상 밖의 우정을 나누며 길가메시는 공정하고 좋은 왕이자 영웅으로 성장한다. 콜린은 이것이 남자들 사이에 대부분의 우정이 시작되는 방식이라고 이해했다. 싸움과 그에 뒤따르는 불운. 이것을 읽고 콜린은 레슬링을 싫어하는 것 역시 자신이 상대적으로 고독한 이유가 아닐까 생각하게 되었다.

물을 내렸어요."

피셔 씨는 억지로 웃음을 지었다. 웨인은 앉은 자리에서 안절부절 자세를 바꾸었다.

"음. 네."

웨인은 다시 대답하며, 콜린이 그쯤 해 두기를 바랐다.

"사람들은 얘가 학교에 총을 가져왔다고 생각하지만, 저는 아니라는 걸 알아요. 총에 케이크 프로스팅이 묻어 있었는데, 웨인은 아주 깔끔하게 먹거든요."

콜린은 사실대로 말하면 무엇이든 아빠가 품을 걱정을 덜어 줄 거라고 확신하고 있었다.

피셔 씨는 백미러를 통해 웨인을 힐끗 보았다. 의문과 경고 사이 어디쯤의 눈빛이었다. 피셔 씨는 들으면 들을수록 아는 것이 없어진다는 것을 깨달았다. 피셔 씨가 말했다.

"그거…… 대단하구나."

다행히도 머지않아 피셔 씨의 차가 웨인네 집 근처 도로 경계석 옆에 멈췄다. 콜린은 누군가가 분홍색 꼬마 자전거를 안에 들여놓았다는 것을 알아차렸다. 웨인이 말없이 차에서 내렸다.

웨인이 현관문까지 반쯤 갔을 때 콜린의 아빠가 뒤에서 큰 소리로 불렀다.

"웨인, 잠깐만."

웨인은 깊이 숨을 들이마셨다. 피셔 씨는 운전석 문 옆에 서 있었는데, 확실히 이 모든 상황이 불편해 보였다.

피셔 씨가 말했다.

"괜찮다면 잠깐 부모님과 이야기를 하고 싶은데."

웨인은 신발을 내려다보았다.

"안 돼요. 안 계세요. 자주 외출하세요. 그, 영화 보러요."

콜린은 뒷좌석에서 그 대화를 지켜보았다. 혼란스러워서 코를 찡그렸다. 이 특정 감정을 웨인에게서 본 것은 처음이었다. 사실 웨인은 그런 감정을 느끼지 못하는 줄 알았다. 커닝 페이퍼를 찾아보는 수밖에 없었다. 콜린은 표정 카드들을 넘겨 보았고, 마침내 분명히 본 사실을 받아들여야 했다.

웨인 코널리는 두려워하고 있었다.

피셔 씨는 손가락으로 차 보닛을 두드리며 웨인이 좋아하든 말든 코널리네 집으로 걸어갈까 말까 장단점을 따져 보았다. 열네 살짜리 남자아이의 허락을 받을 필요는 없었다. 하지만 바로 이 아이에 대해서는 모르는 것이 많았다. 게다가 웨인의 부모님과 이야기해서 도움이 되기보다 훨씬 큰 화를 부를 가능성은 언제나 있었다.

마침내 피셔 씨가 말했다.

"좋다. 그럼 다음 기회에 하자."

피셔 씨는 다시 운전석으로 미끄러져 들어가 차에 시동을 걸었다.

웨인이 잠시 머뭇거리더니, 콜린에게 창문을 내리라고 손짓했다. 콜린은 시키는 대로 했다.

장벽이 내려가자 웨인이 입을 열었다.

"피셔 씨? 감사합니다. 그러니까, 데리러 와 주셔서요."

웨인은 찡그린 얼굴로 콜린을 돌아보았는데, 콜린은 그 표정의 의미를 전혀 가늠할 수 없었다.

"그리고 피셔…… '콜린'. 그네 일은 정말 미안해."

그 말과 함께, 웨인은 집 안으로 사라졌다.

콜린과 아빠는 어떤 남자 목소리가 쩌렁쩌렁 울리는 것을 들었다. 웨인의 이름과 (불쾌한) 무슨 말을 소리쳤다. 잠시 동안 피셔 씨는 운전대를 노려보며 그대로 앉아 있었다. 그러다 아들을 돌아보고 입술을 끌어 올려 딱딱한 웃음을 지었지만, 콜린은 아빠의 기분이 좋지 않다고 확신했다.

"화나셨어요?"

콜린은 넘겨짚어 보았다.

피셔 씨는 대답하지 않았고, 그래서 콜린은 전에 없이 당황했다. 다시 알아맞혀 보길 바라는 걸까? 이루 말할 수 없을 만큼 화가 난 걸까? 그런 일이 가능하다는 사실은 알고 있으나 (콜린이 아는 한) 실제로 부모님이 자기 때문에 그런 감정을 보인 적은 없었다. 콜린은 처음으로 아주 심각한 문

제에 처했을 가능성과 씨름했다. 막 "죄송해요."라고 말하려
는 순간, 피셔 씨가 한 손을 들어 손가락을 쫙 펴며 말했다.

"착륙 준비."

콜린이 마음의 준비를 했을 때 아빠가 콜린의 어깨에 손
을 내려놓았다. 부드럽게 어깨를 잡았고, 화난 느낌은 없었
다. 정확히 있는 그대로 말고 다른 의미는 아무것도 없는 것
같았다.

그다음에 차가 출발했고, 피셔 씨는 다시 입을 열지 않았
다.

제3부

———

올림픽 트램펄린 팀

제11장

지옥은 타인이다

아빠는 패서디나에 있는 제트추진연구소에서 무인 우주선 조종 시스템을 설계한다. 아주 낯설고 미래적으로 들리지만, 사실 아빠가 작업하는 엔진은 고다드, 폰 브라운, 파슨스를 비롯하여 60년 전의 로켓 공학 개척자들도 알 만한 화학 로켓이다.

행성 간 우주선을 작동시키는 다른 방법들이 수십 년에 걸쳐 제안되었다. 태양 항법부터 이온 엔진과 핵 펄스 추진, 즉 우주선 뒤쪽에서 원자 폭탄을 발사하여 금속 누름판에 대고 폭발시킴으로써 우주선을 외행성으로 발사하는 방법까지 포함해서 말이다. 이 가운데 개발되어 완성에 이른 방법은 없었다. 아빠는 이 문제가 달 너머 유인 우주여행의 주된 걸림돌이라고 생각한다.

하지만 진정한 문제는 기술적 한계가 아니라 인간적 한계다.

화학 로켓을 사용하면 화성으로 가는 유인 여행은 최소한 편도 6개월이 걸린다. 그렇게 긴 여행을 하는 우주인들은 장기적으로 미세 중력으로 인한 신체적 스트레스를 받아 근육이 줄고 뼈가 약해진다. 또한 지구 자기장 너머 우주선 cosmic rays 은 해로운 방사선을 퍼붓는다. (달 여행을 갔던 아폴로 우주인들은 우주 방사선이 망막에 부딪쳤을 때 눈을 감을 때마다 '섬광'을 보았다고 보고했다.)

이 모든 것도 극복하기 힘들지만, 여전히 공학적 문제다. 그러나 어떤 공학적 해법도 심리적 문제를 해결할 수는 없다. 소수의 사람들이 한 번에 몇 개월씩 붙어살아야 할 때 생기는 정신적 스트레스 말이다. 탈출할 희망도 혼자 있을 기회도 없다. 아빠는 "남극 연구 기지에서 쓴 보고서를 본 적이 있는데, 별로 좋아 보이지 않았어."라고 말한 적이 있다. 왜냐고 물었더니, 아빠는 장 폴 사르트르의 희곡 〈출구 없는 방〉에 나오는 인용문으로 답했다. "지옥은 타인이다."

콜린과 아빠가 들어갔을 때, 엄마와 대니가 부엌에서 기다리고 있었다.

피셔 씨가 심드렁하게 말했다.

"다 잘됐어."

대니가 의자에 앉은 채 몸을 내밀다 아이스크림 그릇에 숟가락을 떨어뜨리는 바람에 날카로운 쨍그랑 소리가 났다.

"무슨 문제가 생겼어요?"

대니는 어울리지 않게 기대에 차 물었다. 콜린은 너무 배고프고 피곤해 동생의 반응을 더 자세히 분석할 수 없었다.

피셔 씨는 아들들을 번갈아 살펴보고 대니의 태도를 알아차렸으나 조금도 동조하지 않았다.

"콜린, 저녁밥 가지고 네 방으로 가라. 대니, 우리가 네 형을 어떻게 훈육하느냐는 네가 알 바 아니다."

아빠는 아주 사무적이었다.

콜린은 낮게 "고마워요."라고 중얼거리며 음식이 식지 않도록 덮어 둔 유리 덮개 아래에서 피자 접시를 꺼내고 냉장고를 열어 물을 찾았다. 물병을 하나하나 만져 보고 가장 차가운 것을 꺼낸 다음, 소리 내지 않고 조용히 계단을 올라가며 머릿속으로 그날의 사건들을 되새겼다. 너무 많은 일이 있었다. 수사 다음 단계는 따뜻한 목욕과 충분한 숙면이 가장 좋을 것 같았다.

대니는 콜린이 올라가는 모습을 지켜보았다. 콜린이 무사히 계단을 올라가 소리가 들리지 않는 곳까지 갔을 때, 다시 아빠를 보고 말했다.

"그러니까 사고를 친 건 아니네요."

"입 다물어. 안 그러면 다물게 해 주마."

피셔 부인이 대답했다. 대니는 말대꾸를 하려고 입을 열었지만 엄마가 더 빨랐다.

"땅콩 좌석[25] 논평 금지. 집 안의 땅콩은 모두 잠자리에 든다. 5분. 실시."

일찍이 피셔 부인은 자신이 엔지니어 팀을 운영하는 기술이 자식들을 교육하려는 노력에 스며들어 곤란해지지 않을까 걱정했다. 지금은 엔지니어들이나 아이들이나 똑같은 동물이라는 사실을 알았다.

대니는 더 이상의 대꾸도 보란 듯한 한숨도 없이 요란하게 쿵쿵거리며 계단을 올라갔다. 의도적으로 걸음마다 반감을 드러내고 있었다. 잠시 후 대니의 침실 문이 철컥 닫히는 소리가 부엌에 메아리쳤다. 대니의 작은 몸이 침대에 드러눕는 털썩 소리도 조그맣게 들렸다.

부부는 부엌 식탁에 앉았다. 벌써 큰 포도주 잔 두 개가 두

---

25 피셔 부인은 이 표현을 자신의 어머니에게 배웠는데, 실제로 무슨 의미인지는 모르고 있었다. 콜린이 여덟 살 때 엄마를 위해 알려 주었다. '땅콩 좌석'이란 오래된 공연 용어로, 극장에서 가장 싼 좌석과 거기 앉던 떠들썩한 후원자들을 뜻했다. 이들은 마음에 들지 않는 공연자에게 야유를 하고 땅콩을 던졌다. 콜린은 엄마에게 땅콩을 던지지 않겠다고 엄숙하게 약속했다.

사람을 기다리고 있었다. 그때 새로운 소리가 들려왔다. 위층 수도관으로 흐르는 물소리였다.

피셔 씨가 말했다.

"콜린이야. 목욕을 하는군."

피셔 씨는 적포도주를 크게 한 모금 꿀꺽 마셨다.

"콜린이 잘못했다고 할 수는 없어."

그 말에 피셔 부인이 무겁게 한숨을 쉬었다.

"저 애가 고등학교에 가면 더 독립적이 되길 바랐지. 소원을 빌 때는 조심해야 돼. 그렇지?"

"독립적? 독립적인 건 좋아. 하지만 독립적인 게 있으면 외톨이가 되는 것도 있지."

"거짓말을 하고, 불량소년과 온 동네를 돌아다니고…….어디까지 갈까?"

피셔 부인은 눈살을 찌푸렸다. 부엌 식탁 표면에 대니가 남긴 희미한 사이다 병 자국이 동그랗게 남아 있었다. 소매 끝으로 그것을 문질러 지웠다.

고양이가 어디로 갔는지 보려고 주위를 둘러보며, 피셔 씨가 말했다.

"이게 다 무슨 일인지, 고양이가 멍멍 짖기 시작하는 편이 낫겠어."

"맙소사, 그건 아니야. 밤중에 툭하면 제 몸으로 내 얼굴을 감싸는 것만 해도 싫은데."

"우리가 뭘 할 수 있지?"

"아무것도 없지."

피셔 씨는 대니가 버리고 간 사이다 병뚜껑을 장난치듯 부인을 향해 휙 튕겼다. 피셔 부인은 그것을 멋지게 잡아 싱크대 너머 쓰레기통 속으로 던져 넣고 말했다.

"특수 학교라는 선택지를 다시 생각해 볼 수도 있어. 하지만 우린 둘 다……."

"그 선택은 아니라는 걸 알지. 우리는 더 편할 거야. 하지만 아이한테는 잘못된 선택이야."

"아이에게 옳은 일이 우리에게 더 편할 때도 있었어."

"아, 그래? 그게 언제였는데?"

피셔 씨가 빙그레 웃으며 물었다.

머리 위 수도관을 통해 욕조에서 콸콸 물이 빠져나가는 소리가 났다. 피셔 부인이 말했다.

"정확히 3분. 저 애는 기계 같아."

피셔 씨가 말했다.

"난 말이야, 저 애가 자기 방에만 있고 싶어 하던 때가 그리워질 것 같아. 상어에 대한 책을 읽고 비틀스의 〈러버 소울〉 앨범만 듣고 또 듣고 하던 시절 말이야."

잠시 침묵의 순간이 흘렀다. 위층 욕실 문이 열렸다.

"그렇다고 〈러버 소울〉이 그리운 건 아니야."

"그래. 나도 아니야."

피셔 씨는 오래된 정신적 충격에서 벗어나려는 듯 고개를 저었다. 하지만 이미 봇물이 터졌다.

"〈조스〉의 과학적 오류 목록은 또 어떻고. 당신도 기억나지, 그때……."

말을 맺지 못했다. 피셔 씨의 목소리는 위층에서 나는 귀청이 떨어질 듯한 와장창 소리, 이어지는 정신 나간 발작 같은 비명 소리에 묻혀 버렸다. 피셔 부부는 벌떡 일어나 한 걸음에 두 칸씩 계단을 건너뛰며 위층으로 달려 올라갔다.

잠옷을 입은 콜린이 자기 방 열린 문 앞에서 두서없이 소리를 지르고 있었다. 단어들이 거센 급류로 터져 나왔다.

"망쳐 버렸어 다 부숴 버렸어 왜 이러는 거야 다 망쳐 버렸어 다 틀렸어 부숴 버렸어 다 망쳐 버렸어……."

피셔 씨가 천천히 다가가면서 낮은 목소리로 말을 걸며 진정시키려 했다. 양팔을 늘어뜨리고 손바닥을 펼친 채, 콜린을 건드리거나 건드릴 수도 있다는 암시조차 주지 않으려고 조심했다. 이런 행동을 본 것이 처음도 아니고, 아마 마지막도 아닐 것이다.

"콜린, 어이. 무슨 일이냐? 무슨 일인지 말해 봐."

피셔 부인은 콜린 너머로 곧바로 그 분노와 공포의 원인을 알아보았다. 콜린의 침대가 흐트러지고 이불이 젖혀져 있었다. 주의 깊게 정리한 책 더미는 선반에서 떨어졌고, 책상에 놓여 있던 것들도 바닥에 쌓여 있었다. 마치 난폭하게 팔로 한 번 획 쓸어 버린 것 같았다. 코르크 보드 아래 벽을 따라 콜린이 그토록 공들여 출력하고 정리해서 제자리에 붙인 사진들이 실 가닥으로 겨우 이어진 채 낙엽처럼 흩어져 있었다.

피셔 부인은 안심시키는 말투로 되뇌었다.

"콜린, 걱정 마. 콜린, 걱정 마. 우리가 고칠게."

일부러 콜린의 이름을 불렀다. 콜린이 이런 상태에 있을 때 콜린과 접속하는 방법이었다. 손을 뻗어 콜린의 팔을 잡으려 했지만 (때때로 상황에 따라 콜린은 아빠가 건드리는 것은 거부하면서 엄마가 건드리는 것은 받아들였다.) 콜린은 거칠게 몸을 틀어 엄마의 손길을 벗어났다. 고발하듯 손가락을 들어 복도를 가리켰다.

"왜 그런 거야 왜 다 망쳐 버리는 거야 네가 다 망쳤어 다 부숴 버렸어……."

대니가 자기 방 문간에 서 있었다. 가슴 앞에 팔짱을 끼고 눈을 내리깔고 있었다. 콜린이 이성적으로 정리했다면 반항적이라고 인식했을 표정이었다.

"뭐?"

대니의 말투는 질문보다는 싸움을 거는 것 같았다.

콜린은 동생에게 돌진하며 악을 썼다.

"왜 다 망쳐 버렸어?"

콜린이 으르렁거리자, 아빠가 앞을 가로막고 콜린에게 팔을 둘렀다. 피셔 씨는 아들을 꽉 잡아 얼굴을 자기 어깨에 묻었다.

나름대로 극단적인 조치였다. 외부인의 눈에는 아빠가 아들을 질식시키는 것처럼 보이겠지만, 사실은 콜린의 장신경에 강하고 균일한 압력을 가함으로써 천천히 콜린을 진정시키는 것이다.[26] 귀에 거슬리는 거친 호흡이 안정되고 느려지기 시작했다. 숨결이 더욱 고르게 이어졌다. 몸에 더 많은 산소가 들어가면서 콜린이 진정되었다.

콜린이 누그러들자, 엄마는 대니에게 주의를 돌렸다.

"뭘 한 거니?"

대니는 엄마의 눈길을 피해 발끝을 내려다보며 웅얼댔다.

---

26 이 기술은 자폐증을 지닌 유명한 가축 조련사이자 작가인 템플 그랜딘이 개발한 것이다. 그랜딘은 백신 주사나 검진을 위해 소를 움직이지 못하게 할 때 쓰는 '스퀴즈 박스'에 동물을 진정시키는 효과도 있음을 알게 되었다. 그랜딘은 나중에 그 상자를 개량하여 직접 '포옹 기계'를 설계했고, 스스로 감정적인 압박을 받을 때 그리로 기어들어 갔다. 콜린이 자라고 어른스러워지면서, 피셔 씨는 아들을 진정시키는 이 즉석 기술이 결국은 효과를 잃으리라는 것을 알았다.

"제 아이팟이 안 보였어요. 형이 가져갔을지도 모른다고 생각했어요."

그 대답으로 아빠의 포옹이 이룬 일이 모두 허사로 돌아 갔다.

"난 절대로 네 물건 가져가지 않아 난 네 음악 좋아하지도 않아……."

피셔 씨는 다시 콜린을 꽉 안았다.

"콜린, 힘 빼."

아빠가 새로운 폭발을 누그러뜨리려고 애쓰며 콜린을 꽉 껴안고 있는 동안, 엄마는 대니를 향해 척척 걸어갔다. 둘째 아들은 움찔했다. 실제로는 평생 엄마가 엉덩이를 툭 때리는 것 이상의 일은 한 적이 없는데도. 순전히 본능적인 반응이 었다. 아이라면 누구나 어느 정도는 알고 있다. 엄마가 충분 히 자기를 죽여서 잡아먹을 수 있다는 사실을. 대니도 다를 것이 없었다.

"그렇다고 형 방을 마구 헤집어 놓아도 되는 거니?"

피셔 부인은 자신이 얼마나 화가 난 상태인지 알았다. 그 래서 내키는 대로 했다가 사태를 악화시키지 않으려고 안간 힘을 쓰고 있었다.

"콜린이 자기 물건을 옮기는 일에 대해 어떤지 알잖니."

대니는 궁지에 몰린 여느 동물처럼 반응했다. 싸우기를 택한 것이다. 대니의 고함이 엄지발가락에서 시작해 이마까지 올라왔고, 아드레날린에 사로잡혀 내질렀다.

"에잇, 엄마 말이 맞아요, 형이 어떤지 알아요! 형 주위에서는 다들 살금살금 걸어 다니고 형이 지진아처럼 굴 때마다 '아, 불쌍한 콜린' 소리만 하고 혼나는 건 늘 나고······."

"지금 형을 뭐라고 불렀지?"

이제는 분노를 누를 수 없었다.

대니는 눈에 띄게 움츠러들어 문틀에 기댔다. 엄마가 이렇게 화를 내는 건 처음 봤고, 겁이 났다. 건방진 반항을 멈추고 방어 태세로 후퇴했다. 영장류 용어로 말하면 우두머리 암컷이 이를 드러낸 것이다. 이제 청소년 영장류가 복종을 표시할 차례였다.

"저는······ 전 형이 그렇다고는 하지 않았어요. 그런 식으로 군다고 했지요."

피셔 부인은 대니로부터 15센티미터 거리에, 대니의 개인 공간 깊숙이 들어섰다. 그리고 으르렁거렸다.

"이 집에서는 그 말을 쓰지 않아. 특히 형한테 써서는 안 돼. 앞으로 절대로 쓰면 안 돼. 형이 어떻게 굴든 상관없어."

대니가 갑자기 조용히 물었다.

"엄마는 형이 저 문을 나설 때마다 그 말을 듣지 않는다고 생각하세요? 사람들이 형을 뭐라고 부르는지 아세요?"

"아주 잘 알아."

엄마가 쏘아붙였다. 목소리가 높아졌다.

"그러니까 콜린이 자신을 사랑한다고 믿는 사람들로부터 그 말을 듣지 않는 게 더 중요한 거야!"

대니는 엄마 너머, 아빠의 어깨에 짓눌려 있는 콜린을 보았다. 대니의 입술에 중오가 돌아왔다.

"글쎄…… 전 아닐걸요. 전 아마 형을 미워할 거예요. 형, 난 형이 싫어. 형은 지진아고 난 형이 싫고……."

"대니!"

피셔 부인이 소리쳤다. 대니에게 손을 뻗었다. 갈고리 같았다.

"여보!"

피셔 씨가 빽 소리를 지르며, 모두가 흩어지지 않도록 하려고 애썼다. 소용이 없었다.

"난 상관없어요."

갑자기 콜린이 말했다. 아주 침착했다.

모두들 멈추었다. 예상하지 못한 이성의 소리에 피셔 부인과 대니, 둘 다 콜린을 돌아보았다. 피셔 씨는 아들을 잡고 있던 손아귀의 힘을 뺐다. 아직도 얼굴이 붉었지만 훨씬 진정되었다. 콜린은 엄마와 동생을 마주 보고 힘주어 말했다.

"상관없어요, 정말. 지적 장애는 70 내지 75 이하의 지능 지수를 가진 것으로 정의되지요. 제 지능 지수는······."

콜린은 말을 끊었다. 마리는 콜린에게 실제 지능 지수를 밝히지 말라고 했는데, 검사 결과는 155와 180 사이 어디쯤으로 나왔다.[27] 마리는 다른 사람들에게 자랑하는 것처럼 들릴 거라고 말했다.

"······그것보다 높아요."

콜린이 말을 맺었다.

"나를 내가 아닌 것으로 부른다고 왜 신경을 써야 해요?"

피셔 부부는 콜린을 보았다. 그다음에 대니를 보았다. 그다음에는 마침내 서로를 보았다. 대니에게는 아주 길게 느껴지는 시간이 흐른 뒤, (콜린이 재어 보니 17초였다.) 피셔 부인이 마침내 언어 능력을 회복했다.

피셔 부인이 나직이 속삭였다.

"대니. 네 방에 들어가서 나오지 마. 이 일은 아침에 다시 이야기할 거다."

"사과하라고 시키지는 않아요?"

피셔 씨는 아내의 어깨에 한 손을 얹고 대니를 바라보았다. 얼굴이나 목소리에 화난 기색은 없었다. 어깨가 축 처져

---

27 콜린의 탁월한 기억력, 읽기와 수학 능력의 빠른 숙달로 인해 지능 지수를 정확히 측정하기 어려웠다. 신동들에게 흔한 문제다.

서 갑자기 왜소하고 나이보다 늙어 보였다. 그저 이 모든 일에 지쳐 버렸다.

"미안하다는 생각이 들 때 사과해라. 이제 들어가."

거의 무의식적인 **안도**의 빛이 대니의 얼굴을 스쳤다. 그다음에 대니는 물러서서 천천히 자기 방문을 닫았다. 콜린은 대니가 조심스럽게 조용히 문을 당겨 닫는 것을 보고, 억울하다거나 반항한다는 인상을 주지 않으려는 거라고 추측했다.

"콜린."

피셔 씨가 부르며, 오늘 아침만 해도 콜린의 침실 같아 보였던 재난 현장을 가리켰다.

"우리가 도와줘도 될까? 다 함께 치우면 금세 정리될 거야."

콜린은 어수선한 자기 방을 바라보았다. 입을 열고, 천천히 조심스럽게 말을 꺼냈다. 이 꼴을 보고 다시 자제력을 잃지 않으려고 무진 애를 쓰고 있었다.

"아뇨, 고마워요. 괜찮다면 제가 치우고 싶어요. 안녕히 주무세요."

"좋아."

엄마가 콜린을 안심시켰다. 그 말투는 콜린의 선언을 허락한다기보다 수용하는 것임을 나타냈다.

"필요한 게 있으면 우리가 어디 있을지 알지?"

"네, 알아요. 부엌에서 포도주를 마시거나, 방에 올라가서 폭력이나 알몸이 나오는 프리미엄 케이블 채널을 보실 거잖아요."

그 말과 함께 콜린은 자기 방으로 들어가 등 뒤로 방문을 닫았다.

콜린은 자기 물건들의 상태를 점검하면서, 다시 불안과 공포에 휩싸일 것만 같았다. 대니의 수색 때문에 실제 망가진 것은 없어 보였지만, 콜린은 모든 물건이 어디 있어야 하느냐에 대해 아주 까다로웠다. 쾌적 범위 밖으로 한참 밀려난 하루의 끝에, 익숙하고 안전한 장소가 뜻밖에 파괴된 충격은 견디기 힘들었다.

억지로 눈을 감고, 정돈된 상태라면 자기 방이 어떻게 보여야 하는지 떠올렸다. 머릿속으로 재빨리 재고 조사를 해서 실제로 없어진 물건은 하나도 없다는 사실을 확인했다. 스트레스 수준이 상당히 떨어졌다.

다시 눈을 감았다. 이제 물건들을 제자리에 되돌려 놓기 위해 머릿속의 방 모습을 참고 자료로 이용하려 했다. 하지만 놀랍게도 머릿속이 제멋대로 완전히 다른 기억을 향했다. 총이 발사되던 순간의 학생 식당이었다.

콜린은 폐쇄된 공간에서 귀가 먹을 듯한 탕 소리를 들었다. 귀청이 고통스럽게 울리는 것을 느꼈다. 탄약통에서 나는 매캐한 화약 냄새를 맡았고, 그것이 입안의 당근 맛까지 덮었다. 학생들은 물론 교사들까지 공포에 질려 달려가는 것을 보았다. 바닥에 놓인 권총을, 분홍색과 하얀색의 초콜릿 프로스팅이 묻은 권총 손잡이를 보았다.

잠시 동안 콜린은 자신이 외상 후 스트레스 장애[28]를 겪고 있는 게 아닐까 생각했다. 아니다, 라고 결론을 내렸다. 콜린은 총격과 그에 이어지는 혼란스러운 순간들의 기억을 경험하고 있었지만 거기에 어떤 부정적인 감정도 따라붙지 않았다. 오로지 호기심과, 미스터리의 진상을 밝히고 싶은 욕망만을 느꼈다.

콜린은 그날 학생 식당에서 무언가가 제자리에 있지 않았다고 확신했다. 바로 지금 자기 방의 물건들이 제자리에 있지 않은 것처럼 말이다. 기억을 되감아 총이 발사되기 전으로 돌아가서, 아무리 작고 사소해 보이는 일이라도 자기 머릿속이 세부 사항들을 떠올리도록 내버려 두었다. 그 장면들, 냄새들, 소리들을 기억했다. 그 자리에 있던 사람들, 그

---

28 참전 용사 등 폭력적인 사건의 목격자들이 정신적 외상의 원인을 끊임없이 다시 체험하는 심리적 증상이다.

사람들이 하고 있던 일들을 그려 보았다.

불행히도 인간의 머리가 불완전한 기록 장치라는 사실은 콜린도 알고 있었다. 상황을 객관적으로 보여 주는 대신, 가장 흥미롭다고 여기는 것들을 부풀린다. 콜린의 경우, 이것은 총이 발사되기 전의 주된 기억이 멜리사 그리어와 관련되어 있다는 뜻이다. 식탁 위로 몸을 숙이고 콜린에게 케이크를 먹자고 하는 멜리사…… 멜리사가 쓰는 샴푸의 딸기 향…… 예상 밖의 낮고 허스키한 목소리…… 멜리사가 몸을 앞으로 숙일 때 블라우스가 늘어지며 가슴골이 보이던 방식…….

콜린이 번쩍 눈을 떴다. 그날 학생 식당에서 무엇이 제자리에 없었는지는 아직 몰랐다. 하지만 무언가 잘못되었다는 것, 중요한 무언가가 빠졌다는 것은 충분히 알았다. 콜린은 다시 한 번 카펫에 흐트러진 책과 종이 무더기를 본 다음, 인물 관계도의 잔해를 보았다. 어처구니없을 만큼 흩어져 있었다. 앞뒤가 맞는 관계는 하나도 없었다. 체육계가 공붓벌레와 함께 있었다. 사귀는 사이는 경쟁 관계가 되었고, 경쟁 관계는 친구 사이가 되었다. 웨인의 이름이 적힌 검은색 삼각형이 눈에 띄었다. 한쪽 구석에 외따로 떨어져 있었다. 그것을 사진 무더기로 되돌려 놓다가 맨 위에 놓인 루디 무어의 사진이 눈에 들어왔다. 그 얼굴 표정의 무엇 때문인지 루디가

콜린을 바라보는 듯한 불안한 느낌이 들었다. 물러서도 루디
의 눈길이 따라오는 것 같았다. 방 안 어디로 가도 불안하게
만드는 그 영향력을 벗어날 수 없었다. 마침내 그 사진을 뒤
집어 놓았다. 나머지 인물 관계도는 내버려 두고 콜린은 침
대 속으로 들어갔다.

얼마 뒤, 그날의 정신적 외상을 잊지는 않고 분류만 해 둔
채, 콜린은 깊은 잠에 빠졌다.

다음 날 아침 콜린의 부모가 일어났을 때, 전날 두고 간 포
도주 잔들은 비닐에 싸여 높은 선반에 올라가 있었다. 부엌
은 티끌 한 점 없었다. 베이컨과 프렌치토스트와 뜨거운 시
럽 냄새가 풍겼고, 세 사람 자리에 먹고 마실 음식과 주스가
차려져 있었다.

"안녕히 주무셨어요."

콜린이 말했다. 등받이 높은 의자에 앉아 어렸을 때 부모
님에게 받은 상어 책을 읽고 있었다.

"제가 온 가족 아침을 차렸어요."

"같이 먹겠니?"

아빠가 진수성찬에 감동하며 물었다. 음식이 차려진 세 번
째 자리를 가리키며 콜린에게 앉으라고 권했다.

"어, 아니에요. 전 벌써 먹었어요."

콜린은 다시 책을 읽었고, 부모님은 콜린이 준비한 아침을 먹었다. 몇 분 뒤에 대니가 내려와서 시리얼보다 복잡한 음식이 준비된 것을 보고 깜짝 놀랐다. 대니는 누가 자기 식사를 챙겨 주었는지 묻지 않았고, 고맙다는 말도 하지 않았다. 그저 한입 먹을 때마다 행복한 웃음만 지었다. 하지만 그것은 사실 중요하지 않았다.

콜린은 벌써 문밖으로 나가 학교에 가는 길이었다.

제12장

시식

어렸을 때 아빠가 상어와 범고래, 대왕 오징어 같은
위험한 바다 동물들에 관한 책을 한 권 사 주었다. 그 동물들은
모두 아주 흥미로웠다. 하지만 내가 가장 좋아하는 바다
포식자는 언제나 백상아리였다.

길이 6미터에 몸무게는 2.5톤에 이르고, 입안에는 단검
같은 이빨들이 톱니처럼 가득한 백상아리(학명: 카르카로돈
카르카리아스)는 지구상의 모든 대양에서 발견된다. 상어 종
가운데 인간을 공격한 사례가 가장 많다. 그 크기와 잔인성,
최상위 포식자의 지위 등을 생각하면 놀랄 일이 아니다. 놀라운
일은 그 공격이 대부분 목숨을 앗아 가지 않는다는 사실이다.

과학자들이 처음 세운 가설은 바다에서 서프보드 따위를
타는 인간을 밑에서 보면 백상아리가 좋아하는 먹이인 물개나

바다사자의 윤곽을 닮았으리라는 거였다. 상어의 일반적
전략은 먹잇감을 엄청난 힘으로 재빨리 물어뜯어 기습한 다음
그 불운한 동물이 피를 흘려 죽기까지 기다리는 것이므로, 이론상
피해자가 처음 물린 뒤에 안간힘을 써서 물 밖으로 나올
시간이 있다고 여겨졌다. 이 이론은 처음 제시되었을 때 널리
받아들여졌으나, 지금은 부정확한 것으로 밝혀졌다.

추가 조사를 통해 예상하지 못한 사실이 드러난 것이다.
대부분의 경우 백상아리는 인간을 물 때 보통 30센티미터당 1톤에
이르는 턱 힘의 지극히 일부만을 사용한다. 사실 백상아리의
피해자 대부분은 아예 공격을 받지도 않는다. 이들은 '시식'을
당하고 있는 것이다. 이렇게 가볍게 물어서 탐색하는 것은
백상아리가 자기 영역 안의 낯설고 이상한 대상을 조사하는
방법이다. 사실 대양에서 헤엄치려 드는 꼴사나운 육상 두 발
포유동물은 낯설고 이상할 것이다. 물론 그 조사 중 적지 않은
수가 피를 너무 많이 잃거나 목이 잘려 죽음에 이르지만, 그것은
예상할 만한 일이다.

조사관이 2.5톤의 상어라면 조심스러운 탐색 시도마저
치명적일 수 있다.

콜린이 에디 패거리를 다시 만났을 때는 정확히 정오였다.
콜린은 재빨리 과감하게 복도를 걸어갔다. 공책을 가슴에

꼭 끌어안고, 안경을 콧대에 똑바로 걸치고 있었다. 정확히 2분 27초 뒤에 두 번째 종이 울리면 할 일 없는 선생님이 콜린을 학생 식당으로 몰아넣을 것이다. 학생 식당은 지금 생각하는 일을 하기에는 지나치게 공개적인 장소였다. 라 파밀리아를 만나 본 결과, 콜린은 에디 패거리에게 단 하루 전에 생각하던 것과는 전혀 다른 의문들이 생겼다. 에디가 좋아하지 않을 의문들이었다. 콜린은 에디가 취약한 장소, 그 대화를 웃어넘길 수 없는 장소에서 에디를 잡고 싶었다.

모퉁이 뒤의 에디가 보이기 전에 목소리부터 들렸다. 에디는 친구들과 있었고, 목소리는 크고 떠들썩하고 높아졌다 낮아졌다 했는데 그 말투에서 자랑이 연상되었다. 보통은 허풍이고 기껏해야 허세 종류였다.

"……그래서 어쨌든, 내가 '무슨 소리야? 너희 엄마는 여기 있지도 않아.'라는 식으로 말했지."

에디가 친구들에게 무슨 이야기를 들려주고 있었다.

"그랬더니 걔가 했어."

에디는 씩 웃으며 바지 지퍼를 내리는 시늉을 했다. 에디의 친구들이 낄낄거리며 웃어 댔다. 콜린은 그게 무슨 얘긴지 짐작도 할 수 없었지만, 에디의 친구 몇몇도 모르는 게 아닐까 생각했다. 콜린은 눈에 띄지 않았다고 확신하고 살금살금 다가갔다.

"와아."

스탠이었다. 지금 살짝 콧소리가 났는데, 부어오른 부비강을 억지로 지나온 소리였기 때문이다. 코 위의 붕대로 그것을 알 수 있었다.

에디가 말을 이었다. 우쭐거리는 말투였다.

"아이스크림 인간 같은 게 된 기분이었어."

"아니면 그냥 아이스크림이 됐거나."

스탠이 말을 받고 씩 웃으며 벌어진 앞니를 드러냈다. 그러고는 짐작건대 갑자기 얼굴 근육의 넓은 면적을 움직인 탓에 아파서 얼굴을 찡그렸다. 친구들이 또 낄낄거렸다.

콜린이 말했다.

"안녕, 에디. 별일 없지? 총이 네 거였다는 거 알아."

웃음이 뚝 그쳤다. 콜린은 에디의 얼굴에서 핏기가 싹 가시는 것을, 스탠이 눈을 끔벅이며 다른 쪽을 보는 것을 알아차렸다. 분명 죄책감의 신호였다. 다른 아이들은 혼란스러운 표정으로 서로를, 그리고 콜린을 바라보기만 했다. 쿠퍼만 예외였다. 쿠퍼는 콜린에게 온 신경을 쏟으며, 콜린이 무슨 이야기를 할지 흥미를 보였다.

콜린은 잠시 에디가 대답하기를 기다렸다. 때로는 자신이 대본을 고수하는 바람에 상대가 대화에 끼어들지 못한다는 말을 수없이 들어 왔기 때문이다. 마리는 막힘없이 정보를 쏟아부으면 다른 사람이 "한마디 끼어들 틈도 없어진다"고 설명했다. 아빠는 콜린이 "방 안의 산소를 모두 빨아들인다"고 했다. 두 사람 다 같은 말을 하고 있었다.

이렇게 세심하게 헤아려서 말을 멈추었는데도, 에디는 아무런 답변도, 부인도 하지 않았다. 콜린은 (배경인 복도의 불협화음도 고려하여) 그 침묵을 처리하며, 에디에게 충분한 틈과 산소를 주었다고 확신했다. 콜린은 계속 밀어붙였다.

"알 수 없는 게 하나 있어. 넌 왜 권총을 학생 식당에 가져갔지?"

콜린은 이 순간을 준비하면서 여러 가지 가능한 반응을 예측했고, 거기에는 폭력(무섭다. 이 경우 콜린은 도망칠 준비가 되어 있었다.)이나 도피 시도(흥미진진하다. 이 경우 콜린은 에디가 결국은 집에 돌아가야 하리라는 것을 알고 있었다.)도 포함되어 있었다. 콜린이 예측하지 못한 유일한 반응이 바로 자신의 질문이 끌어낸 반응이었다.

에디는 웃음을 터뜨렸다.[29]

---

29 웃음은 인간에게 국한된 현상이 아니다. 고릴라, 침팬지 등 다른 영장류도 간질임에 대한 반응뿐 아니라 사회적 의도로 웃는 것이 관찰되었다. 개, 심지어 들쥐도 그런 행동을 보인다. 들쥐의 웃음은 음이 너무 높아서 인간은 들을 수 없지만 말이다. 콜린은 이 점이 아주 흥미롭다고 생각했지만, 들쥐나 개가 무엇을 우습다고 여길지는 가늠도 할 수 없었다. 대부분의 경우 콜린 자신도 농담을 이해하기 힘들었다.

콜린은 이 반응을 어떻게 생각해야 할지 알 수 없었다. 웃음은 미스터리였고, 에디의 얼굴 표정이 이제 **불안**이 아니라 **기쁨**을 나타냈기 때문에 특히 그랬다.

콜린은 공책에 갈겨썼다.

> 대면 조사에서 에디는 적절하지 않은 웃음을 터뜨렸다.
> 질문이 부정확해서 농담으로 들린 것일까? 아니면 구체적으로
> 총을 언급하면 지금껏 알려지지 않은 어떤 성적인 암시를
> 전달하는 것일까? 조사해 볼 것.

콜린이 공책에 적고 있을 때 에디가 내뱉었다.

"난 안 가져갔으니까, 헛똑똑이. 가져갈 수가 없었지. 코치님하고 미식축구부 절반하고 같이 체력 단련실에 있었거든. 몸을 만들면서."

스탠과 친구들이 맞다고 고개를 끄덕였다. 잠시 뒤에 쿠퍼도 고개를 끄덕였다.

콜린이 말했다.

"넌 틀림없이 학생 식당에 있었을 거야. 총이 발견된 곳이 거기니까. 내가 직접 봤어. 권총 손잡이에 생일 케이크가 묻어 있었고."

부인할 수 없는 사실들이었다.

스탠이 입술을 말아 올리며 결코 우호적이지 않은 웃음을 지었다. 스탠은 콜린의 공간 안으로 들어섰다. 몸집이 작은 상대를 뒷걸음치게 만들거나, 어쩌면 아예 물러나게 만들려는 의도로 힘을 과시하는 흔한 움직임이었다. 하지만 콜린은 알아차려야 할 사실들 사이의 단절을 이해하는 데 정신이 팔려 있었다. 쿠퍼도 웃음을 지었다. 재미있어하고 있었다.

쿠퍼가 놀렸다.

"스탠, 또 악을 쓰며 네 꽁무니를 쫓게 만들려고?"

"닥쳐."

스탠은 낮게 쏘아붙였다. 신경은 콜린에게 쏟고 있었지만 무심코 부러진 코를 만졌다. 지난번에 이렇게 가까이 다가갔다가 무슨 일이 생겼는지 떠오른 것이다. 자기도 모르게 그 자리에서 딱 멈추었다.

"이봐, 숏버스……."

콜린이 힘주어 말했다.

"그렇게 부르지 마. 난 그 버스를 타지 않아."

"좋게 넘어갈 때 닥치는 게 좋을걸. 아니면 경비 아저씨가 옷걸이에서 네가 네 속옷들과 나란히 걸려 있는 꼴을 발견하게 될 거야."

스탠은 그 협박이 콜린에게 불길하게 다가가도록 내버려두고 개처럼 이를 드러냈다. 또는 침팬지처럼.[30]

콜린은 스탠을 바라보며 그 앞니를 빤히 보다가, 공책을 앞으로 몇 장 넘겼다. 스탠의 화난 얼굴과 공책에 적어 놓은 것을 번갈아 보았다. 마침내 콜린이 말했다.

"아니야. 총을 산 사람 말고도, 엘 코코드릴로가 '앞니가 벌어진 녀석' 이야기를 했어. 나는 그게 너라고 99퍼센트 확신해."

쿠퍼와 다른 아이들이 스탠을 비웃으며 킬킬거렸고, 콜린은 그 전환이 위험하다는 것을 알았다. 스탠이 예상치 못한, 그러나 명백히 위험한 콜린의 라이트 훅에 무의식적으로 어떤 경의를 품었을지도 모른다. 그러나, 그것은 자기 패거리가 가한 모욕 앞에서 증발해 버렸다. 스탠은 한 발 더 다가서며 싸울 태세로 주먹을 말아 쥐고 몸을 기울였다.

갑자기 가냘픈 여자 손이 콜린의 어깨를 잡아 뒤로 홱 잡아당겼다. 콜린은 놀라서 비명을 질렀다. 싸우거나 도망치고 싶은 본능적인 충동을 억누르며, 친숙하고 반가운 딸기 샴푸

---

30 영화나 텔레비전에서는 인류의 점잖은 동반자로 나오지만, 침팬지는 영장류 중에 가장 포악하고 위험한 동물로 여겨진다. 침팬지를 길러 본 사람들은 침팬지가 흔히 다른 애완동물이나 심지어 가족 구성원을 공격한다고 말한다. 이런 동물은 예외 없이 동물원에 넘겨지거나 안락사를 당한다. 그렇다 해도 콜린은 고속도로에서 트럭이 지나갈 때마다 창문에 침팬지가 나타나 자기에게 가운뎃손가락을 들어 보이기를 남몰래 기대했다.

향을 머릿속으로 처리했다.

"콜린."

멜리사가 한숨을 쉬며 이름을 불렀다. 멜리사는 콜린을 자기 뒤로 당겨 교묘하게 콜린과 눈앞의 위험 사이를 막아섰다.

"그만해."

스탠은 물어뜯어 손톱이 들쑥날쑥한 손가락으로 멜리사를 쿡 찌르며 으르렁거렸다.

"비켜. 지금 네가 인기 좀 있다고 해서 이래라저래라 할 수 있는 건 아니야."

이 말에 멜리사와 콜린은 둘 다 어리둥절했다. 콜린은 사회적 종에서 가치가 높은 여성 구성원은 흔히 존중을 받거나 권력을 행사하지만, 그것은 대개 더 높은 서열의 남성과 관련이 있거나 어린 구성원들을 보호하고 교육하는 의무를 수행하기 때문이라는 사실을 알고 있었다. 멜리사는 분명히 후자의 조건을 충족시키지 못했다. 가끔 아이 보는 알바를 하는 것 말고는.

"콜린이 말을 많이 한다는 건 나도 알아."

멜리사가 인정했다.

"어쩌면 해서는 안 될 말도 하지. 하지만 콜린도 어쩔 수 없는 일이야. 콜린은…… 콜린은 사정이 있으니까."

스탠이 조언을, 어쩌면 지시를 받으려고 뒤를 돌아보자 에디는 고개를 저었다. 마침내 에디가 잘라 말했다.

"어쨌거나, 이 레인맨이 확실히 입조심 좀 하게 만들어."

콜린이 눈살을 찌푸렸다.

"레인맨은 자폐증이었어. 난……."

"나하고 식당에 가자."

멜리사가 말했다. 멜리사가 콜린을 현장에서 몰아낼 때 종이 울리기 시작했다. 콜린은 난생처음 그 소리에 아무 반응도 하지 않았다. 사실은 아예 알아차리지도 못했다.

"하지만……."

콜린은 에디를 돌아보며 반박하려 했다. 좌절을 느꼈다.

"아이스크림이 먹고 싶대."

뒤에서 에디 패거리가 낄낄대며 웃었다. 콜린은 여전히 영문을 알 수 없었다.

기억나는 가장 먼 옛날부터, 콜린은 부모님과 함께 매주 그리피스 공원의 천문대를 방문했다. 우주 계획에 참여하는 과학자와 공학자로서, 피셔 부부는 그 장소에 특별한 유대감을 느꼈다. 콜린의 엄마는 함께 일하는 사람들이 모조리 덜컥 죽어 버렸으면 싶은 날에도 이곳에 오면 왜 자기 직업이 가치 있는지 되새기게 된다고 말한 적이 있다.

그런 것은 콜린에게 중요하지 않았다. 콜린은 그저 경치와 끊임없이 불어오는 산들바람을 즐겼다. 높은 곳을 겁내지 않았기 때문에 난간으로 달려가 그 너머로 발밑의 도시를 구경하기를 좋아했다. 엄마는 종종 콜린을 들어 올려 유료 쌍안경으로 더 잘 볼 수 있게 해 주었다. 엄마는 이렇게 말하곤 했다.

"잘 봐 둬라, 빅 C. 우리가 지구라 부르는 이 행성 위에는 생명이 있단다."

세 살 때 어느 특별한 오후에, 콜린은 비누 병을 손에 들고 천문대 근처에 서서 하늘 높이 비눗방울을 불었다. 비눗방울들이 바람에 실려 떠오르며 저무는 햇빛을 굴절시켜 수십 개의 작은 무지개 공이 되는 모습을 지켜보는 것이 좋았다. 공 하나하나가 저마다 하나의 세계, 아니 하나의 우주 같았다. 스러질 때까지는. 콜린은 거기에 누가 살지, 자신들의 비눗방울이 터질 때 슬퍼할지 궁금했다.

새로운 무지개 다발을 하늘로 불어 내려고 잠시 멈춘 사이, 콜린은 조그만 두 팔이 허리를 감는 것을 느꼈다. 깜짝 놀라 돌아보자, 조그만 여자아이가 웃음 짓는 것이 보였다. 여자아이의 반짝이는 푸른 눈과 완벽한 둥근 이, 머리카락의 딸기 향이 콜린의 마음에 남았다. 그 애에게 정신이 팔리는 바람에 비누 병을 떨어뜨렸다. 맑은 액체가 콘크리트 위로 쏟아졌을 때, 작은 여자아이는 (비누 거품이 아우르는 문명 전체를 상상할 수 있었던) 콜린이 상상도 할 수 없었던 일을 했다. 콜린에게 입을 맞췄다. 그러고는 달려가 버렸다.

콜린은 그때 상처 입은 동물처럼 비명을 질렀다. 반갑지 않은 접촉, 특히 청하지도 않은 입맞춤에 동요한 것이다. 아들의 비명에 놀라 허둥지둥 숨이 턱에 차서 달려온 엄마는 쏟아진 비눗물과 반쯤 빈 병이 도로 경계석 쪽으로 굴러가는 것을 보았다. 작은 여자아이가 제 엄마에게 달려가는 모습이나 그 애가 다시 자기 아들에게 던지는 눈길은 보지 못했다. 피셔 부인은 아들을 달랬다.

"괜찮아. 비눗물 더 사 줄게."

콜린은 그 눈동자나 머리카락 향기를 결코 잊지 않았다.

지금도 그때처럼 멜리사에게서 눈을 뗄 수 없었다. 멜리사는 햄버그스테이크를 깨작거리며 때때로 찍은 것도 별로 없는 포크를 들어 입술로 가져갔다. 콜린은 에디와의 대면이 뜻하는 것을 곱씹으며 생각에 빠진 채 멜리사가 씹는 모습을 지켜보았다. 멜리사는 콜린과 눈을 맞추더니, 눈길을 피했다. 무슨 이유인지 겸연쩍어하는 것 같았다.

멜리사가 새처럼 쪼아 먹다 말고 말했다.

"너에 대해 에디하고 애들한테 한 말 미안해. 난 그냥…… 난 걔들이 널 내버려 뒀으면 했어."

"너 음식을 거의 안 건드렸어."

"너, 나한테 화났지. 알 수 있어."

콜린은 코를 찡그리며, 자기는 사실 전혀 화가 나지 않았는데 멜리사는 어떻게 화난 걸 알 수 있다는 걸까 생각했다. 콜린이 대답했다.

"점심을 안 먹는다고 해서 너한테 화를 내지는 않아."

멜리사가 설명했다.

"점심 말고. 내가 한 말 때문에 말이야."

"아."

콜린은 그게 완벽하게 말이 된다는 듯이 고개를 끄덕이고는, 되물었다.

"네가 뭐라고 했지?"

"미안하다고."

"아."

콜린은 조심스럽게 당근을 셀러리와 분리하고, 또 물었다.

"뭐가?"

멜리사는 웃음을 지었다. 그 오래전과 똑같은 신비로운 웃음이었다. 그날 천문대에서 콜린에게 입을 맞춘 뒤로 가끔 보여 주던 바로 그 웃음이었다. 그 웃음을 뭐라고 불러야 할지 알 수 없었다. 콜린이 이해할 수 없는 웃음이었다.

콜린이 말했다.

"너 웃고 있어. 그건 네 기분이 나아졌다는 뜻이고, 어쩌면 지금은 너도 햄버그스테이크를 먹을 수 있을지도 몰라."

콜린은 말하면서 당근 한 토막을 입에 던져 넣었다.

"콜린."

멜리사는 눈살을 찌푸리고 콜린을 부르더니, 자기 입술을 가리켰다. 자기한테 입을 맞추라는 뜻일까? 비현실적이었고 비위생적일 것 같기도 했다. 그 뜻은 하나일 수밖에 없었다. 콜린이 평소처럼 입을 벌리고 음식을 씹고 있으며, 멜리사는 도움을 주려고 그것을 지적한 것이다. 사람들은 남이 음식 씹는 모습을 보기 싫어한다. 먹는 동안 의식하고 있어야 할 습관이지만, 생각이 다른 일, 더 중요한 일에 가 있을 때는 의식하기 어려웠다.

콜린은 음식을 삼키고서 다음 한 입을 입에 넣기 전에 말했다.

"고마워."

멜리사는 어깨를 으쓱했다.

"어쨌든, 그건 아니야. 난 한꺼번에 많이 먹는 걸 좋아하지 않을 뿐이야. 한 번에 조금씩 먹는 게 좋아."

콜린은 고개를 끄덕였다. 그건 현명한 일이었다. 실제로 하루에 적은 양의 식사를 여러 번 하는 것이 몸에 더 좋다는 사실은 알고 있었다. 그러면 신체에 열량이 꾸준히 유입되고 신진대사가 안정적으로 유지된다. 이 모든 이야기를 하고 싶었지만, 입안이 또 당근으로 가득 차 있었다.

콜린은 셀러리 줄기를 살펴보며 말했다.

"상어가 먹는 방식이 그래. 영화에 속지 마. 바다표범은 그리 푸짐한 식사가 아니야."

"그래. 나도 바다표범 샌드위치는 멀리하려고 애를 쓰고 있어."

"아니, 진짜로."

콜린이 우겼다.

"상어는 몇 달 동안 위장 속에 음식을 저장해. 완벽하게 보존된 상태로. 그러니까 식인 상어를 잡은 뉴스를 보면 배 속에서 발견한 것들 이야기가 나오는 거야. 팔다리 전체라든가, 때로는 심지어 상어의 이빨에 갈가리 찢기고 식도에서 으스러진 머리 일부가 나오기도 하지. 상어는 그런 걸 나중을 위해 저장하는 것뿐이야."

콜린이 우겼다.

콜린은 셀러리를 아삭 깨물어 꽤 많은 양을 뜯어냈다. 자기는 상어고 셀러리는 먹이라고 상상하는 것이 재미있었다.

갑자기 멜리사는 햄버그스테이크 맛이 조금 전보다 더 뚝 떨어진 듯했다. 포크를 내려놓고 쟁반을 밀어 놓았다.

콜린은 음식을 씹으면서 입을 다무는 것을 또 잊었다.

"상어가 마구 삼켜서 배 속에 담아 둔 물건은 치지도 않은 거야. 어떤 백상아리 속에서는 모터보트 꼬리에 다는 모터가 통째로 발견된 적도 있어. 위장을 갈랐을 때 그대로 쏟아져 나왔는데, 웃긴 건 여전히 작동되더라는 거야."

콜린은 셀러리를 한 입 더 물어뜯고는, 지금의 자기 머릿속처럼 빠르게 턱을 움직였다.

"또 어떤 상어 배 속에서는 뭐가 나왔냐 하면……."

콜린은 말을 멈췄다. 씹기도 멈췄다. 아주 콜린답지 않은 일이었다.

멜리사가 걱정하며 일어섰다. 콜린의 점심시간 논문 발표에 질색하던 것도 잊고 식탁 맞은편으로 몸을 기울였다.

"콜린? 콜린."

멜리사는 콜린의 이름을 부르며 서둘러 다가가, 위험을 감수하고 콜린을 건드릴까 말까 망설였다.

"너 괜찮니?"

"생일 케이크."

콜린이 말했다.

"그리고 권총."

제13장

거북이가 아킬레우스에게 한 말

<토끼와 거북이>는 가장 유명한 이솝 우화 중 하나다. 다음과 같은 이야기다. 어느 날 거북이가 토끼에게 달리기 경주를 하자고 했다. 토끼는 느리고 굼뜬 거북이보다 자기가 훨씬 빠르다는 것을 알기 때문에 선뜻 받아들였다. 경주가 시작되자, 토끼는 전속력으로 달려 일찌감치 앞서 나갔고 아무래도 따라잡힐 리가 없어 보였다. 승리를 확신한 토끼는 잠시 쉬어 가기로 했다. 그러나 너무 깊이 잠드는 바람에 거북이가 토끼를 앞질렀다.

토끼가 잠이 깼을 때, 거북이는 거의 결승선까지 갔다. 토끼는 황급히 튀어나가 죽어라 달리면서도, 거북이에게 질 수도 있다는 사실을 좀처럼 믿기 힘들었다. 하지만 토끼는 너무 늦게 일어났다. 아무리 빨리 달려도 이길 수 없었다. 거북이가

이겼다. 이 이야기의 교훈은 보통 "서두르지 않고 꾸준한 사람이 경주에 이긴다."로 해석된다.

작가 루이스 캐럴은 이 교훈을 뒤집었다. 1885년에 쓴 대화체 작품에서 거북이가 아킬레우스에게 설명하는 바에 따르면, 달리기 경주에서 아킬레우스가 아무리 빨리 달려도 절대로 거북이를 이길 수 없다. 거북이는 일련의 논리적 명제들을 통해, 한번 선두를 빼앗기면 다시는 앞지를 수 없음을 증명한다. 간단히 말해서 아킬레우스가 한 번에 거북이와 자기 사이 간격의 절반만큼만 다가갈 수 있다면 영원히 뒤처질 운명이 된다.

캐럴은 교훈적인 결론에 도달하려는 것이 아니라 역설의 예를 보여 주려 한 것이다. 때로는 논리적 추론이 현실 세계의 경험과 맞지 않는다. 객관적인 증거를 제시하는 가장 논리적인 사람이라도 때로는 수학을 제쳐 두고 관찰을 통해 진실이라 여겨지는 것을 받아들여야 한다. 이것을 '유추'라 하며, 캐럴의 역설을 해결하는 유일한 방법이다. 유추는 논리와 이성 너머에 존재한다.

나는 확실한 것을 좋아하기 때문에 유추가 불편하다. 불완전한 논리는 역설이 출현할 위험을 지고 있으나, 역설은 언젠가 더 나은 논리를 통해 해결될 수도 있다. 불완전한 유추의 위험은 그냥 내가 틀리는 거다. 하지만 유추는 쓸모가 있을 수도 있다. 모든 수사관이 제기하는 가장 기본적인 질문들 중 가장 어려운 질문에 유족가 답을 줄 수 있다. 누가, 언제, 어디서, 무엇을, 어떻게……가 아니라 '왜'에 대한 답이다.

'왜'는 모든 질문 중 가장 중요한 질문이 될 수 있다. 인간 행동이 언제나 논리적인 것은 아니기 때문이다. 인간 행동은 수학 용어로 해결하거나 완전히 이해할 수 있는 문제가 아니다. 그냥 경험을 해 봐야 한다.

교장 선생님은 빠른 걸음으로 중앙 복도를 통해 교무실로 걸어갔다. 타일 바닥에 뒷굽이 또각또각 부딪쳤고, 눈살을 찌푸리고 이를 악물었다. 선택하지 않은 전투에 들어섰지만 이길 작정이었다. 방해하는 사람은 누구든 딱한 처지가 될 것이다.

복도에 웨인 코널리의 목소리가 울렸다. 비서에게 말하고 있었다.

"말했잖아요. 교장 선생님을 뵈러 왔다니까요."

교장 선생님은 팔짱을 끼고 웨인의 등 뒤로 다가섰다. 굉장한 존재감이었다. 웨인은 비서의 얼굴에 떠오른 표정과 목덜미의 털이 곤두서는 느낌으로 돌아서야 함을 알았다.[31] 무서운 것이 없는 줄 알았던 웨인이 속으로 그렇게 무섭기는 처음이었다.

"넌 정학 처분을 받았다. 이상."

웨인은 왠지 표정 없는 교장 선생님이 머리끝까지 화난 새아버지 켄보다 더 무서웠다.

"이런 식으로 처리하고 싶지 않았지만 네가 선택의 여지를 별로 남기지 않는구나. 경찰이 오는 중이고, 경찰이 이 일을, 너를, 여기에서 넘겨받을 거다."

웨인은 가슴이 내려앉고 팔다리가 무거워졌다. 고개가 가슴으로 떨어지는데, 아무리 애써도 고개를 들 수 없었다. 모든 것이 지독하게 불공평했다. 무슨 말을 하든 믿어 주지 않을 것이다. 아무도 신경 쓰지 않는다.

"좋아요."

콜린이었다. 어디선지 모르게 교무실 문간에 나타났다.

웨인은 기운을 내 눈을 들어 콜린을 보았다. 배신감과 혼란으로 눈이 따가웠다. 교장 선생님은 한 발 옆으로 물러나

---

31 이른바 초자연적 응시 효과를 증명하기 위해 실제로 많은 실험이 수행되었는데, 비주류 연구자인 생화학자 루퍼트 셸드레이크가 수행한 실험이 가장 유명하다. 셸드레이크는 눈을 가린 피실험자들이 누군가가 자신을 바라보고 있을 때 알아차리는 비율이 우연으로 설명되는 비율보다 꾸준히 높음을 발견했다. 심지어 소수의 피실험자는 번번이 정확하게 답했다. 회의론자 무리에 속하는 마이클 셔머 같은 사람들은 실험자 측이 유도한 잠재적 선입견을 들먹이며 셸드레이크의 실험 결과가 틀렸음을 밝히려 했다. 하지만 셸드레이크의 실험 결과는 회의론자들의 반론에 대응하여 실험 방법을 바꾼 다른 연구자들에 의해서도 증명되었다.

두 학생을 한눈에 담았다. 선생님도 웨인만큼이나 콜린의 의도나 목적을 알 수 없었다.

콜린은 당당하게 어깨를 펴고 있었다. 안경도 콧대에 제대로 걸쳐져 있었다. 움츠리지도, 수그리지도, 눈길을 피하지도 않았다. 난생처음, 불량배로부터 보호할 필요가 있거나 괴롭힘을 당할 아이 같아 보이지 않았다. 콜린은 자신만만해 보였다.

콜린이 말했다.

"경찰이 도착하기 전에 웨인이 무죄라는 사실이 증명될 거예요."

콜린 뒤로 샌디가 들어서다, 그 모임에 누구 못지않게 당황하며 물었다.

"교장 선생님? 선생님께서 절 찾으신다는 쪽지를 받았는데요?"

교장 선생님은 콜린과 웨인을 번갈아 본 다음 샌디를 보고, 갑자기 왜 샌디가 왔는지 알아차렸다. 이 초대에 숨겨진 이유는 알아차리지 못했지만.

"난 아무한테도 쪽지를 보내지 않았어. 네가 쪽지를 받았다면 위조된 거겠지."

선생님은 '위조'라고 말하면서 콜린을 보았다. '우리 나중에 이야기하자.'라고 하듯.

콜린은 교장 선생님의 결론에 반대한다는 뜻으로 고개를 저었다.

"그 쪽지는 교장 선생님이 찾으신다는 말뿐이었고, 그건 사실이에요. 아직 선생님이 모르실 뿐이죠. 전 알고요. 제가 그 쪽지를 보냈거든요."

교장 선생님은 속을 식히려고 숨을 깊이 들이마셨다.

"콜린, 전에도 말했지. 봐주는 데도 한계가 있어."

"전에도 말씀드렸지요. 그 총은 웨인 것이 아니었어요. 제가 옳았고요."

샌디가 불안한 듯이 자세를 바꾸었다. 슬슬 문 쪽으로 물러났다.

"전 가도 되죠?"

교장 선생님이 말했다.

"샌디, 가도 돼."

콜린이 말했다.

"샌디, 가면 안 돼."

웨인이 말했다.

"웨인, 정신 차려."

자기 뺨을 철썩 때렸다.

콜린은 자신의 분명하면서도 단순한 반항 때문에 교무실에 번지는 **충격**을 날카롭게 의식했다. 자신을 향한 눈길들,

교사들과 직원들의 혼란과 분노, 동료 학생들의 경탄을 느낄 수 있었다. 그런 것은 하나도 중요하지 않았다. 그런 것 때문에 지금 할 일에서 주의를 돌릴 수는 없었다.

샌디는 창백해졌다. 두려움에 몸을 떨었다.

콜린은 샌디를 향해 돌아섰다. 악의는 없었다. 잔인성도 없었다. 있는 것은 진실에 대한 끈질긴 확신뿐이었다.

콜린이 설명했다.

"그건 에디의 총이었어. 에디가 실마에서 엘 코코드릴로라는 라 파밀리아 조직원에게 산 거야. 엘 코코드릴로는 스페인 말로 '악어'라는 뜻이지. 이를 드러내고 웃는 얼굴 때문에 그렇게 불러. 난 나쁜 비유라고 생각해. 악어는 웃지 못하니까.[32] 하지만 그게 그 사람 이름이고, 자기 이름이야 자기 마음대로 붙일 수 있지."

웨인이 끼어들었다.

"야. 네가 그냥 본론으로 들어가면 진짜 뿅 갈 텐데."

"그래. 해설은 줄이고 사실을 말해 봐."

교장 선생님도 동의했다. 웨인의 상소리는 무시했다.

---

[32] 악어는 강기슭에 누워 입을 쩍 벌리고 스물네 개의 들쭉날쭉한 이빨을 드러낸 채 쉬는 습관이 있다. 이것을 어떤 이는 '웃음'으로 여겼고, 어떤 이는 공격성의 표시로 여겼다. 하지만 동물학자들은 악어가 입으로 땀을 배출한다는 사실을 발견했다. 웃음은 악어가 몸을 식히는 방법일 뿐이다.

"에디는 웨인한테 잔뜩 화가 나서 겁을 주려고 총을 산 거예요. 하지만 결국 써먹지 못했지요."

콜린이 폭로했다. 샌디를 뚫어지게 바라보며, 샌디의 눈에 떠오른 두려움을 보고도 멈추려 하지 않았다.

"에디가 보지 않을 때 네가 그걸 에디의 사물함에서 꺼내서 네 가방에 숨긴 거야."

"그건…… 그건 말도 안 돼."

샌디는 말을 더듬었다.

"아니, 완벽하게 합리적이야. 넌 에디를 좋아해서 걔를 보호하려고 총을 가져갔어. 너희 엄마가 집에 없을 때 네가 에디하고 아이스크림을 먹은 이유와 같아."

샌디의 얼굴에 그나마 남아 있던 핏기도 가셨다. 샌디는 콜린이 무슨 말을 하는지 아는 것 같았지만 다른 사람들은 아무도 알아듣지 못했다. 콜린 자신도 에디가 한 이야기의 맥락으로 미루어 이해했을 뿐이다. 운동장 은어의 흑마술에 단련된 웨인조차 아이스크림이 무슨 일과 어떤 상관이 있는지 잘 알 수 없었다.

샌디가 목구멍을 막은 듯한 덩어리를 삼키고 잠긴 목소리로 말했다.

"넌 아무것도 증명할 수 없어."

교장 선생님이 콜린과 샌디 사이로 끼어들었다. 충분히 보고 들었고, 더 들을 것이 있다 해도 교무실은 적합한 장소가 아니었다. 선생님은 콜린에게 말했다.

"샌디 말이 맞아. 증거가 없으면 넌 무고한 학생을 괴롭히고 있는 것뿐이야."

콜린이 물었다.

"웨인처럼요?"

"딴소리하지 마."

"딴소리가 아닌데요. 바로 웨인 얘기잖아요. 총하고요."

콜린은 샌디와, 샌디 어깨에 걸쳐진 큰 가방을 가리켰다.

"저 가방 속을 보세요. 권총 기름하고, 장미가 붙은 케이크 조각의 분홍색, 하얀색 초콜릿 프로스팅이 묻었을 거예요."

자기도 모르게, 교장 선생님은 열려 있는 샌디의 가방 속을 흘끗 내려다보았다. 안쪽에 딱지가 앉은 저것이 초콜릿 프로스팅이 말라붙은 것일까? 알아보기 힘들었다.

콜린은 샌디의 기억을 일깨웠다.

"넌 에디가 운동을 끝내면 가져다주려고 멜리사 그리어의 생일 케이크를 챙겨 두었어. 식당에서 난리가 났을 때 총이 떨어지면서 케이크가 묻은 거야. 네가 새로 사야 했던 진분홍색 립스틱처럼."

웨인은 콜린을 바라보기만 했다. 놀라움의 연속이던 일주일 동안 겪은 일 중에서도 가장 놀라운 일이었다. 웨인은 슬쩍 콜린의 주의를 끌어 그 순간을 함께하려 해 보았으나 콜린은 갑자기 부풀어 오른 웨인의 동지애를 알아차리지 못했다.

샌디는 부정과 불신의 표시로 고개를 저었다. 콜린을 노려보다가 두려움이 증오로 변했다. 사춘기 소녀로서 샌디는 증오를 무기로 사용하는 법을 알고 있었다.

"난 너한테 아무 말도 할 필요가 없어…… 숏버스."

"그런 식으로 부르지 마."

웨인은 으르렁거리고 나서야 자기도 모르게 말이 나왔다는 사실을 깨달았다. 교장 선생님은 눈살을 찌푸렸다. 콜린은 헐뜯는 말을 알아들었는지 어쨌는지 끄떡도 하지 않았다.

콜린이 몰아붙였다.

"벌써 에디한테 말했어. 에디는 네가 한 일을 알고 있어."

첫 문장은 사실이었고, 두 번째 문장은 강하게 말한 추측이었다. 하지만 샌디의 반응을 조종하기 위해서든 아니든, 콜린이 진실을 말하는지는 알 수 없었다. 얼굴은 표정이 없었고 목소리는 감정이 담겨 있지 않았다. 콜린은 걸어 다니고 말하는 쿨레쇼프 효과였다.

"사실대로 말하거나, 그게 싫으면 결과를 받아들여. 아무 말도 하지 않는 게 나아 보이겠지만 그렇지 않아. 수학은 네 편이 아니니까."

콜린은 샌디에게 다가섰다. 다른 상황이었으면 불가능했을 방식으로 샌디의 개인 공간을 침해했으나 알아차리지 못했다.

콜린이 힘주어 말했다.

"경찰이 도착하기 전에, 지금 사실대로 말해. 그러면 감옥에는 가지 않을 거야."

"그만. 여기서 끝내자."

교장 선생님이 끼어들었다. 진심이었다.

"하지만 에디를 데려와야 해요. 라 파밀리아와 어떻게 접촉했고 어떻게 구입이 이루어졌는지 물어봐야 돼요. 이건 훨씬 큰……."

"그만."

콜린은 선생님의 강한 말투에 입을 다물었다. 화들짝 놀라기까지 했다.

"선생님……."

"그 애는 웨인에게 몹시 화가 나 있었어요."

갑자기 샌디가 끼어들었다. 창밖을 물끄러미 내다보고 있었다. 모든 것, 모든 사람으로부터 동떨어진, 낯선 느낌의 목소리였다. 두려움조차 날아가 버린 듯, 말이 쏟아져 나왔다.

"무슨 짓을 할지 몰랐어요. 전 그 애가 누구를 해치게 둘 수도, 말썽에 휘말리게 둘 수도 없었어요."

샌디는 교장 선생님을 넘겨다보며 이제는 사정을 했다.

"제발 절 감옥에 보내지 마세요."

교장 선생님의 눈이 비서 자리 뒤, 교무실 맞은편 창 쪽으로 재빨리 움직였다. 창밖에, 샌디가 말하는 동안 내내 바라보고 있던 것이 보였다. 경찰차 한 대가 막 진입로에 주차되었다. LAPD 소속 학교 전담 경찰관 한 쌍이 정문으로 걸어오고 있었다.

교장 선생님이 딱딱거렸다.

"샌디, 내 방으로 가서 부모님께 전화해라. 지금 당장."

두 번 말할 필요는 없었다. 샌디는 시키는 대로 교장실로 통하는 좁은 복도로 사라졌다. 교장 선생님은 샌디가 들어가서 문을 닫을 때까지 기다린 다음, 웨인과 콜린에게 눈길을 돌렸다. 그것은 일반 시민의 수고에 감사하는 권력자의 눈길이 아니었다.

"웨인, 너는 집에 가도록 해라. 이 일은 내일 정리하자. 그리고 콜린……."

교장 선생님의 목소리가 잦아들었다. 어느새 빠져든 이 불확실성의 바다에서 콜린을 어떻게 처리해야 할지가 가장 불확실했다.

도움을 주려고 콜린이 말했다.

"고마워하실 것 없어요. 이제 에디를 처리해야지요."

"어제 반성실에 남지 않고 그냥 갔더구나. 이제 이틀 남아
야 한다."

그 말과 함께 교장 선생님은 휙 돌아서서 척척 교무실에
서 걸어 나갔다. 상황이 더 커지거나 나빠지기 전에 경찰을
막을 셈이었다. 웨인은 선생님이 나가는 것을 지켜보며 또각
거리는 구두 소리가 사라질 때까지 기다린 다음, 마침내 용
기를 내 콜린에게 말을 걸었다.

"야, 너무한다."

콜린은 아주 살짝 어깨가 처졌다. 안경이 흘러내려 다시
밀어 올렸다. 이 모든 일이 이런 식으로 끝날 줄은 몰랐다.
나중에 공책에 이렇게 적었다.

> 현실은 추리 소설처럼 돌아가지 않는다. 하지만 그래야
> 마땅하다. 조사해 볼 것.

콜린이 말했다.
"반성실은 조용해. 난 조용한 게 좋아."

제14장

한스 아스페르거

자폐 스펙트럼 장애에서 아스퍼거 증후군이라는 하위
범주는 한스 아스페르거의 이름을 딴 것이다. 한스 아스페르거는
오스트리아의 소아과 의사로, 1930년대와 40년대에 주로
비엔나에서 일했다. 아스페르거 자신도 어렸을 때 자기
이름이 붙은 증후군의 특성을 많이 나타냈다. 내성적이고 냉정한
외톨이였던 아스페르거는 언어에 재능이 있었고, 관심 있는
주제에 대해서는 놀라운 기억력을 가졌으며, 툭하면 좋아하는
시인이 쓴 긴 구절을 암송하여 동급생들이 지루해하며 떨어져
나가게 만들었다.

어른이 된 아스페르거는 장애를 가진 아이들과 일하게 되면서
한 무리의 환자들에게 매료되어 그들을 '어린 교수님들'이라
불렀다. 사회적으로 서툴지만 하나의 주제에 집착하며 그것에

대해 열정적으로 아주 자세히 이야기하는 소년 소녀들이었다. 미국의 주류 자폐증 연구자들이 이러한 환자들의 장애에 초점을 맞추는 데 반하여, 아스페르거는 이들의 특별한 재능과 어른이 되었을 때 사회에 크게 기여할 잠재력을 강조했다. 아스페르거는 이렇게 썼다. "이들은 자기 역할을 잘 수행한다. 어쩌면 다른 누구보다 잘 해낼 것이다. 어린 시절 지대한 문제가 있었고 보호자에게 이루 말할 수 없는 걱정을 끼친 사람들 이야기다."

아스페르거가 환자들의 결점보다 재능을 강조한 다른 동기가 있었음은 훗날에야 알려졌다. 그 동기는 환자들의 목숨을 구하려는 마음이었다. 아스페르거는 주의 깊게 절대 거짓말을 하지 않으면서도 기술적으로 사실을 정리해서, 자기 환자들이 살 가치가 있다고 비엔나의 나치 당국을 설득했다. 과학자로서 아스페르거는 진실에 대한 책임감을 느꼈다. 의사로서 아스페르거는 자신이 돌보는 아이들의 복지에 대해 훨씬 큰 책임감을 느꼈다.

그러니까 나는 별로 좋은 의사가 되지 못할 것이다. 나는 압박을 받는 상황에서 결정을 내리기가 힘들다. 특히 결과가 따를 때는.

그날 저녁 피셔 가족의 저녁 식사는 유난히 조용했다.

마침내 피셔 부인이 침묵을 깼다.

"저, 빅 C. 오늘 교장 선생님께 전화를 받았다."

콜린은 교장 선생님이 무슨 말을 했을지 잘 알고 있었지만, 엄마가 속셈을 드러낼 때까지 기다리는 게 좋겠다고 판단했다. 노련한 거짓말쟁이는 아니지만, 정보를 분리하는 기술은 오래전에 통달했다. 성과가 입증된 유서 깊은 수사 기법이다.

엄마가 말을 맺었다.

"반성실 벌을 받았다고. 이틀 연속으로."

"네."

콜린은 인정했다. 마치 지금 엄마가 복장 규범이나 학용품 이야기라도 한 것 같았다. 콜린은 아스파라거스 줄기를 집어 손가락 사이에 끼워 구부려 보며 어느 정도 힘을 줘야 둘로 부러지는지 시험했다.

콜린이 말했다.

"전 아스파라거스가 좋아요. 싫은 점은 하나 있지만요. 이걸 먹으면 오줌에서 이상한 냄새가 나요."

피셔 씨가 물었다.

"무슨 일이 있었는지 말 안 할 거냐? 그냥 앉아서 아스파라거스만 먹을 거냐?"

콜린은 대답하지 않았다. 오히려 채소의 항장력을 시험하는 데 더욱더 집중했다.

"화학자들은 황 화합물을 암모니아로 분해하는 소화계와 관계가 있다고 생각하지만 확신은 못 하고 있어요."

아빠는 화제를 바꾸려는 콜린의 노력에 넘어가지 않고 말해 버렸다.

"교장 선생님이 다 이야기해 주셨어. 선생님이, 콜린, 아빠 봐라, 네가 싸움을 했다고 하시더구나. 그래서 반성실에 남아야 했는데 도망쳤다지. 그다음에 교장 선생님께 거짓말을 했고, 교장실에서 보내는 쪽지를 위조했고, 웨인을 속여서 학교에 오게 했어. 분명히 웨인은 학교에 나오지 못하게 되어 있었는데 말이야. 게다가 LAPD는 웨스트밸리 고등학교에 경찰차를 파견해야 했지. 맙소사."

피셔 부인은 아주 진지한 표정으로 남편을 바라보며 부탁했다.

"소금 좀."

피셔 씨는 말없이 소금을 건네주었다.

"고마워."

피셔 부인은 감자에 소금을 뿌렸다.

콜린은 아스파라거스를 잘라 한입 물고 아주 천천히 씹으며, 되도록 무표정한 얼굴을 유지하려고 애썼다.

아빠는 강조하려고 포크로 식탁 맞은편을 가리켰고, 표정을 지우려는 노력은 전혀 하지 않았다. 그래도 화가 난 건지 감동한 건지 알아보기 힘들었다. 표정이 계속 변했다. 아빠도 지금 어떤 기분인지 모르는 것 같았다.

"네가 지구 위에서 보낸 14년 평생보다 이 48시간 동안 더 많은 규칙을 깼고, 더 많은 말썽을 부렸고, 더 많은 혼란을 초래했어."

대니는 앉은 자리에서 꼼지락거리며 양손으로 식탁을 두들겼다.

"좋았어!"

소리 죽여 외쳤지만, 충분히 죽이지는 못했다. 엄마가 던진 음울한 눈길 한 번으로 즉시 잠잠해졌다. 대니는 다시 연어를 먹었다.

"그리고 죄 없는 애를 구해 줬다지."

콜린은 아스파라거스를 다섯 번 더 씹고 삼킨 다음, 찬물 한 모금으로 입안에 남은 것을 씻어 넘겼다.

콜린이 말했다.

"안 그랬어요. 진실을 알아낸 것뿐이에요. 나머지는…… 그냥 그렇게 되었고요."

"어쨌든, 아빠 엄마는 네가 대견하다."

아빠 말이 끝나자, 엄마가 경고하듯 손가락 하나를 들고 덧붙였다.

"또 이런 일을 하면, 널 의자에 묶어서 벽장에 가두고 호스로 음식을 줄 테다."

콜린은 엄마가 효과를 노려 과장하고 있음을 알았다. 엄마가 묘사한 벌은 콜린이 이런 일을 또 하든 말든 있을 법하지 않은 귀결이었다. 하지만 엄마가 실제로 어떤 벌을 고안하든 나름대로 훨씬 재미없어지리라는 사실 역시 확실히 알았다. 콜린은 고개를 끄덕여 엄마의 협박을 받아들였고, 다시 식사를 계속하며 이 이야기가 마무리되었기를 말없이 바랐다. 무엇보다도, 콜린은 이 일이 끝나려면 먼 게 아닐까 의심하고 있었다. 아직 남은 의문이 너무 많았다.

피셔 씨가 불렀다.

"콜린."

"네, 아빠?"

"너 말하다 말았지. 아스파라거스 이야기."

"아."

콜린은 아빠를 보고, 안경을 코 위로 밀어 올렸다.

"아주 흥미로운 사실은 모든 사람이 아스파라거스 소변에서 고약한 냄새를 내는 합성물을 생산하는 것으로 보이는데 반하여, 전체 인구의 약 절반만이 그 냄새를 맡을 수 있다는 점인데……."

한 시간 뒤, 콜린은 자기 방에 앉아 고독을 즐기며 그날의 생각을 공책에 기록하고 있었다. 그 조용한 휴식은 익숙한 발소리와 삐걱거리는 문소리에 중단되었다.

대니가 잠시 문간에 서서 콜린에게 머뭇거리는 눈길을 던졌다.

"형이 한 일 정말 멋졌어."

콜린은 대니가 무슨 말을 하는지 알 수 없었다.

대니가 짜증을 내며 설명했다.

"샌디 라이언이 그 총 가져온 걸 잡아낸 거 말이야. 형 침대에 오줌을 쌌으니 그렇게 되어도 싼 것 같아."

콜린이 바로잡았다.

"아냐. 샌디는 그 총을 신고하지 않았으니까 그렇게 되어도 싼 거야."

대니는 고개를 저으며, 앞으로도 형을 절대 이해하지 못할 거라고 확신했다.

"있잖아…… 형 방 어지른 거 말이야. 아빠가 한 말 생각나? 내가 정말 미안한 마음이 들 때 사과하라고 한 거?"

"응."

"그냥 기억하는지 알고 싶었어. 잘 자. 꼴통."

대니는 나갔다. 콜린은 왠지 모르게 빙그레 웃고 싶은 충동에 사로잡혔다.

교장 선생님은 샌디가 첫 종이 울리기 전, 대부분의 학생들이 등교하기 전에 엄마와 함께 와서 사물함을 비울 수 있도록 배려해 주었다. 일찍 온 멜리사는 친구가 금속 문에서 스티커를 떼어 내고 제 물건을 종이 상자에 담는 것을 멀리서 지켜보았다. 샌디는 눈물을 훔칠 때 말고는 손을 쉬지 않았다.

멜리사는 자기 뒤에 콜린이 서 있음을 알아차렸다. 콜린은 가벼운 호기심을 품고 그 장면을 지켜보며, 공책을 펼쳐 그 일에 대한 자기 생각을 적었다.

7:30 A.M. 샌디 라이언이 울면서 사물함을 비우고 있다. 다음 품목들이 들어 있다.

- 소름 끼치도록 높은 목소리의 10CH 가수 포스터.

- 멜리사와 에디 등 여러 친구들과 찍은 사진들. 에디와 찍은 사진에서 샌디는 에디의 뺨에 입을 맞추고 있다. 에디는 지겨워 보인다. 샌디가 지겨운지, 입맞춤이 지겨운지, 샌디가 입 맞추는 부위가 지겨운지 잘 모르겠다.

- 스티커들. 대부분 무지개나 유니콘 아니면 웃통을 벗은 울퉁불퉁한 근육남 스티커다.

- 어떤 여자아이가 좀비와 연애하는, 책장 모서리가 잔뜩 접힌 소설책 한 권. (나는 이 이야기를 전혀 이해하지

못하겠다. 콩비는 사랑을 잡아먹는다. 여자애들한테 입을
맞추거나 하지 않는다.)

　　- 에디의 파란색과 황금색 노트르담 점퍼.

　　샌디는 학구적이라 묘사할 만한 학생이었던 적이 없으므로,
웨스트밸리 고등학교의 무수한 학업 기회를 잃어서 슬픈 것은
아닐 것이다. 샌디의 눈물은 구체적 유물의 제거와 동시에
발생하는 것으로 보인다. 향수일까? 친구들을 그리워할까?
그렇지는 않을 것 같다. 샌디는 자기 동네에서 이사를 나가는
게 아니고, 상급생들 사이에서 인기가 있으니 쉽게 개인 소유의
교통수단을 이용할 수 있을 것이며……

"믿을 수 없어."

멜리사의 조그만 목소리에 콜린의 생각이 중단되었다.

"퇴학당하다니."

콜린이 설명했다.

"총을 가지고 있었어. 가방 속에."

"에디의 총이었지."

멜리사가 턱짓으로 콜린의 주의를 에디에게 돌렸다. 에디
는 친구들 한 무리와 함께 복도 반대쪽 끝에 서 있었다. 보통
때는 가장 시끄럽고 떠들썩한 학생들이었지만, 오늘 아침은
잠잠했다. 특히 에디가. 콜린은 그것도 모두 적었다.

> 샌디가 사물함을 비우는 모습을 에디가 지켜보고 있다.
> 도와주지는 않는다. 슬픈 표정이다. 샌디도 에디가 있는 것을
> 알 테지만, 돌아보지 않는다.

"쟤는 반성실에 남는 벌도 받지 않았어. 불공평해."

멜리사의 말에 콜린이 말했다.

"아, 그래서 쟤가 우는 거야?"

"당연하지. 이건 불공평한 일이고, 샌디도 그걸 알아. 누구라도 울 거야."

콜린은 이 말도 받아 적으며 설명했다.

"이건 공평하고 불공평하고의 문제가 아니야. 증거를 가지고 증명할 수 있느냐의 문제지. 경찰은 총이 에디 것이라는 사실은 증명하지 못했어."

멜리사가 돌아서서 콜린을 마주 보았다. 아주 가까이 있었기 때문에, 멜리사의 왼쪽 눈은 콜린의 눈처럼 파랗고 오른쪽 눈은 거의 알아보기 힘들 만큼 엷은 초록빛 색조가 있음을 콜린은 강렬하게 의식했다. 홍채 이색증이라는 증상이다. 콜린은 멜리사가 자궁에서 쌍둥이로 삶을 시작한 뒤에 엄마의 임신 초기에 쌍둥이 형제나 자매가 몸속으로 흡수된 것이 아닐까 생각했다. 때때로 키메라 증후군[33]을 일으키는 현

상이다.

그러다 콜린은 이상한 감각을 느꼈다. 멜리사가 자기 손을 잡고 있음을 깨달았다. 실제로는 아마 몇 초 동안 잡고 있었을 것이다. 콜린이 멜리사의 배아 기간 상황을 깊이 생각하고 있을 때 말이다. 콜린은 멜리사가 자기를 건드린 것도 기억나지 않았다.

멜리사가 말했다.

"넌 할 수 있잖아."

그 말과 함께 첫 종이 울렸다. 멜리사는 콜린의 손을 한 번 꼭 잡은 다음, 그날 첫 수업이 있는 교실로 갔다. 콜린은 손을 내려다보았다. 피부에 멜리사의 손가락 자국이 희미하게 남아 있었다. 복도를 걸어가면서도 손을 들여다보며 멜리사가 남긴 흔적이 천천히 사라지는 것을 살펴보았다.

갑자기 몸이 사물함에 쾅 부딪치는 바람에, 멜리사 생각이 싹 날아가 버렸다.

---

33 키메라 증후군은 단일 생명체에 다수의 융합된 접합체로부터 나온 유전 형질이 존재하는 증상이다. 예를 들어 혈액 도핑 검사에서 적발된 한 올림픽 사이클 선수는 자기 것과 다른 DNA가 발견된 혈구들이 실제로는 흡수된 쌍둥이 형제에게서 나온 거라고 주장했다. 또 어떤 여자는 신장 이식 수술이 필요해서 성인 자녀들의 유전적 호환성을 검사해 보았는데, 이들이 실제로는 그 여자의 유전적 자녀들이 아님을 알게 되었다. 그 자녀들은 자궁 속에서 사라진 '자매'의 난소 조직에서 생겨난 것이다.

사물함의 번호식 잠금장치가 등을 파고들었고, 충격으로 귀가 울렸다. 콜린은 몸을 움츠리며 고통을 막으려고 눈을 감았다. 수를 세기 시작했다. 다시 눈을 떴을 때, 15센티미터 앞에 스탠의 얼굴이 보였다. 스탠은 화가 나 있었다.

스탠은 거칠게 씨근덕거렸고, 코를 덮은 붕대는 지금 막 다시 혈관이 터져 붉게 물들었다. 콜린은 거즈 붕대의 너덜너덜한 짜임을 타고 번지며 들러붙는 진홍색 프랙털 무늬[34]에 잠시 넋을 잃었다.

콜린이 말했다.

"그렇게 화내면 안 돼. 또 다칠 수도 있어."

스탠은 콜린의 재킷을 두 손으로 움켜잡고 다시 콜린을 사물함에 쾅 밀어붙였다. 콜린의 이가 따닥 부딪쳤다.

"숏버스, 넌 네가 재미있는 줄 알아?"

"나 수업에 늦겠어."

콜린은 벗어나려고 했다.

---

34 프랙털 기하학은 수학의 한 갈래로 주로 순환 과정을 이해하는 데 사용된다. '프랙털'이란 극소에서 극대까지 어떤 규모에서나 대체로 동일한 형태로 나타나는 불규칙 다각형을 말한다. 이 속성은 '자기 유사성'이라 불리며, 통계적 특징의 반복을 나타낸다. 카오스 이론에 적용되는 이 개념은 공룡이 나와서 미친 듯이 날뛰는 소설이자 영화인 〈쥬라기 공원〉을 통해 대중에 알려졌다. 콜린은 영화의 특수 효과를 높이 평가했으나 제목은 불만이었다. 나오는 공룡 중 절반이 실제로는 백악기 공룡이었기 때문이다.

에디가 길을 막았다. 오히려 스탠보다 훨씬 더 화난 표정이었다. 스탠의 친구 세 명과 쿠퍼도 뒤에서 서성이고 있었다. 모든 탈출로를 차단하기 위한 것으로 추정되었다.

에디가 거칠게 말했다.

"잘됐네. 샌디도 늦었으니까. 그래, 남은 평생 늦게 됐지."

에디가 두 손아귀에 콜린의 셔츠 윗부분을 비틀어 움켜쥐고 들어 올려, 콜린의 발이 바닥에서 떨어졌다.

"건드리지 마. 난……."

콜린이 말했다. 숨이 빨라지고 있었다.

"알아. 건드리는 거 싫어하지. 글쎄, 흑흑, 개자식아, 그래서 어쩔 건데, 날 박살 낼 거야? 느닷없이 한 대 쳤다고 네가 이연걸이 되는 건 아니지."

에디의 말에 스탠이 자기 코를 만졌다. 핏자국이 손가락에 묻어나는 것도 모르고. 스탠이 따라 말했다.

"그래, 넌 이연걸이 아니야."

"갠 이연걸 필요 없어."

웨인이 모퉁이를 돌아 나왔다. 얼굴에 희미한 웃음이 걸려 있었다. 그 웃음을 보니 웨인이 그다음에 하려는 일이 무엇이든 그 일이 즐거울 거라고 믿고 있음을 알 수 있었다. 굉장히 즐거울 거라고.

에디가 웃음을 터뜨렸다.

"잘난 척 그만해. 넌 절대로 우리 모두를 이길 수 없어."

"에디, 그게 아니지."

웨인이 말했다.

"너만이야."

잔인하다. 콜린은 결론을 내렸다. 웨인의 웃음은 단연 **잔인**했다. 웬일인지 콜린은 그것이 조금도 걱정되지 않았다.

에디는 손을 놓아 콜린이 타일 바닥에 떨어지게 두었다. 에디와 스탠은 주먹을 쥐었다. 웨인은 그냥 서 있었다. 힘을 빼고 있었지만 완벽한 경계 태세였다.

콜린은 슬쩍 스탠과 에디 옆을 빠져나와 웨인 쪽으로 가며 말했다.

"웨인은 아주 세. 근육이 확실히 빠른 속도로 발달했지. 아마도 식생활과 유전자, 환경 조건의 복합적 요인으로 일찍 성숙기에 들어갔어. 웨인의 윗입술을 보면 알겠지만……."

웨인이 헛기침을 했다.

"콜린. 생물 강의는 나중에 해. 알았지?"

"알았어."

콜린은 공책의 새로운 면을 펼쳐서 잊지 않으려고 적어 두었다.

서로 편할 때 웨인에게 사춘기 초기의 이차 성징 발달 설명하기.

그다음 25초 동안 대치 중인 양편에서 아무 말도 나오지 않았고, 심지어 꼼짝도 하지 않았다. 콜린은 말없이 초를 세어 공책에 적었기 때문에 그것을 알았다. 대치는 지각 종이 울리고서야 끝났고, 콜린은 살짝 실망했다. 대치가 얼마나 계속될 수 있을지 궁금했던 것이다.

백발 파마머리 역사 선생님이 교실에서 고개를 내밀었다.

"이 짐승들, 교실로 가."

선생님이 소리를 빽 지르고는 교실 문을 쾅 닫았다.

에디는 마지막으로 콜린과 웨인을 바라본 다음, 스탠, 쿠퍼와 다른 아이들에게 돌아섰다. 에디가 고개를 끄덕이자 아이들은 말없이 흩어졌다. 복도에는 콜린과 웨인이 남았다. 웨인이 "야." 하고 불렀다.

"안녕, 웨인. 별일 없지?"

웨인은 7초 동안 꼼짝도 하지 않다가 물었다.

"학교 끝나고 뭐 해?"

"남아서 벌받아야 돼."

"그거 끝나고 말이야."

콜린은 눈썹을 모으고 깊이 생각에 잠겨 일정을 짚어 보았다. 그러다 갑자기 얼굴이 밝아졌다. 어떤 생각이 떠올랐는데, 아주 좋은 생각 같았다.

콜린이 물었다.

"트램펄린 좋아해?"

웨인은 어깨를 으쓱했다. 알아낼 방법이 딱 하나 있었다.

제15장

비엔나의 두 의사

한스 아스페르거가 비엔나대학교 어린이병원에서 선구적인 연구를 하는 동안, 하인리히 그로스라는 또 한 사람의 소아정신과 의사가 고작 2킬로미터 떨어진 슈피겔그룬트 어린이병원에서 연구를 하고 있었다. 그 병원의 어린이들은 그로스 박사가 빳빳한 갈색 제복에 나치의 갈고리 십자 완장을 차고 복도를 걸어 다녔다고 기억했다. 그로스는 신체적·정신적 행동 장애로 진단받은 아이들에게 특별한 관심을 가졌고, 그로 인해 나치 당국은 아이들을 '불결하다'고 지정했다.

그로스와 동료들은 이 어린이들을 대상으로 실험을 한 다음 살해했는데, 보통 약물 과다 투여나 굶기기, 또는 치명적인 폐렴에 걸릴 때까지 비바람에 노출시킴으로써 살해했다. 800명이 넘는 어린이들이 슈피겔그룬트에서 이런 식으로 죽었다.

나치는 이들을 '살 가치가 없는 생명'이라고 불렀다.

그동안 아스페르거 박사는 자기 환자들의 사회적 유용성을 열렬히 옹호했다. 장애에 따르는 비범한 능력을 자주 강조했다. 아스페르거가 치료한 어린이의 가족들은 박사의 세심함과 동정심에 감명을 받았다. 많은 환자들이 그 뒤에 행복하고 성공적인 삶을 살았으며, 그중에는 훗날 노벨 문학상을 받은 엘프리데 옐리네크도 있었다.

1944년 말, 아스페르거의 병원은 연합군의 폭격에 파괴되었다. 동료인 빅토리네 수녀가 목숨을 잃었다. 아스페르거의 연구 대부분이 사라졌다. 1981년, 그 업적이 대부분 잊힌 상태에서 아스페르거는 비교적 무명으로 죽었다.

동년배 의사인 그로스는 2차 세계 대전이 끝났을 때 기소를 면했다. 그 뒤에 오스트리아에서 가장 저명한 의사 중 하나가 되었고 오스트리아 의학 최고훈장까지 받았다. 수십 년 동안, 그로스는 자신이 살해를 도운 아이들의 보존된 뇌로 신경학 연구를 계속했다. 2000년대 초, 말년에 이르러서야 전쟁 범죄로 기소되었으나, 노망을 주장하여 소송이 기각되었다. 그로스는 결국 2005년에 죽었다.

그로스에게 희생된 아이들의 유해는 2002년 위령제에서 공식적으로 화장되었고, 그로스는 자유로운 상태로 죽었으나 본모습이었던 괴물로 인식되었다. 아스페르거의 명성은

> 1990년대에 업적이 재발견되고 영어로 번역되면서 회복되었다. 그의 이름을 딴 증후군은 흔히 쓰이는 말이 되었다.
>
> 아빠는 하인리히 그로스는 그냥 '악한' 사람이고 그런 사람도 있다고 한다. 그 설명을 받아들일 수 있을지 잘 모르겠다. 어떻게 그렇게 작은 단어 하나로 그 많은 공포를 망라할 수 있는지 아무리 애써도 이해하지 못하겠다. 한번은 아빠에게 그 이야기를 했는데, 아빠는 '사랑'이라는 작은 단어 하나로 어떻게 그 많은 좋은 것을 망라하는지 생각해 보라고 했다.

콜린은 반성실에 남는 벌을 딱 한 번 받아 봤다. 말하는 인형 사건과 관련된 오해 때문이었다. 콜린은 동작 감지기로 문제의 인형이 "엄마."나 "사랑해."라고 말하는 대신 개처럼 짖게 만드는 시끄러운 실험을 하고 있었다. 담임이었던 브레이먼 선생님은 콜린이 의도적으로 수업을 방해했다고 생각하고 엄하게 경고했다. 콜린이 홈룸은 사실 수업이 아니며 그러므로 방해할 것이 없다고 지적하자, 브레이먼 선생님은 점심시간에 반성실에 남으라고 했다. 콜린은 이 벌이 불공평하다고 생각했으나, 마리는 때때로 기본적인 사회 질서를 유지하려 할 때 공정성의 균형을 잡기 어렵다고 알려 주었다.

마리는 이렇게 말했다.

"그분은 네 선생님이야. 신경 쓸 학생이 서른 명이지. 서른

명이 다 말대답을 하면, 선생님은 뭐가 되겠니?"

"선생님이오."

콜린이 대답했다. 콜린은 마리가 왜 깔깔 웃는지 이해하지 못했다.

오늘의 벌은 시험지 채점이나 하고 싶어 하는 나이 많은 선생님의 교실에서 조용하고 평화롭게 때우지는 못할 것이다. 투렌티니 선생님이 감독이었다. 많은 동료들과 달리 투렌티니 선생님은 반성실 벌도 모든 벌이 그렇듯 교육의 기회라고 믿었다. 교육을 아주 중요하게 생각했다.

콜린은 투렌티니 선생님 공간에 혼자 서 있었다. 체육관 자체는 냄새나고 더러웠지만, 콜린은 선생님의 질서 의식에 감탄했다. 각 수업이 끝난 뒤 정확히 소속한 곳으로 되돌아가는 모든 체육관 장비뿐만 아니라 (예를 들면 모든 공에 번호가 매겨져 특정 선반으로 배정되고 특정 순서대로 정리되어야 했다.) 체육관 안의 모든 것이 제자리가 있는 것 같았다. 투렌티니 선생님의 사적 공간은 더욱 그랬다.

투렌티니 선생님은 모든 것의 목록을 가지고 있었다. 장비든, 비품이든, 학생이든 마찬가지였다. 모두 추적해서 이름을 붙이고 분류했다. 모든 학급의 클립보드가 있어, 모든 학생의 이름, 학기와 날짜가 있고, 모눈의 빈칸에 '✓'나 'X' 표시가 되어 있었다. 콜린은 홀린 듯이 자기 수업을 찾아 명단을 훑어보고 자기 이름을 찾아냈다.

피셔, C.M. 뒤에 일곱 개의 ✓ 표시가 이어졌다. 콜린은 빙그레 웃었다. 다른 학생의 수행과 비교해 보고 싶어서 아는 사람들과 친구들을 찾아보았다. 그리어, M.A. 역시 일곱 개의 체크 표시가 있었다. 코널리, W.J.는 ✗가 일곱 개였다. 콜린의 손가락이 무어, R.T.를 찾아 명단을 짚었을 때, 등 뒤에서 투렌티니 선생님의 헛기침 소리가 들렸다.

투렌티니 선생님이 물었다.

"피셔, 네가 내 개인 비서냐?"

"아뇨."

콜린이 돌아서며 대답했다.

"그럼 내가 수고할 필요가 없도록 밤중에 내 책상을 치우고, 내 서류철을 정리하고, 내 구두를 닦아 주는 도우미 요정이냐?"

"아닌데요."

"맞다, 피셔. 넌 둘 다 아니지. 그러니까 대체 왜, 네가 내 방에서 내 물건을 기웃거리고 있는지 설명해 주겠냐?"

투렌티니 선생님은 양손을 허리에 얹고 콜린을 내려다보았다. 이상하게도 화가 나 보이지는 않았다.

"오늘은 제가 반성실에 남아야 하는 날 이틀 중에 첫날이라서 왔어요. 첫째 날은 수업 시간에 싸운 것 때문이고요, 그

때 선생님도 계셨지요, 둘째 날은 웨인 코널리가 아니라 샌디 라이언이 학생 식당에 총을 가져왔다는 걸 증명했기 때문이에요. 하지만 저는 법적인 이유로 그 얘기는 한마디도 해서는 안 돼요. 이해하시죠."

"이해한다."

"선생님, 전 어디에 앉을까요?"

"앉아?"

투렌티니 선생님이 휙 돌아섰다. 손짓도, 아무것도 하지 않았지만 콜린이 따라올 줄 알고 있었고, 콜린은 따라갔다. 선생님은 보조 체육관으로 걸어 들어갔다. 평상복 차림의 학생들이 한 줄로 서서 차렷 자세를 하고 있었다.

투렌티니 선생님이 소리쳤다.

"피셔, 줄을 서라."

콜린은 시키는 대로 했다.

콜린은 이 줄에 아는 사람이 없음을 뼈저리게 의식했다. 대부분은 상급생이었고, 신체적으로 콜린이 가장 작았다. 바로 옆에 선 남학생은 발 냄새 같은 것이 풍겼다. 콜린은 냄새가 들어오지 않도록 코를 찡그리고, 투렌티니 선생님이 수납실로 걸어 들어갔다가 색색의 청소용 솔이 가득 찬 들통을 들고나오는 것을 지켜보았다.

투렌티니 선생님은 줄을 따라가며 한 사람 앞에 하나씩

청소 솔과 지도를 나눠 주었다. 콜린 앞까지 왔을 때는 퀴퀴한 냄새가 나는 파란 솔만 남았다. 달갑지 않은 색깔이었지만 콜린도 다른 학생들처럼 주는 대로 받아야 할 처지였다.

콜린이 말했다.

"이건 파란색이에요."

투렌티니 선생님이 고개를 끄덕였다.

"그렇다, 피셔. 나도 알아."

선생님은 돌아서서 학생들에게 연설을 했다.

"오늘 여러분은 여러분이 받은 것을 돌려준다. 여러분은 이 건물의 모든 화장실을 청소할 것이다. 모든 변기를 박박 닦을 것이고, 모든 세면대에 윤을 낼 것이며, 타일에 묻은 젤오 푸딩도 기꺼이 핥아먹을 정도로 모든 바닥을 깨끗이 대걸레질할 것이다. 연령, 성별, 사회적·경제적 지위를 근거로 차별하지 않을 것이다. 알아들었나?"

줄을 선 학생 모두가, 특히 발 냄새 나는 남학생이 힘차게 고개를 끄덕였다.

"그럼 당장 시작해라. 긴박감을 가지고 움직여라."

벌받는 학생들이 움직였다. 콜린만 빼고. 콜린은 지도를 살펴보고 자기가 청소해야 할 곳이 학생 식당 옆 화장실이라는 것을 깨달았다. 그곳은 단연 학교 전체에서 가장 끔찍한 시설이었고, 콜린의 머리는 이미 그 변기 속에 들어가 본

적이 있었다. 유쾌한 기억은 아니었다.

"피셔, 문제 있나?"

"네."

콜린이 청소 솔을 쳐들었다.

"전 파란색을 좋아하지 않아요."

학생 식당 옆 화장실은 콜린의 등교 첫날 기억보다 훨씬 더러웠다.

적어도 콜린이 청소를 시작하기 전에는 그런 상태였다. 일단 공포와 혐오감을 극복하고 나니, 콜린은 자신이 가장 까다로운 얼룩까지 문질러 지우는 데 진정한 재능이 있음을 깨달았다. 손으로 닦아 내야 할 때나 오물, 입에 담기도 싫은 인간 배설물보다는, 해결해야 할 문제로 생각하는 것이 도움이 되었다.

그날 밤 콜린은 이렇게 적었다.

> 관리인이 되기란 어려운 일이다. 관리인들이 화장실을 쓰고 나서 청소를 해 놓는지, 아니면 다른 관리인들이 청소하도록 내버려 두는지 궁금하다. 내일 관리인 아저씨들에게 물어봐야겠다.

콜린이 마지막 칸의 마지막 변기를 정성껏 문지르고 있을 때, 뒤에서 화장실 문 열리는 소리가 들렸다. 처음에는 들어온 사람이 누구든 얼굴을 내밀고 청소 중에 들어오지 말라고 세워 놓은 노란색 표지판을 가리킬 생각이었다. 그러다 귀에 익지만 떨리는 목소리가 들렸고, 나가지 않는 편이 좋겠다고 판단을 내렸다. 대신 변기 칸 문을 조용히 당겨 닫고 새로 닦아 놓은 변기 위에 쪼그리고 앉아 주의 깊게 귀를 기울였다. 공책이 있었으면 좋겠다고 생각했다.

"……그냥 다 없어졌으면 좋겠어."

에디의 목소리가 들렸다. 에디는 혼자가 아니었다.

두 쌍의 발이 티끌 하나 없는 타일 바닥에 부딪쳐 탁탁 소리를 내면서 문이 휙 닫혔다. 표면적으로 에디와 또 한 사람, 둘만 남았다. 콜린은 문틈으로 둘을 간신히 알아볼 수 있었다. 에디가 세면대 앞에 서 있고, 그 뒤에…….

"정신 차려. 넌 걔를 좋아하지도 않았잖아."

루디가 말했다.

"아니야. 난 걔를 사랑해."

"사랑하지. 너무나 사랑해서 넌 자유의 몸으로 돌아다니면서 걔는 교수형을 당하게 내버려 뒀잖아. 이렇게 압도적인 인간애의 극치라니, 잠깐 눈물 좀 닦을게. 하지만 지금 문제는 네 자기기만이나 위선이 아니야."

루디는 에디에게 바짝 몸을 기울였다. 몹시 불편하게. 콜린은 자기가 들어와 있는 칸이 거울에 비친다는 것을 깨닫고 요행히 눈에 띄지 않기만을 바랐다. 방어할 무기는 청소솔밖에 없었다.

에디가 축 늘어지며 세면대에 몸을 지탱하고 물었다.

"그래서 걔를 도와줄 수 있어, 없어?"

"우리 아빠는 로스앤젤레스에서 가장 영향력 있는 법률회사의 파트너야. 당연히 도울 수 있지."

루디의 눈길이 거울 위를 가로질러 콜린의 칸 쪽으로 움직였다. 마치 콜린이 거기 있다는 사실을 아는 것처럼. 각도로 보아 그럴 리 없는데도.

콜린의 심장이 갈비뼈에 쿵쿵 부딪쳤다. 비명이 튀어나올 듯 목구멍을 간질였다. 팔다리가 움직이려고, 귀를 막고 달아나려고 안간힘을 썼지만, 움직이지 못했다. 의지의 힘으로 제자리에 묶여 있었다. 콜린은 루디의 눈에 띄면 안 된다는 것을 알았고, 어쩐지 그것이 무엇보다 중요하다는 것을 알았다. 눈을 질끈 감았다. 이성과 싸워 이기려는 본능을 달랠 방법이었다.

에디가 천천히 고개를 끄덕였다.

"고마워. 그렇겠지."

루디는 에디의 등을 두드렸지만 위로는 담겨 있지 않았다.

그러고는 나가려다 멈추었다. 마지막으로 할 말이 남은 것처럼.

"에디? 다음부터 총은 제대로 된 보관함에 넣어. 여자 친구가 찾아내서 널 위해 뭔가 하려고 하기 전에. 네가 게으름을 피우는 바람에 내가 300달러나 썼잖아. 너 그건 갚아야 할 거야."

"그래, 알았어. 어떻게 갚을까?"

에디가 말했다. 그 목소리는 왠지 나이 든 것처럼 들렸다.

콜린은 눈을 떴다. 봐야만 했다. 그다음에 루디가 말할 때 그 얼굴에 떠오른 감정을 읽고 싶었다. 루디가 속마음이 어떤 인간인지 알아야 했다.

루디는 웃었으나 눈은 웃고 있지 않았다. 부상당한 바다표범을 살펴보는 상어 같았다. 감정이 없었다. 콜린이 읽을 것이 없었다. 아무것도 없었다.

루디가 노래하듯 말했다.

"아, 굉장한 걸 잔뜩 생각해 뒀어."

그러고는 나가 버렸다.

콜린은 에디를 지켜보며, 루디를 따라 나가기를 기다렸다. 그러면 자신도 화장실 감옥을 벗어나 투렌티니 선생님에게 보고하러 갈 수 있다. 하지만 에디는 나가지 않았다. 대신 콜린의 옆 칸으로 들어와 문을 쾅 닫았다. 에디는 화장실 가는

사람과 연관시킬 수 있는 평범한 일은 아무것도 하지 않았
다. 그냥 주저앉기만 했다.

그리고 흐느꼈다.

잠시 후, 콜린은 청소 솔을 움켜쥐고 화장실에서 뛰쳐나왔
다. 곧바로 투렌티니 선생님을 들이받았으나, 선생님은 아무
말도 하지 않았다. 그저 콜린을 바라보며 시킨 일이 어떻게
되었는지 보고를 기다렸으나, 콜린은 어쩔 줄을 몰랐다. 화
장실 안에서 에디가 조그맣게 숨죽여 흐느끼는 소리가 들려
왔다.

"피셔, 할 말 있나?"

"네."

콜린이 말했다. 화장실을 되돌아보고, 노란색 표지판을 보
았다. 따뜻한 색깔이었다. 청소 솔보다 훨씬 나았다.

"들어가지 마세요. 에디가 혼자 있을 시간이 필요해요."

투렌티니 선생님은 이해가 된다고 생각하며 고개를 끄덕
였다. 아마 선생님은 이해했을 것이다.

콜린이 물었다.

"저 가도 돼요?"

"글쎄다. 가도 되나?"

콜린은 잠시 시간을 들여 그 질문이 수사 의문문이라는
사실을 깨달았다. 그래서 체육관으로 돌아가 배낭과 공책을

움켜쥐고 가능한 한 빨리 집으로 달려갔다. 달려가면서 초록색 볼펜으로 몇 번이고 몇 번이고 미친 듯이 갈겨썼다.

> ……무어, R.T. 무어, R.T. 무어, R.T. 무어, R.T. 무어, R.T. 무어, R.T. 무어, R.T.……

콜린이 무사히 트램펄린 위에 도착했을 때는 한 면을 온통 채운 뒤였다.

다음 날 루디가 사물함 속에서 발견한 꼼꼼하게 접은 쪽지는 무어, R.T. 앞으로 되어 있었다. 다음과 같이 적혀 있었다.

> 미식축구장. 오늘 4:30 P.M. 혼자 올 것. -C.

그래서 루디는 시키는 대로 그날 오후 늦게 텅 빈 미식축구장에 와 있었다. 시키는 대로 혼자였다. 주위를 둘러보며 모든 것을 눈여겨보았다. 미식축구 경기를 볼 때는 경기장이 몹시 작아 보였는데, 한가운데 혼자 서 있자니 아주 넓어 보였다. 특히 자신이 세상에 단 하나뿐인 사람 같을 때는.
그렇게 생각하니 기분이 좋아졌고, 루디는 빙긋 웃었다.

하지만 입으로만 웃었다.

"너."

등 뒤에서 난 목소리는 콜린 피셔의 것이 아니었고, 그 괴물이 대화를 시작할 때 쓸 말도 아닌 듯했다. 돌아볼 것도 없이 누가 말을 걸었는지 알았다. 루디가 알 수 없는 것은, 그리고 대단히 흥미롭다고 생각하는 것은 어째서냐는 것이었다.

"웨인."

루디가 말했다.

"웨인 코널리. 그러니까 'C'군."

"그래. 속았어?"

웨인이 물었다.

루디는 어깨를 으쓱했다. 두 소년은 서로를 향해 걸어갔다. 둘 다 두려워하지 않았고, 각자 그럴 만한 이유가 있었다. 루디가 말했다.

"걔 글씨가 아니었어. 걔 스타일도 아니었고."

"걘 이상한 애지."

웨인이 인정했다.

"사실 난 아직 걔를 정말 이해하지 못 했어. 그런데 넌? 넌 내가 속속들이 이해했지."

"이야, 이거 흥미진진한데."

"콜린은 정말 똑똑해서 모든 것을 해결했어. 사람을 대하는 데 별로 능숙하지는 않지만, 샌디가 왜 총을 자기 가방에 넣었고 에디가 왜 총을 자기 사물함에 넣었는지 짜 맞출 정도는 되었지. 에디가 혼자 힘으로 라 파밀리아와 접촉해서 총을 살 능력은 없다는 것도 알았어. 에디에게 도움이 필요했다는 것까지 알았지. 콜린이 알아내지 못한 것은 딱 하나였어……. 하지만 나는 그걸 알지."

루디는 웨인을 오랫동안 살펴보며 웨인의 모든 것을 눈여겨보았다. 웨인의 옷. 머리 모양. 신발. 손톱 밑의 때에 이르기까지 모든 것을. 세세한 부분까지 모두 완벽하게 떠올릴 수 있도록 기억해 두었다.

루디가 물었다.

"그래서 그게 뭔데?"

"네가 왜 에디를 도왔는지. 네가 어떻게 해서 발을 담갔는지. 콜린은 나더러 너한테 무슨 잘못을 한 적이 있냐고, 너나 네가 친구라고 부르는 사람과 부딪친 적이 있냐고 물었어. 난 없다고 했지. 8년 동안 너하고 말을 해 본 적도 거의 없다고 했어."

"그럼 내가 왜 그랬다는 거야?"

"할 수 있으니까."

웨인이 대답했다.

"그다음에 어떻게 되는지 보고 싶었으니까. 넌 버튼을 눌러서 누군가의 세계를 날려 버리고 싶었던 거야. 그게 말이되든 안 되든 말이지."

루디는 짐짓 겁에 질린 척했다.

"그거 되게 나쁘게 들리네."

"잘 들어. 네가 똑똑하다는 건 알아. 아마 콜린만큼 똑똑하겠지. 어쩌면 네가 더 똑똑할지도 몰라. 난 신경 안 써."

웨인은 루디 바로 앞까지, 가슴이 닿도록 다가와서, 해를 가리며 루디를 내려다보았다.

"네가 얼마나 똑똑한지는 신경 안 써. 하여간 네가 누구한테든 또 이런 짓을 하면, 내가 가만두지 않을 거야. 멍청아."

웨인은 대답을 기다리지 않았다. 휙 돌아서서 척척 걸어가버렸다. 루디와 볼일은 끝났다. 적어도 오늘은.

"코널리."

루디가 뒤에서 불렀다.

"난 널 알아. 첫날, 셋째 시간에 간 곳이 어디인지 알고 있어. 학교 끝나고 무슨 일을 하는지도 알지. 난 모르는 게 없어."

"그럼 내가 진심이라는 것도 알겠네."

웨인이 말했다. 돌아보지도 않았다.

얼마 뒤, 루디는 다시 한 번 온 세상에 혼자가 되었다. 바라는 대로.

인간 행동

'이타주의'라는 말의 기원은 고작 19세기로 거슬러 올라가지만, 왜 사람들이 그토록 기꺼이 자기보다 다른 사람의 안녕을 우선하느냐의 수수께끼는 2천 년 넘도록 철학자, 신학자, 과학자 들을 사로잡았다. 만약 생존과 존속을 위한 유기체들 사이의 끝임없는 투쟁이 자연 현상이라면, 왜 한 생물이 다른 생물을 위해 자신의 안녕을 희생하겠는가?

종교 경전에서는 이타주의와 자기희생을 찬양하는 경향이 있지만, 왜 이웃을 자신처럼 사랑하는 것이 바람직한지는 설명하지 않을 때가 많다. 때때로 동정심과 자기희생의 대가로 내세의 보상이라는 전망을 내보이는 것이 전부다. 하지만 나는 천국의 보상이라는 생각이 불쾌하고 불충분하다고 생각한다.

심리학자들은 이타주의의 기원을 공감의 정서로 거슬러 올라간다. 다른 존재의 고통을 자신이 겪는 것처럼 느끼는 능력 말이다. 나는 이 설명도 좋아하지 않는다. 공감-이타주의 가설이 옳다면, 한 사람이 다른 사람을 돕는 것은 자신의 고통을 멈추기 위해서이며, 이타주의는 고작 이기주의의 다른 형태가 된다.

반면에 생물학자들은 이타주의를 설명하려는 시도에 진화론을 적용했다. 구체적으로 혈연 선택 개념이다. 이 이론은 다음과 같다. 역사적으로 인류는 밀접한 관계의 작은 무리를 지어 함께 살았다. 한 사냥꾼-채집자가 다른 사람을 도울 때, 사실은 자기 유전자가 대리로 확실히 생존하도록 돕는 것이다. 진화수학자 J. B. S. 홀데인은 "두 형제와 여덟 사촌을 위해서라면 내 생명을 포기할 것이다."라고 선언함으로써 이 원리를 잘 표현했다. 나는 이 설명도 불충분하다고 생각한다. 나는 형제가 하나뿐이지만, 필요하다면 동생을 위해 내 생명을 포기할 것이다.

대니의 열한 번째 생일날, 대니가 촛불을 불고 소원을 말하기 직전에 내가 그 마음을 표현했다. 대니는 너무 큰 기대를 하게 만들지 말라고 했다.

콜린은 공중으로 높이 튀어 올랐다. 아마도 그 어느 때보다 더 높이, 트램펄린의 탄력을 한계까지 밀어붙이며. 콜린이 떨어지자 용수철이 혹사로 삐걱거리면서도 캔버스 천을

팽팽하게 당기며 버텨 냈고, 콜린은 다시 한 번 샌페르난도 밸리의 맑고 푸른 하늘로 치솟았다.

웨인은 트램펄린 밑에서 의심스러운 듯이 얼굴을 찌푸리고 팔짱을 끼고 서 있었다.

"아니야, 정말로!"

콜린은 자기 발이 웨인의 머리 위로 떠올랐을 때 외쳤다.

"생각하는 데 도움이 돼!"

콜린이 소리치며 캔버스 천 위에 엎드린 자세로 떨어졌다가 다시 튀어 올랐다.

"게다가 지금 올림픽 종목이야!"[35]

콜린은 몸을 접어 앞으로 재주넘기를 시도했고, 훌륭하게 해냈다.

콜린의 열광은 무시하기 어려웠다. 콜린이 속도를 늦춰 가볍게 뛰며, 젠체하지 않고 끈질기게 트램펄린으로 올라오라고 손짓할 때는 더욱 무시하기 어려웠다.

"해 봐."

---

35 트램펄린은 오스트레일리아 시드니에서 열린 2000년 올림픽부터 올림픽 체조 부문의 정식 경쟁 종목이 되었다. 최고 기록은 아직도 최초의 남자 금메달리스트인 러시아의 알렉산드르 모스칼렌코가 보유하고 있다. 모스칼렌코는 평점 41.7점으로 우승했다. (이 기록은 2012년 런던 올림픽에서 채점 방식이 바뀌면서 깨졌다 : 옮긴이)

"뭐 어때."

웨인은 어깨를 으쓱하고, 알루미늄 틀을 살펴보고, 적지 않게 **걱정**하며 비틀비틀 가장자리를 넘어 캔버스 천 위로 몸을 끌어 올렸다.

콜린이 도와주려고 손을 내밀었다.

웨인은 콜린에게서 2센티미터쯤 떨어진 곳까지 손을 뻗다가 굳어졌다. 갑자기 자신이 없어진 것이다. 콜린이 누구를 의도적으로 건드리는 것은 본 적이 없었고, 원하지 않는 신체 접촉의 결과는 참고할 만한 사례가 많았다. 웨인은 콜린의 눈을 들여다보며 답을 찾았지만 거기 쓰여 있지 않다는 것을 알고 있었다.

콜린은 손을 더 내밀며 손가락을 펼쳤다.

이제 웨인은 이해했다. 콜린의 손을 잡았다. 일어설 수 있을 만큼 오래. 경험 부족을 나무라듯 트램펄린이 흔들렸으나 콜린은 웨인이 넘어지게 두지 않았다. 콜린은 웨인이 생각한 것보다 강했다.

자신감이 커지자 웨인은 콜린의 손을 놓았다. 웨인이 튀어 올랐다. 시험 비행이었고, 성공적이었다. 웨인은 더 높이 튀어 올랐고, 씩 웃었다. 콜린도 씩 웃었다. 웨인을 흉내 내는 것이 아니었다. 대본을 따라 하는 것도 아니었다. 콜린은 **기쁨**을 느꼈다.

부엌 창가에 콜린의 부모님이 함께 서 있었다. 아들이 힘들이지 않고 트램펄린을 하며 쉽게 웨인과 이어지는 모습에 감명을 받아 말없이 지켜보았다. 처음 보는 광경이었다.

피셔 부인이 빙그레 웃었다.

"저 애는 정말 괜찮을 거야. 그렇지?"

피셔 씨는 마주 웃으며 아내를 꼭 끌어당겼고, 새 친구와 함께 있는 아들을 눈으로 좇았다. 보이는 바로는 아마 콜린이 가져 본 가장 친한 친구일 것이다. 그러다 피셔 씨는 얼굴을 찌푸렸다. 행복해야 마땅하다는 것은 알고 있지만, 어쩐지…… 피셔 씨는 유리에 비친 자기 얼굴을 보며 이제 콜린이 아빠를 어떻게 여길까 생각했다.

피셔 씨가 말했다.

"인생은 수수께끼야."

밖에서 콜린은 계획을 세우느라 바빠서 아빠의 표정을 알아차리지 못했다. 알아차렸다 해도 아빠가 왜 슬픈 표정인지 이해하지 못했을 것이다. 그것은 남자아이들이 나중에 아빠가 되어 이 이상한 순간을 맞을 때까지는 이해하지 못하는 일이다.

콜린이 숨을 헐떡이며 말했다.

"우리 같이 훈련해도 돼. 페어 종목에 나가면……."

콜린은 올림픽의 꿈을 펼쳐 보였고, 웨인은 귀를 기울였다. 둘은 함께 늦여름의 하늘로 튀어 올랐다.

둘 다 나름대로 루디 무어와 결코 끝난 게 아니라는 사실을 알고 있었다. 루디는 전쟁을 선포했고, 그에 따른 결과가 있을 것이다. 콜린과 웨인은 그 이야기를 하지 않았다. 당장의 미래는 트램펄린이었다.

당장은 아이들일 뿐이다. 그보다 좋은 게 뭐가 있을까?

-끝-

감사의 말

승리의 아버지는 천 명이 될 수도 있다지만, 〈탐정 콜린 피셔〉를 존재하게 해 준 모든 분께 감사를 표한다면 이 작은 책이 흉기 수준으로 두꺼워질 것입니다. 그럼에도 그분들을 마음에 두지 않을 수 없습니다. 따라서 다음 여러분께 진심 어린 감사를 드립니다.

• 우리의 훌륭한 문학 에이전트 에릭 시모노프에게 감사합니다. 우리가 이 책을 마무리하도록 용기를 주고, 나가서 책을 팔아 주었습니다.

• 우리 편집자 벤 슈랭크과 질리언 레빈슨에게 감사합니다. 훌륭한 협력자로서 한없이 인내하며 풋내기 소설가들에게 책 세계의 구석구석을 가르쳐 주었습니다.

• 다재다능한 천재 친구 레브 그로스먼의 격려와 응원에 감사합니다.

• 쇼나 벤슨에게 감사합니다. 아마도 이 책을 외워서 낭송할 수도 있을 것이며, 이 책의 모든 쉼표까지 속속들이 알고 있을 것입니다.

• 우리의 영화와 텔레비전 에이전트, 매니저들, 변호사들에게 감사합니다. 이 모든 과정 내내 지치지 않고 이 책을 (그리고 우리를) 지지하고 보호해 주었습니다. 그러므로 폴 하스, 제프 고런, 그리고 WME 팀 모두(킴벌리, 톰, 잭, 조던), PYE의 앨런 피셔와 HJTH의 켄 리치먼과 그레첸 브루거맨러시에게도 감사합니다.

마지막으로 우리의 엄마 곰, 수전 솔로몬에게 특별한 감사를 드립니다. 그분이 없었다면 해가 뜨지 않고 지구가 돌지 않았을 것입니다.

수전, 이 작품에 당신이 좋아하는 말이 들어가지 않아서 미안해요.

　콜린 피셔는 아스퍼거 증후군을 지닌 만 14세 소년이다. 아스
퍼거 증후군은 자폐증의 일종이라 할 수 있는데, 이 병을 지닌
사람은 다른 사람의 감정을 이해하지 못해 의사소통이 서툴고
특별히 관심을 두는 주제에만 강박적으로 빠져드는 경향을 보인
다고 한다.

　콜린의 이야기에서 놀라운 점은 모든 일에 기계처럼 반응하는
콜린에게 어느새 공감하게 된다는 것이다. 콜린의 성격이 마음
에 들지 않는다 해도, 고등학교 생활의 위기를 헤쳐 나가려고 애
쓰는 모습에는 공감하고 응원하게 된다.

　콜린은 아스퍼거 증후군의 다양한 기벽들 때문에 학교생활에
서 변두리로 밀려나 있다. 누군가는 괴롭히고 누군가는 놀리고
대부분은 무시하지만, 콜린은 개의치 않고 동급생들을 관찰하기
를 즐긴다.

　콜린의 눈을 통해 보는 인물들은 모두 흥미롭다. 콜린과 부모,
콜린과 동생, 콜린과 동급생들의 관계는 저마다 역동적이고 긴
장감이 있다. 주위 사람들은 콜린을 있는 그대로 받아들이거나
떠나는 수밖에 없지만, 어느 쪽이든 콜린에게는 별 차이가 없다.
이러한 무심함 덕분에 콜린이 더욱 매력적으로 비친다.

콜린은 유치원 시절부터 평생 웨인 코널리라는 불량소년에게 시달려 왔는데, 학교 식당에서 총기 사고가 일어나자 경찰과 학교 당국은 직관적으로 웨인을 용의자로 지목한다. 지극히 이성적인 콜린은 웨인이 무고함을 알아차리고 수수께끼를 풀기로 한다. 이 홈스에게는 왓슨이 필요하고, 그 후보는 웨인뿐이다. 이렇게 해서 도무지 어울리지 않아 보이는 탐정 콤비가 탄생한다.

콜린의 수사는 갈수록 흥미진진해진다. 위험한 갱단 소굴을 찾아가고 아슬아슬한 추격전까지 벌이며 단서를 수집한 끝에 의외의 범인을 밝혀내지만, 그것으로 끝이 아니다. 범인 뒤에 정체를 숨긴 진짜 악당과 숨겨진 사연이 많은 웨인의 짧고 강렬한 대치는 책을 덮은 뒤에도 뒷이야기를 기대하게 만든다.

〈탐정 콜린 피셔〉는 재미있고 흥미진진하면서도 감동적이다. 감정을 잘 이해하지 못하는 콜린은 또래들과의 관계에 어려움을 겪어 왔지만, 이 사건을 수사하면서 정신적으로 성장한다. 콜린이 끝까지 감정을 전혀 이해하지 못했다면, 학생 식당에 권총을 숨겨 가지고 온 사람의 동기를 결코 짐작하지 못했을 것이다. 순수한 수수께끼 풀이로 시작한 수사였으나, 그 결과 무고한 사람은 누명을 벗고 콜린은 처음으로 진정한 친구를 사귀게 된다.

아스퍼거 증후군을 발견한 의사인 한스 아스페르거 본인도 이 병의 증상을 가지고 있었으며, 콜린의 우상인 셜록 홈스도 실존 인물이었다면 아스퍼거 증후군으로 진단받았을 거라는 이야기가 있다.

아스퍼거 증후군은 아직 생소하게 들리지만, 우리나라에서도 점차 진단 환자가 늘어나고 관심이 높아지고 있다. 이 병으로 진단 받은 사람 본인이나 주위 사람들이 병에 대한 지식을 얻고 긍정적인 생각을 가지는 데 이 책이 도움이 되기를 바란다.

- 이주희